SE SOUVENIR DES JOURS DE FÊTE

Consacré en 2015 comme l'un des dix romanciers préférés des Français, Christian Signol est né dans le Quercy et vit à Brive, en Corrèze. Deux veines dans son œuvre : celle des grandes sagas populaires en plusieurs tomes (de *La Rivière Espérance* aux *Messieurs de Grandval* en passant par *Les Vignes de Sainte-Colombe*, prix des Maisons de la Presse 1997) et celle des œuvres plus intimistes, récits ou romans, tels que *Bonheurs d'enfance*, *La Grande Île*, *Ils rêvaient des dimanches* ou *Pourquoi le ciel est bleu.* Depuis trente ans, son succès ne se dément pas. Ses livres sont traduits en quinze langues.

CHRISTIAN SIGNOL

Se souvenir des jours de fête

ROMAN

ALBIN MICHEL

ISBN : 978-2-253-07115-0 – 1re publication LGF

À Jacques, né en 2015.

« Que voulez-vous nous étions désarmés
Que voulez-vous la nuit était tombée
Que voulez-vous nous nous sommes aimés. »

Paul ELUARD.

PREMIÈRE PARTIE

Si loin, si loin…

1

Mélina était à bout de forces dans la chambre qui avait été celle d'Étienne, son époux, en luttant pour mettre au monde leur enfant depuis le début de l'après-midi de ce 14 novembre 1939. Dans un ultime effort qui la fit se cambrer de la nuque aux talons, elle parvint enfin à s'en délivrer et comprit seulement qu'elle avait réussi en entendant une petite voix inconnue gémir et pleurer. Mais la douleur avait été si violente qu'elle perdit conscience quelques instants et perçut à peine du fond d'un brouillard épais la joie de la sage-femme qui s'exclamait :

— Un fils ! Vous avez un fils, ma petite !

Quelques minutes passèrent ainsi, durant lesquelles la sage-femme se mit en devoir de la ranimer, puis elle coupa le cordon, pansa la plaie, et se retourna vers la mère d'Étienne qui nettoyait l'enfant sur la table basse installée près du lit. Toutes deux se hâtèrent de le débarrasser des restes du placenta, de soigner son nombril, de l'habiller, enfin, pour qu'il n'ait pas froid en ce début d'hiver, et Mélina ne put retenir ses larmes quand la mère d'Étienne posa son fils sur sa poitrine. Elle avait cru être incapable de donner le jour à cet enfant qui vivait en elle depuis neuf mois, et qu'il lui semblait pourtant connaître. C'était donc un garçon ! Mais comment l'apprivoiser, cette boule chaude, brûlante, qui gémissait doucement sur elle, cet être inconnu et cependant si familier dont les yeux demeuraient clos, encore étranger mais si précieux, déjà, comme si une partie du corps d'Étienne se trouvait là, tellement plus présente que dans ses lettres postées de si loin ?

— C'est bien, ma fille ! dit la mère d'Étienne. Tu as été très courageuse. S'il avait pu être ici, il aurait été fier de toi.

— À qui ressemble-t-il ? demanda Mélina.

— Comment savoir, encore ? À tous les deux, je crois.

— En tout cas, intervint la sage-femme, il est grand et vigoureux !

Mélina ne bougeait pas. Elle sentait un faible souffle chaud contre son cou, caressait de la main la tête couverte de quelques cheveux bruns, entendait un bruit de succion qui s'échappait des lèvres mi-closes, et s'étonnait d'avoir été capable de réaliser un tel prodige : donner la vie à un être qui, elle l'espérait, ressemblerait à son père, le remplacerait, en quelque sorte, lui qui était si loin, et dont elle gardait le souvenir du départ, sur le quai de la gare où elle l'avait accompagné, moins d'une semaine après la déclaration de guerre.

La même sensation d'absolu désespoir éprouvée quand elle avait fait demi-tour sur le quai lui revint à l'esprit, et elle tenta de chasser ce souvenir de sa mémoire, mais elle parcourut de nouveau le trajet de la gare à la rue Réclusane avec la même émotion, le même anéantissement à la pensée qu'Étienne, peut-être, ne reviendrait jamais.

— Pourquoi pleurer ? reprocha la sage-femme. Tout s'est bien passé.

Mélina ne répondit pas, et elle retint son fils contre elle, quand la mère d'Étienne vint le prendre pour le porter dans le petit lit installé près de la cloison.

— Encore un peu, dit-elle.

— Il faut te reposer. Tu es épuisée.

— Lui aussi est épuisé, dit la sage-femme, il a souffert autant que vous.

Mélina lâcha à contrecœur l'enfant dont la chaleur, soudain, lui manqua, au point de la faire frissonner.

— Tu as froid ? s'inquiéta la mère d'Étienne. Je vais remettre du charbon dans le poêle.

Ce qu'elle fit aussitôt après avoir couché l'enfant, tandis que la sage-femme s'apprêtait à partir. La mère d'Étienne la paya, puis elle l'accompagna jusqu'à la porte, enfin elle revint vers la chambre et demanda :

— Comment vas-tu l'appeler ? Vous êtes d'accord avec Étienne ?

— Oui, répondit Mélina. Nous allons l'appeler Jean, comme ton mari disparu.

Elle ajouta, devinant l'émotion de la mère :

— Si ça avait été une fille, ç'aurait été Marie, comme toi.

Marie demeura un instant muette, murmura :

— Merci, ma fille.

Depuis que Mélina était venue vivre dans cet appartement, la mère d'Étienne l'appelait « ma fille » et se montrait avec elle d'une attention affectueuse jamais démentie. Mélina avait en cela été fidèle à la parole donnée à Étienne le jour de son départ : aller vivre avec sa mère le temps qu'il ne serait pas là, au plus tard un mois avant la date prévue de l'accouchement. Cependant Mélina était venue plus tôt : quinze jours après la déclaration de guerre exactement, ne supportant plus la solitude, surtout la nuit, quand elle cherchait le corps de son mari près d'elle et que sa main ne rencontrait que le drap froid. Elle avait peur, tremblait d'angoisse alors, à la fois pour son époux, mais également pour cet enfant qui bougeait dans son ventre et qui lui semblait aussi menacé.

— Essaie de dormir, dit Marie. Si ça ne va pas, appelle-moi. Je laisse la porte ouverte.

Elle aurait bien voulu dormir, Mélina, mais les jours difficiles qu'elle avait vécus depuis le départ d'Étienne encombraient son esprit, notamment celui où elle avait dû arrêter de travailler, sa patronne lui ayant annoncé qu'elle ne pensait pas pouvoir la reprendre après son accouchement, à cause de la guerre et des mauvaises affaires qui frappaient le commerce. Ne voulant pas inquiéter Étienne, elle ne le lui avait pas écrit, d'autant qu'elle se sentait en sécurité auprès de Marie qui, elle, travaillait à la Compagnie de chemin de fer, et lui avait assuré qu'elles ne manqueraient de rien. Mais désormais elles n'étaient plus seulement deux, dans l'appartement de la rue Réclusane : il y avait cet enfant dont Mélina entendait le souffle léger dans le petit lit, et elle s'inquiétait : allait-elle pouvoir lui donner tout ce dont il aurait besoin ?

C'est avec cette idée obsédante qu'elle finit par sombrer dans le sommeil, cherchant dans l'ombre une main qu'elle ne trouvait pas.

Le froid de ce début d'hiver était déjà difficilement supportable, dans ce camp de Champagne où Étienne poursuivait son apprentissage relatif à l'utilisation des canons de 400 qui nécessitaient cent heures de travail et trente-deux servants pour les actionner, et il se demandait si le calme aux frontières qui durait depuis la déclaration de guerre allait continuer. Il avait reçu la veille une lettre de Mélina lui annonçant qu'ils avaient un fils, que tout s'était bien passé, et il avait fêté la nouvelle à la cantine avec ses camarades, non sans s'interroger au sujet des deux femmes seules : sa mère et sa femme, à Toulouse, si loin de lui. Est-ce qu'elles ne manquaient de rien ? Mélina lui disait-elle toute la vérité ?

Il avait déposé une demande de permission pour aller voir ce fils qui était né, mais il n'avait pas encore reçu de réponse, le commandant du camp ayant sollicité des instructions à ce sujet auprès de l'état-major. Presque trois mois qu'il n'avait pas revu Mélina, trois mois passés à se lever avant l'aube, à marcher sac au dos dans la nuit, à faire face aux corvées, à présenter les armes, à écouter les explications sur les mystères et la soi-disant puissance de l'artillerie lourde, également sur la technique de mise en œuvre de ces canons dont il se demandait comment ils se déplaçaient. Par voie ferrée, précisaient les instructeurs, mais même les simples soldats doutaient que l'on pût les déplacer assez rapidement en cas d'attaque, à plus forte raison si on ne savait pas où elle allait survenir. Aucun d'entre eux ne se serait permis la moindre remarque à ce sujet, tant il était évident, pour les officiers, que l'artillerie lourde française était la meilleure du monde, celle qui leur assurerait la victoire si le « cinglé » de Berlin décidait de passer à l'attaque.

Les artilleurs de sa compagnie auraient pour la plupart préféré entrer en campagne plutôt que de demeurer enfermés dans ce camp où les jours leur paraissaient longs et où l'hiver les cloîtrerait davantage, ils n'en doutaient pas, surtout si la neige tombait. Étienne, lui, ne partageait pas cette envie d'en découdre : il se disait que si le combat s'engageait, il ne connaîtrait peut-être jamais son fils. Et cette idée-là le ravageait, lui faisait regretter d'avoir devancé l'appel dans un élan de patriotisme dont il constatait aujourd'hui les conséquences : Mélina avait été seule pour donner le jour à leur fils. Lui, Étienne, était loin, et il s'en désolait auprès de l'un de ses camarades originaire du Lot-et-Garonne : Louis Delmas, un paysan à la peau couleur de brique qui le consolait en disant :

— Tu vas l'avoir, cette permission. Ils ne peuvent pas faire autrement.

— En temps de guerre, les permissions, tu sais…

Ils parlaient souvent de la vallée de la Garonne, des vignes et des arbres fruitiers qu'Étienne avait bien connus pendant son enfance, avant de partir à Toulouse, et ces conversations avec un homme de « là-bas » lui faisaient du bien. Mais Dieu que c'était loin, tout ça !

Comme il était le plus jeune de sa compagnie, c'était sur lui que tombaient la plupart des corvées. Mais il avait connu la rudesse du monde ouvrier à Toulouse, et il avait appris à serrer les dents, à faire front sans jamais se plaindre, à ne pas montrer la moindre faiblesse. Et cela depuis le début. Aussi avait-il acquis une réputation de « dur au mal » qui lui valait une certaine admiration de la part de ceux qui pratiquaient plutôt la flatterie vis-à-vis des gradés, notamment du sergent Neuville qui régentait ses hommes d'une main de fer.

Celui-ci le fit sortir des rangs à l'appel du soir, deux jours après sa demande de permission pour cause de paternité. Et, comme Étienne se figeait dans un salut impeccable :

— Deuxième classe Combanel ? Chez le pitaine dans dix minutes ! Rompez !

Étienne claqua des talons, salua de nouveau et s'éloigna vers l'extrémité du camp qui n'était qu'une succession de bâtiments rudimentaires mal chauffés, des sortes de hangars aménagés à la va-vite, où le vent s'engouffrait sous les toits. Il ne doutait pas d'être convoqué à cause de sa demande de permission dont le sergent avait assuré qu'elle n'avait aucune chance d'aboutir. Et cependant Étienne l'avait maintenue, non sans provoquer la colère de son supérieur.

En arrivant devant les bureaux des officiers, il ralentit, inquiet, tout à coup, des conséquences de son entêtement, mais la pensée de Mélina et de son fils l'aida à franchir les trois marches qui donnaient accès au secrétariat. Il entra, salua un caporal qui tapait avec deux doigts sur une antique machine à écrire et qui lui ordonna de s'asseoir et d'attendre. Il entendit une voix qui téléphonait dans la pièce d'à côté, et cela dura près de dix minutes ; puis le silence se fit, et le caporal lui dit de frapper à la porte.

— Entrez ! cria une voix de stentor, où perçait une pointe d'agacement.

Étienne pénétra dans une immense pièce encombrée de dossiers, au centre de laquelle trônait un bureau d'acajou aussi surchargé que les tables alignées contre les murs. Le capitaine ne se leva même pas à l'instant où Étienne salua en claquant des talons. C'était un homme d'une cinquantaine d'années, massif et joufflu, aux yeux couleur de châtaigne, dont la lèvre supérieure s'ornait d'une moustache épaisse tirant sur le roux.

— Deuxième classe Combanel, mon capitaine.

— Repos.

Le regard de l'officier lui parut hostile, et comme chargé d'exaspération.

— Alors vous êtes père de famille ?

— Oui, mon capitaine.

L'officier remua d'une main négligente les feuilles d'un dossier, parut ne pas trouver ce qu'il cherchait.

— Quel âge avez-vous ?

— Dix-neuf ans, mon capitaine.

Le regard se fit moins dur, tandis que l'officier demandait :

— Et vous vous êtes engagé pour la durée de la guerre ?

— Oui, mon capitaine.

— En sachant que vous alliez avoir un enfant ?

— Oui, mon capitaine.

L'officier referma le dossier, se leva, puis il fit le tour du bureau, se planta devant Étienne et lança :

— Le caporal va vous donner votre feuille de route : quarante-huit heures de permission, délais de route compris. Vous voyagerez de nuit. Rompez !

— Merci, mon capitaine !

Étienne s'enfuit en serrant contre lui la feuille de permission tant espérée, puis, une fois dans la chambrée, il prépara en toute hâte son sac, le caporal lui ayant précisé qu'il avait un train à six heures pour Châlons. Ensuite, prenant à peine le temps de saluer ses camarades, il courut dans la nuit qui tombait, froide et grise, vers la gare distante d'un kilomètre, osant à peine croire que dès le lendemain il serrerait sa femme et son fils dans ses bras.

Ce 20 novembre 1939, Mélina s'était levée de bonne heure bien que Marie lui eût recommandé de se reposer au moins huit jours. Mais Mélina ressentait le besoin de marcher, de s'occuper, surtout de son fils qu'elle nourrissait au sein et dont elle avait du mal à se séparer ensuite, lorsqu'il fallait le recoucher. Il était dix heures du matin, mais il faisait sombre dans l'appartement car le brouillard monté de la Garonne ne s'était pas dissipé, et les deux femmes économisaient l'électricité. Mélina s'apprêtait à changer les langes de son enfant quand elle entendit frapper à la porte et, aussitôt, le cri de Marie qui venait d'ouvrir :

— Étienne ! Lina ! Viens vite ! C'est Étienne !

Mélina se précipita, et muette de surprise, submergée de bonheur, se jeta contre la poitrine de l'homme qu'elle reconnaissait à peine, harnaché comme il l'était de sa capote kaki, de son calot, de son pantalon trop large, de ses godillots épais, le visage dévoré par la barbe, mais dont les bras se refermèrent délicieusement sur elle.

— Tu es là, bredouilla-t-elle. C'est bien toi ?

— Bien sûr que c'est moi. Qui veux-tu que ce soit ?

Il rit en la repoussant à bout de bras pour mieux redécouvrir ses deux fossettes aux joues que l'adolescence n'avait pas réussi à effacer, ses boucles brunes, sa peau mate, ses yeux de charbon à l'éclat vif et sa silhouette mince que n'avait même pas alourdie sa grossesse. Elle se réfugia de nouveau dans ses bras, après avoir retrouvé l'éclat de ses yeux verts, cette voix aussi, qu'elle entendait depuis sa lointaine enfance, sur les rives de la Garonne, et dont le timbre l'avait rassurée.

— Je suis si contente, fit-elle.

— Comment vas-tu ?

— Bien. Très bien.

Et aussitôt, songeant à son fils :

— Viens le voir.

— Il ne dort pas ?

— Non. J'allais le changer.

La mère s'était éloignée pour les laisser célébrer leurs retrouvailles, et elle les attendait devant la porte de la chambre.

— Laisse-moi me déchausser, au moins, dit Étienne.

Il pénétra dans la cuisine, s'assit, délaça ses godillots pleins de boue, se débarrassa de sa capote qui sentait la fumée de charbon et de cigarette, tandis que Mélina s'impatientait, lui tendant une main pour l'entraîner dans la chambre.

L'enfant, presque nu, était allongé sur une serviette posée sur le lit, remuant ses petites jambes, fixant de ses yeux grands ouverts son père et sa mère, comme s'il les connaissait déjà.

— Regarde comme il est beau ! dit Mélina.

Étienne ne répondit pas. Il observait ce visage sans parvenir à réaliser qu'il était celui de son fils, mais en même temps une sourde émotion le gagnait, comme si quelque chose, au fond de lui – un instinct, une voix –, lui soufflait qu'il s'agissait bien de son enfant. Il se sentait vaguement coupable, sans doute d'avoir été absent lors de sa naissance ou de devoir repartir la nuit suivante et de le laisser seul de nouveau.

— Prends-le avant que je le rhabille, dit Mélina. Il va avoir froid.

— Non, fit Étienne. Je ne peux pas.

— Pourquoi ? Il est à toi, tu sais.

Et, en riant, elle se saisit de son fils et le tendit à Étienne qui le reçut maladroitement, comme un objet trop fragile que l'on craint de casser.

— C'est vrai qu'il est beau, dit-il, mais en esquissant le geste de le rendre à Mélina.

— Tu peux le garder. Il faut qu'il sente ta chaleur, qu'il te connaisse vraiment.

— Je ne peux pas ! fit-il une nouvelle fois. Je vais lui faire mal.

— Mais non !

Étienne serra fugacement son fils, puis le redonna à Mélina qui n'eut pas le cœur de se moquer de lui et entreprit d'habiller son enfant avant de le coucher dans le petit lit. Après quoi ils demeurèrent encore un moment penchés sur leur fils, et ce fut la mère qui les détourna de leur fascination en disant à Étienne :

— Tu dois avoir faim, après une nuit dans le train.

Ils gagnèrent la cuisine où régnait une délicieuse odeur de café, et ils s'assirent tous les trois face à face, Étienne coupant une large tranche de pain de la couronne posée sur la table.

— Est-il beau, ton petit Jean ! fit Marie.

D'entendre le prénom du père Combanel ainsi ressuscité les bouleversa autant l'un que l'autre, mais Lina intervint aussitôt :

— Et toi ? Raconte-nous.

— Laisse-le manger un peu, fit la mère.

Étienne avala quelques bouchées de pain beurré, but deux longues gorgées de café.

— Tu es là au moins pour trois jours ? fit la mère.

Il ne répondit pas tout de suite, devinant qu'elles allaient être terriblement déçues.

— Combien de temps ? interrogea Mélina.

— Je repars la nuit prochaine à trois heures du matin, fit-il entre deux bouchées, ajoutant aussitôt : J'ai eu beaucoup de mal à avoir une permission.

— Si vite ! déplora la mère, tandis que Mélina, muette, s'efforçait de ne pas montrer sa déception.

Étienne était là, devant elle, et elle avait cru qu'elle ne le reverrait pas avant très longtemps. Ce qu'elle souhaitait, en cet instant, c'était profiter de sa présence, ne pas penser qu'il repartirait, vivre du mieux possible ces minutes et ces quelques heures qui les avaient réunis. Ensuite, il serait temps de retrouver la solitude et les inquiétudes de la guerre.

— Comment ça se passe, là-bas ? s'inquiéta Marie. Les Allemands sont loin ?

— Il ne se passe rien, et personne n'a vu le moindre Allemand.

— Aucun danger, alors, fit Mélina.

— Non, aucun danger, soyez rassurées.

Et, comme elles ne paraissaient pas convaincues, il raconta comment se déroulaient ses journées : les levers avant l'aube, les manœuvres, l'instruction relative aux canons de 400, les corvées et le froid.

— Est-ce que tu manges bien, au moins ? demanda Marie.

— Oui, ça va.

— Est-ce que tu reçois nos colis ?

— Bien sûr ! Tout va bien, je vous dis. Ne vous inquiétez pas.

Il mangeait entre deux réponses comme s'il ne s'était pas nourri depuis trois jours. Il se rendit compte, alors, qu'elles le dévisageaient avec effarement, s'étonnant de le voir engloutir tant de pain en si peu de temps, et il se mit à manger plus lentement.

— Et vous ? fit-il. Est-ce que vous ne manquez de rien ?

— Mais non, fit Marie. La Compagnie me paye comme avant la guerre.

— Et toi, Lina ?

Elle n'eut pas le cœur de lui avouer qu'après son accouchement, sa patronne ne la reprendrait pas, et qu'elle avait donc perdu son travail.

Marie vola à son secours en assurant :

— Le petit ne manquera de rien. Rassure-toi.

Un long silence succéda à ces échanges où chacun tentait de dissimuler ses craintes pour l'avenir. Puis Mélina sourit et évoqua de nouveau le petit Jean qui dormait dans la chambre.

— Il te ressemble, tu sais.

— Tu crois ?

— Mais oui. Il a les mêmes yeux que toi.

— Pas seulement, dit Marie. La même fossette au menton, là, fit-elle en posant l'index sur celle d'Étienne.

— J'ai pas remarqué, fit-il, néanmoins très flatté par ce qu'il entendait.

— Je te montrerai quand il sera réveillé, fit Mélina. Mais là, il faut le laisser dormir, au moins jusqu'à midi.

— Tu verras, ajouta Marie, comme il apprécie le lait de sa maman.

Et, aussitôt, souhaitant les laisser seuls pour ces courtes retrouvailles :

— Je vais faire les courses au marché de Saint-Cyprien. J'en ai pour une heure, au moins.

Sans plus attendre, elle enfila un manteau, se saisit d'un cabas de raphia tressé, et partit, tandis que face à face, ils se dévoraient des yeux. Étienne tendit une main que Mélina prit en disant :

— Viens ! Mais surtout pas de bruit.

Elle l'entraîna dans la chambre où ils se couchèrent dans les bras l'un de l'autre, enfin réunis après trois mois de séparation.

La journée passa très vite, d'autant plus qu'en début d'après-midi, Étienne alla rendre visite à l'oncle Henri qui fut heureux de le revoir mais manifesta beaucoup d'inquiétude pour l'avenir.

— Depuis la désertion de Thorez et la dissolution du Parti le mois dernier, expliqua-t-il à Étienne, je me sens surveillé, et j'ai beaucoup de mal à justifier l'alliance avec Moscou auprès des camarades.

— Ça doit être difficile, en effet, dit Étienne.

— J'essaye de leur démontrer que Staline veut gagner du temps et qu'on pourra compter sur lui le moment venu, mais ils ont du mal à me croire.

L'oncle haussa les épaules, ajouta :

— Les jeunes sont partis, et ceux qui restent, ce sont les plus vieux qui ont connu la guerre de 1914. Alors, ils ne comprennent pas que le Parti se soit aligné sur Staline. Je m'efforce de tenir la barre, mais je ne sais pas combien de temps je vais pouvoir continuer. D'autant plus que j'ai échappé de peu à une arrestation.

Il soupira, demanda :

— Et toi, comment ça va, là-bas ?

Étienne raconta brièvement la vie qu'il menait en Champagne, mais ne s'attarda pas, car Mélina l'attendait rue Réclusane.

— Je suis fier de toi, lui dit son oncle en l'embrassant. Tu as fait ce qu'il fallait en t'engageant.

Étienne remercia puis se hâta vers l'appartement où les deux femmes s'occupaient du nouveau-né qui était réveillé. Comme il leur relatait l'entrevue avec l'oncle, la mère déclara :

— Je ne le reconnais plus, Henri. On dirait qu'il porte sur ses épaules toute la misère du monde.

Puis elle les laissa seuls de nouveau, prenant prétexte d'une commande de charbon à passer chez le fournisseur du quartier des Minimes. Mélina donna alors le sein à son fils, en se tournant légèrement de côté, avec une pudeur qui émut Étienne. Jamais il n'aurait pensé qu'un jour il la verrait ainsi allaiter un enfant, même lorsqu'il tentait d'imaginer l'avenir. Il la revit le matin sur le chemin de l'école, à Montalens, quand elle le suppliait de l'attendre pour monter à l'école du village. Il repensa à tous ses efforts pour se rapprocher de lui, une fois qu'il eut quitté la vallée avec sa mère, suite au décès du père. Tant de détermination ! Tant de force pour échapper à une vie de malheur entre une mère paralysée et un père qui buvait ! Elle n'avait pu devenir institutrice, mais elle avait réussi à réaliser ses rêves les plus chers : vivre en ville et se marier avec lui. Il l'admirait sans parvenir à le lui dire, cet après-midi-là, dans cette chambre où la pénombre de l'hiver annonçait déjà l'arrivée de la nuit. Et à la pensée qu'il allait devoir la quitter, que la guerre les avait séparés au moment où ils avaient gagné le combat engagé côte à côte depuis si longtemps, une immense tristesse l'étreignit.

Elle retira le petit de son sein, se recouvrit prestement, se tourna vers Étienne, sourit en demandant :

— Qu'est-ce qu'il y a ?

— Rien, fit-il, rien.

Et, comme elle avait deviné à quoi il pensait :

— Tu as vu comme il se nourrit bien ?

— Oui.

— Tu vois, il ne manquera de rien.

— Je sais.

Et, posant son fils sur le lit, elle se précipita brusquement dans les bras d'Étienne en murmurant :

— C'était si long, sans toi.

Il la fit basculer, à côté de l'enfant qui gazouillait, repu, et il se mit à lui parler de tout ce qui les attendait quand la guerre serait finie. Ils retourneraient à Capbreton, là où ils avaient découvert l'auberge de jeunesse dans laquelle ils avaient été si heureux au moment du Front populaire. Ils travailleraient tous les deux, ils achèteraient une maison sur les rives de la Garonne, comme à Montalens, quand ils étaient enfants.

— Je trouverai une barque, dit-il. On reviendra dans l'île et on dormira sur le sable, entre les fougères. Tu te souviens ?

— Mais la guerre, Étienne, la guerre, tu l'oublies ?

— Ne t'en fais pas. Il ne se passera rien. Hitler n'osera pas attaquer la France et l'Angleterre.

— Tu le crois ? Tu le crois vraiment ?

— Mais oui.

Il n'en pensait pas un mot, mais il avait besoin lui aussi, en cet instant, d'imaginer un avenir de paix, sans danger, sans menace, dans cette ville qu'ils avaient choisie et qui les avait accueillis à l'âge où tous les espoirs sont permis, mais plus sûrement encore sur les rives de la Garonne où ils avaient vécu leur enfance.

— Viens ! dit-elle en se redressant, car son enfant commençait à pleurer.

Elle le prit dans ses bras et ils passèrent dans la cuisine où elle le confia à Étienne afin de préparer du café. Le petit s'arrêta aussitôt de pleurer, ce qui ravit Étienne, qui murmura :

— Oui, je suis là, je suis là.

Et dans le même temps, il songea que dès le lendemain, précisément, il ne serait plus là, ne pourrait plus protéger son enfant.

— Il te connaît déjà, dit Mélina en souriant. Il sait qui tu es. Il a suffi que tu le prennes dans tes bras pour qu'il s'arrête de pleurer.

Puis elle se tut, ayant compris qu'elle enfonçait un fer dans sa plaie. Heureusement, la bonne odeur du café se répandit dans la cuisine et ils restèrent là, silencieux, goûtant chaque seconde qui passait, dans la conscience d'un moment de bonheur à savourer. Puis la mère revint et brisa le charme sans le vouloir. Mélina s'en fut recoucher son fils et les deux femmes se mirent à préparer le repas du soir, Étienne les aidant à éplucher des pommes de terre.

— Tu pourras reprendre ton travail quand ? demanda-t-il alors, désirant s'assurer que tout irait bien quand il serait parti.

Il y eut un long et lourd silence que Mélina rompit avec un soupir :

— Ma patronne ne veut pas me reprendre. Il n'y a plus assez de clients. Avec la guerre, les gens n'achètent plus de vêtements. Ils gardent leur argent par précaution.

Étienne sursauta sur sa chaise :

— Bon Dieu ! fit-il. Mais comment vous allez faire ?

— Ne t'inquiète pas, dit la mère, je travaille, moi.

— Et puis je trouverai sûrement autre chose, ajouta Mélina. Nous en avons parlé à l'oncle Henri.

— Henri, en ce moment, son souci, c'est de se faire oublier !

Étienne avait presque crié. Il ne s'attendait pas du tout à apprendre une telle nouvelle : Mélina sans travail, et lui trop loin pour remplir ses devoirs de père.

— C'est pas possible ! Vous n'y arriverez pas avec un seul salaire !

— Bien sûr que si ! répondit la mère calmement. Lina nourrit le petit au sein, et l'argent que je gagne nous suffit.

— Même pour payer le charbon ?

— Même pour le charbon. Je viens de passer commande et j'ai payé d'avance. La cave sera pleine.

La colère d'Étienne ne diminuait pas et les paroles rassurantes de sa mère n'y pouvaient rien. Ce qui décuplait cette colère, c'était son sentiment de culpabilité, lui qui avait été assez fou pour s'engager pour la durée de la guerre alors que son épouse était enceinte. Il en voulait au monde entier, en cet instant-là, mais surtout à lui-même : Lina avait longtemps refusé de le voir s'engager, elle avait lutté patiemment, courageusement, et il ne l'avait pas écoutée. Et aujourd'hui elle ne lui reprochait rien : elle avait décidé de faire face, comme toujours, avec l'énergie dont elle était coutumière. Heureusement, elle n'était pas seule. Il y avait la mère pour veiller sur elle. Cette pensée le rasséréna, car il savait pouvoir compter sur Marie : après la mort du père, sa mère n'avait pas sombré dans le chagrin et, au contraire, elle avait su trouver la force de partir à la ville, recommencer une nouvelle vie. Étienne soupira, murmura :

— Espérons qu'au printemps tout sera terminé.

— Mais oui, fit Marie, ça ne peut pas durer. La preuve : il ne se passe rien. C'est toi-même qui le dis.

Il n'eut pas le cœur à répondre quoi que ce soit : il n'était vraiment pas sûr de ce qu'il avançait, et cet Hitler de malheur était capable de toutes les folies. Mais cela, il ne pouvait pas l'avouer à Lina et Marie qui mettaient la table à présent, pour le repas du soir. La bonne odeur de la soupe de pain et du ragoût de pommes de terre qui mijotaient sur la cuisinière emplit la cuisine en réveillant des sensations anciennes de foyer paisible et heureux.

Ils dînèrent en silence, n'osant évoquer leurs doutes et leurs craintes face à l'avenir incertain et toutes ces menaces qui rôdaient. Seule la mère tenta de montrer un peu d'entrain, parlant de son travail à la Compagnie, manifestant un optimisme qui sonnait faux et les accablait au lieu de leur apporter le réconfort dont ils avaient besoin.

Le petit Jean, en pleurant soudain dans la chambre, mit fin à ces instants qui auraient dû être heureux et qui ne l'étaient pas. Mélina se précipita et revint avec lui dans la cuisine, ce qui les occupa jusqu'à dix heures, et remit un peu de vie dans la pièce sombre, où la nuit semblait s'être engouffrée en apportant avec elle tout le froid de l'hiver.

Ils se couchèrent peu après, non sans avoir réglé un réveil pour deux heures du matin, le train étant à trois. Mélina et Étienne dormirent très peu : dans les bras l'un de l'autre, se refusant au sommeil, ils firent en sorte de repousser le plus possible la séparation qui approchait. De temps en temps, il se dressait sur un coude pour observer le cadran, se recouchait en soupirant.

— Tu feras bien attention à toi, dit Lina.

— Mais oui, ne t'inquiète pas.

— À quelle heure dois-tu arriver ?

— Vers six heures du soir.
— C'est donc si loin ?
— Il faut passer par Paris. Quand tout ça sera fini, je t'y emmènerai.
— Ça doit être beau, Paris.
— Tu sais, je ne fais que changer de gare et je le traverse très vite en métro.
— C'est beaucoup plus grand que Toulouse ?
— Oui, bien plus grand.
Ces mots dérisoires les accablaient davantage. Ils ne songeaient qu'à une seule chose : ils allaient se quitter et ils ne pouvaient pas lutter contre cette échéance dont ils souffraient comme d'une plaie à vif. Ils réussirent néanmoins à s'assoupir vers une heure, mais leur fils les réveilla peu après. Mélina lui donna le sein une nouvelle fois, puis elle le garda dans les bras.
— Prends-le encore un peu, dit-elle à Étienne.
Il le reçut toujours aussi maladroitement, mais il le tint serré un long moment contre lui, l'embrassant sur le front avant de le rendre à Mélina. Elle le recoucha et ils purent s'allonger de nouveau, n'osant prononcer un mot. Il crut alors qu'elle pleurait, elle qu'il n'avait jamais vue pleurer, ou si rarement qu'il n'en gardait pas le moindre souvenir.
— Non ! souffla-t-il. Ne pleure pas.
— Je ne pleure pas.
Elle se redressa alors sur un coude et, penchée sur lui, murmura :
— Et si tu ne repartais pas ? Souviens-toi de ce que t'a dit Marius, l'imprimeur chez qui tu travaillais : il proposait de te cacher.

Étienne ne répondit pas tout de suite. Il y avait pensé aussi, mais il avait signé des papiers en s'engageant et le fait de renier sa signature le révulsait.

— Plus maintenant, dit-il, c'est trop tard.

Et en même temps, l'envie folle de ne pas s'éloigner des siens grandissait en lui, le submergeait. Pour s'en délivrer, il fallut qu'il songe à ce que leur avait appris leur instructeur, là-bas, en Champagne, sur ce qu'il en coûtait de déserter en temps de guerre. Non, décidément, ce n'était pas possible : le risque était encore plus grand, lui semblait-il, de déserter que de repartir vers une guerre qui peut-être n'éclaterait jamais.

— C'est trop risqué de déserter, fit-il. Mais je reviendrai. Je te promets que je reviendrai.

Elle ne dit plus rien et se blottit dans ses bras pendant l'heure qui restait avant la sonnerie du réveil. Ils se levèrent un peu avant qu'elle ne retentisse, portèrent leurs vêtements dans la cuisine pour ne pas réveiller leur fils et s'habillèrent en silence. Puis Mélina fit chauffer du café, et ils demeurèrent un long moment face à face. Il murmura alors en lui prenant les mains :

— Il faut se souvenir des jours de fête où nous avons été heureux et tout faire, toi et moi, chacun de notre côté, pour les revivre un jour. Rappelle-toi : notre mariage, l'été 1936, quand nous dansions au son de l'accordéon, les plages de l'océan, à Capbreton, sous les étoiles, et tout ce que nous avons vécu de plus beau, tous les deux.

— Oui, dit-elle, tu as raison.

— Nous recommencerons.

— Oui. Nous recommencerons.

Il soupira, se leva en disant :

— Il faut que j'y aille.

— Laisse-moi t'accompagner, dit Mélina.

— Non ! Ce serait trop difficile.

— S'il te plaît !

— Non, Lina, il fait trop froid, et puis je serais trop inquiet de te savoir seule pour retraverser Toulouse.

La mère apparut pour embrasser Étienne, eut beaucoup de peine à s'en détacher, essuya une larme. C'est à peine si elle reconnaissait son fils dans cette capote, ce pantalon kaki et ce calot trop grands qui lui allaient si mal.

— Sois prudent, dit-elle.

— Oui, ne t'inquiète pas.

Elle retourna dans sa chambre pour les laisser seuls et Mélina murmura :

— Laisse-moi au moins t'accompagner jusqu'en bas.

— Si tu veux.

Il lui tint la main dans l'escalier où la lumière ne fonctionnait pas, et ils se retrouvèrent dans la petite rue Réclusane, devant la porte d'entrée qu'ils avaient si souvent franchie ensemble. Elle se blottit contre lui et il la retint un moment, tandis qu'elle frissonnait.

— Reviens, Étienne ! dit-elle. Sinon je pourrai pas.

C'étaient les mots qu'elle prononçait chaque soir, à Montalens, en lui demandant de l'attendre, le lendemain matin, pour monter à l'école.

— Il faut rentrer, tu vas prendre froid, dit-il.

Et, en essayant de s'écarter d'elle :

— Tout ira bien. Je te le promets.

Il la repoussa doucement, le plus doucement possible, répéta :

— Rentre, maintenant. Ne t'inquiète pas.

Elle ne put faire un pas, et ce fut lui qui s'éloigna, d'abord en reculant sur quelques mètres, ensuite en se retournant et en se mettant à courir vers l'extrémité de la rue au coin de laquelle il disparut. Mélina se précipita derrière lui, puis brusquement, songeant à son fils, elle s'arrêta et fit demi-tour, relevant le col de sa veste, avec l'impression que tout le froid de l'hiver était entré en elle.

Elle se réfugia dans la maison, trouva Marie qui l'attendait, mais qui n'eut pas la force de parler. Puis les deux femmes se couchèrent, et ni l'une ni l'autre ne réussirent à trouver le sommeil. Elles cherchaient à imaginer Étienne sur le quai de la gare, ou dans le train qui déjà l'emportait vers des lieux inconnus. Mélina, qui ne parvenait pas à se réchauffer, prit son fils près d'elle, dans son lit, et dit doucement avant de s'endormir :

— N'aie pas peur. Il reviendra. Il me l'a promis. Il reviendra.

2

Un hiver très froid avait succédé à ce mois de novembre déjà pluvieux et venteux. Étienne n'avait même pas osé espérer une permission à Noël, du fait qu'il en avait obtenu une un mois plus tôt. Rares furent ceux, du reste, qui eurent la chance de connaître cette faveur. Dès la mi-décembre, la neige paralysa l'activité du camp où les hommes se calfeutrèrent dans les chambrées, cassant la glace chaque matin pour se laver, jouant aux cartes, tuant le temps comme ils le pouvaient, écrivant à leurs familles de longues lettres où s'exprimait leur désolation de se trouver loin d'elles, de ne se sentir utiles à rien, et surtout pas à cette armée qui paraissait s'être endormie comme un animal qui hiberne, ignorant tout ce qui se passe hors de son domaine.

Dans ses lettres à Mélina, Étienne s'efforçait de la rassurer, d'évoquer une possible permission au printemps, même s'il savait qu'il serait le dernier à en bénéficier. Il s'inquiétait surtout du froid qui devait régner aussi à Toulouse, demandait si elles avaient assez de charbon, si son fils allait bien, et si sa mère continuait à travailler à la Compagnie. Il n'osait pas interroger Mélina pour savoir si elle avait trouvé du travail, conscient que ce n'était pas la bonne saison pour cela, et que de toute façon il fallait veiller sur le petit en l'absence de Marie. Mélina répondait dans des lettres plus longues que celles d'Étienne, lui envoyait des chaussettes, un tricot de laine, et quelques victuailles, chocolat ou boîtes de sardines, que la mère achetait quand elle le pouvait.

Les jours paraissaient interminables à Étienne, et ils le furent encore plus en janvier et février quand la température descendit jusqu'à moins vingt degrés, si bien que les corvées de bois représentèrent la seule activité des hommes qui, une fois rentrés dans les chambrées, se groupaient autour du poêle et discutaient de ce qui les attendait au printemps. La plupart pensaient qu'il ne se passerait rien, mais certains prétendaient qu'Hitler allait profiter des beaux jours pour lancer cette offensive que l'on redoutait depuis septembre dernier. Heureusement, pour les plus optimistes, la ligne Maginot était censée interdire le territoire français à la moindre troupe ennemie et, selon les officiers qui se montraient catégoriques, l'armée française, forte de son expérience, ne se laisserait pas manœuvrer, comme elle l'avait été en 1914 avant la bataille de la Marne.

En mars, le froid desserra un peu son étreinte, et début avril quelques bourgeons se mirent à éclore sur les bouleaux en limite du camp. Les premières permissions éclaircirent les rangs de la compagnie d'Étienne, qui en espérait une pour la mi-mai. Il en reçut l'assurance de la part du secrétaire du maréchal des logis nommé Paillères, avec qui il avait noué des liens d'amitié, car il était originaire d'Agen. Dès lors, il commença à compter les jours qui le séparaient des retrouvailles avec Mélina, sa mère et son fils.

La semaine précédente, il s'était senti d'autant plus seul que son ami Louis Delmas était parti pour huit jours vers les rives de la Garonne qu'ils évoquaient si souvent, le soir, quand ils étaient seuls tous les deux, sur leurs lits voisins, en se promettant de s'y retrouver bientôt, pour fêter la paix ou la victoire. Louis revint le 8 mai et rapporta avec lui des nouvelles du pays, ce Sud-Ouest qui manquait tant à Étienne et dont le souvenir s'auréolait de tous les charmes d'un monde disparu. Selon Louis, la population, là-bas, ne se souciait pas de la guerre : elle leur paraissait lointaine, et ses braises rougeoyantes s'éteignaient un peu plus chaque jour. La plupart des gens de son village ne croyaient pas à une offensive allemande. La France et l'Angleterre unies étaient de taille à faire peur à Hitler qui ne prendrait pas le risque de s'y attaquer.

Aussi, le soir du 10 mai, quand ils apprirent que l'armée allemande avait lancé son offensive aux Pays-Bas, en Belgique et au Luxembourg, Étienne et Louis en furent sidérés. Mais ils n'eurent pas le temps de s'apitoyer sur leur sort, car leur unité fit route aussitôt en direction de Vervins, à proximité de la frontière belge. Elle n'y arriva que le lendemain soir, les voies ferrées étant encombrées de convois, de troupes d'infanterie qui avaient priorité sur les lourds canons de 400. Les officiers de leur compagnie ne manifestaient aucune inquiétude : selon eux, une offensive vers la France ne surviendrait pas avant une importante préparation d'artillerie exigeant plusieurs jours.

Quelle ne fut pas leur surprise, quand, le 13 en milieu d'après-midi, l'aviation allemande se déchaîna subitement sur les positions françaises, brisant les capacités de réaction des troupes clouées au sol ! Un peu à l'est, à la fin de cette journée, l'infanterie et l'artillerie allemandes franchissaient déjà la Meuse sur un pont de bateaux établi par le génie, si bien que dès le lendemain sept divisions blindées, avec leurs deux mille chars, s'engouffraient dans une brèche de quatre-vingts kilomètres sur cinquante de profondeur au cœur du dispositif français.

Le régiment d'Étienne et de Louis se trouvait précisément entre cette offensive ardennaise et les troupes allemandes victorieuses aux Pays-Bas et en Belgique sans grande opposition. C'est alors qu'Étienne et Louis, toujours stationnés à Hirson, virent refluer dans un désordre indescriptible l'infanterie française accourue quelques jours plus tôt en Belgique, alors que les canons de 400 n'avaient pas tonné une seule fois. L'inquiétude gagnait les officiers de l'artillerie lourde à qui il fallait quarante-huit heures pour déplacer les canons. Un flot ininterrompu de fantassins et de civils traversait la petite ville dans un affolement complet, tandis que les ordres et les contrordres se succédaient, venus d'un état-major dépassé par la tournure des événements.

Pour le 14e régiment d'artillerie, il était déjà trop tard : les panzers allemands fonçaient vers Abbeville et la mer afin d'enfermer dans la nasse les troupes françaises situées entre les Ardennes et la côte atlantique. Si bien que quarante-cinq divisions alliées se trouvèrent prises au piège dans le nord de la France et en Belgique. Dont celle d'Étienne et de Louis qui, abandonnant tout le matériel et les canons devenus inutiles, reçut l'ordre d'essayer de rallier Dunkerque, où la marine, déjà, réembarquait les troupes menacées d'encerclement.

Pour Étienne et Louis, passé la stupeur de cette accablante nouvelle, ce fut le début d'un périple qui se transforma rapidement en une fuite éperdue, dans une épouvantable panique qui dispersait sur les routes des soldats hagards, complètement sonnés, qui pillaient les fermes et mangeaient crus des légumes qu'ils n'avaient pas le temps de faire cuire. Régulièrement les Stukas ennemis venaient mitrailler les convois, repartaient, revenaient peu après, et il fallait de nouveau trouver un abri à proximité de la route : pont, bouche d'égout, fossé où l'herbe haute de juin n'avait heureusement pas encore été coupée.

Le 23 mai au soir, un violent orage les trempa jusqu'aux os, et ils se réfugièrent dans une grange sans un morceau de pain à se mettre sous la dent. Leurs officiers avaient disparu la veille, ayant menacé de leurs armes le conducteur d'un camion déjà surchargé de soldats. Étienne et Louis étaient restés seuls sur le bord de la route, animés d'une rage qui les avait incités à voler deux bicyclettes sur la place d'un village, entre Cambrai et Arras.

Trois jours plus tard, par des routes secondaires, ils parvinrent à Béthune, mais ne purent entrer dans la ville entièrement paralysée par les encombrements de civils et de militaires. Ils la contournèrent par l'est, toujours poussés par l'idée d'embarquer à Dunkerque et d'échapper au piège. De temps en temps les

Stukas allemands réapparaissaient, et les deux fuyards jetaient leurs bicyclettes dans l'herbe d'un talus, se terraient le temps que les avions disparaissent avec, pour Étienne, l'accablement de savoir qu'il pouvait mourir là, loin de Mélina, de sa mère et de son fils.

— T'inquiète pas, disait Louis quand ils se relevaient, on va y arriver.

Étienne ne répondait pas, il appuyait sur les pédales de toutes ses forces jusqu'au soir où on leur vola leurs bicyclettes devant la grange où ils dormaient. Alors ils repartirent à pied et marchèrent interminablement jusqu'à ce qu'un camion s'arrête à leur hauteur, où ils reconnurent, à côté du chauffeur, le maréchal des logis de leur régiment.

— Montez vite, les gars ! On y sera ce soir.

Étienne et Louis se frayèrent une place sur le plateau arrière où des soldats se poussèrent de mauvaise grâce, les yeux vides, affamés, incapables de manifester la moindre énergie ou de prononcer le moindre mot. À trois heures de l'après-midi, le camion atteignit Bergues puis entreprit de contourner Dunkerque par l'est, car le seul officier présent, ce maréchal des logis de leur régiment, avait appris lors d'une halte que l'embarquement s'effectuait à Malo-les-Bains, entre Dunkerque et Zuydcoote.

Ils y arrivèrent le 1er juin au soir, au moment où la nuit tombait. Ayant abandonné le camion, Étienne, Louis, le maréchal des logis et quatre ou cinq soldats s'engagèrent dans les dunes qui étaient peuplées de canons antichars hors d'usage, de camionnettes anglaises, de fusils, de voitures désossées, 402 ou Tractions Avant, au milieu de soldats sans armes, sans chefs, couchés dans le sable, autour de mauvais feux mal abrités du vent. Ils trouvèrent refuge près d'un camion Renault de ravitaillement qui servait de roulante à une dizaine de soldats qui étaient en chemise tellement il faisait chaud, et ils purent manger une boîte de singe chacun, car le camion en était plein.

Ils burent enfin l'eau d'un jerrican énorme que les hommes allaient chercher, expliquèrent-ils, à un puits à l'entrée de Malo. Devant eux, à une centaine de mètres des dunes, les coques de trois bateaux oscillaient sous la lune, toutes lumières éteintes pour ne pas se signaler à l'aviation allemande. Épuisés, Étienne et Louis s'endormirent aussitôt, sans même entendre de la bouche du sergent que les Anglais n'embarquaient que les unités constituées et qu'il était vain d'espérer passer entre les mailles du filet.

À Toulouse, Mélina avait appris le déclenchement des opérations allemandes le 10 mai au soir, par Marie qui rentrait du travail.

— Ne t'inquiète pas, avait dit la mère d'Étienne. Ils sont entrés aux Pays-Bas et en Belgique, mais ils ne pourront pas le faire en France. Notre armée est bien plus forte.

Mélina, abasourdie, était passée de l'abattement à la colère en quelques minutes. C'est à peine si elle avait avalé un peu de soupe, cherchant avec Marie de quoi se rassurer, puis elle était montée chez les voisins du dessus, un couple de près de soixante-dix ans qui possédait un poste de radio, pour obtenir d'autres nouvelles.

— Seulement la Belgique et les Pays-Bas, lui avait confirmé M. Barnède, un ancien boulanger à la retraite, épuisé par une vie de travail. Ne vous en faites pas, votre mari ne risque rien.

Sa femme et lui se ressemblaient : de petite taille, le visage rond et avenant, un sourire perpétuel aux lèvres, ils avaient manifesté dès le début vis-à-vis de Mélina beaucoup de sympathie. Elle avait eu tout de suite confiance en eux, de même que Marie qui avait fait leur connaissance avant Mélina.

Elle était redescendue un peu rassurée, avait veillé une heure avec Marie, s'était couchée mais n'avait pu fermer l'œil de la nuit. Trois jours avaient passé sans nouvelle alerte, mais Mélina n'en pouvait plus de demeurer enfermée dans cette attente anxieuse dont elle ne se délivrait qu'en sortant au marché voisin de Saint-Cyprien.

Aussi, le matin du 14, quand la mère d'Étienne fut partie au travail, au lieu de rester dans l'appartement à se morfondre, Mélina s'en fut en ville pour essayer d'en apprendre un peu plus, portant son fils dans ses bras, car elle n'avait pas pu acheter de landau. Dans les rues, les gens paraissaient inquiets et se pressaient sur les trottoirs, comme sous l'effet d'une urgence mal définie, mais source de préoccupation. Mélina s'efforçait d'écouter les passants lorsqu'une conversation s'amorçait, mais elle n'apprit rien de plus que la veille.

Passé le pont, elle traversa la place Esquirol puis se dirigea vers la place du Capitole par la rue Saint-Rome, cette place qu'elle avait découverte avec Étienne, un matin d'été, pour son plus grand bonheur, et elle se retrouva devant la terrasse du café où ils s'étaient assis lors de leurs retrouvailles, après le départ d'Étienne et de sa mère pour Toulouse.

Mais elle était seule aujourd'hui, et cette terrasse lui donna la sensation précise d'un vide dans sa vie – un vide qui serait impossible à combler. Cette impression de malaise dura jusqu'à ce qu'elle eût quitté la place, empruntant la rue Lafayette en direction du square qu'elle connaissait, à cent mètres de là, et où elle pénétra comme dans un refuge. S'asseyant sur un banc, elle prit son fils sur ses genoux, et le contact de ce petit corps chaud lui fit du bien.

À six mois, Jean, qu'elle nourrissait toujours au sein, ressemblait de plus en plus à son père. Les yeux verts, les cheveux bruns, le front haut, il avait même des expressions qui, par instants, fugacement, faisaient surgir devant Mélina celui qui lui manquait tant. C'était alors une lumière familière qui s'allumait derrière une porte battante aussitôt refermée. Mais l'éclair de présence avait brillé et avait réchauffé son cœur durant quelques brèves secondes, et c'était toujours ça de gagné sur l'angoisse dont l'étau ne se desserrait pas souvent.

Sur le banc voisin, deux hommes d'âge mûr discutaient avec fièvre. Prêtant l'oreille, Mélina entendit ce qu'elle redoutait depuis de longs jours : l'un d'eux, vêtu d'une chemise rouge et coiffé d'un chapeau de paille, expliquait d'une voix assurée au second qu'une offensive allemande avait été lancée par Hitler dans les Ardennes avec succès.

— Impossible ! répondit l'autre, qui portait un bleu de travail et une casquette grise. Les Ardennes, je connais, c'est de la forêt, les chars ne peuvent pas passer entre les arbres.

Il ajouta, péremptoire :

— D'ailleurs *La Dépêche* n'en parle pas.

— Bien sûr que les journaux n'en parlent pas ! Tu te souviens pas de la censure en 1914 ? Ils ne disent que ce qu'ils veulent.

— Alors, d'où tu le tiens ?

— D'un télégramme de ma fille qui habite à Rethel.

Un long frisson secoua Mélina qui se leva et s'enfuit, se refusant à croire ce qu'elle avait entendu. Et pourtant elle marchait vite, très vite, comme pour échapper à une menace immédiate : une attaque allemande ! Dans les Ardennes ! Elle se dépêchait pour regarder dans un des livres qu'elle avait pu garder de l'École primaire supérieure s'il y avait loin entre les Ardennes et la Champagne où se trouvait Étienne. Non ! Les deux régions étaient voisines, c'est ce qu'elle constata avec effarement, avant de monter chez les Barnède qui lui confirmèrent que la radio avait parlé d'une offensive allemande du côté de Sedan, mais qui avait échoué. Un peu rassurée, elle redescendit chez elle, et fut surprise, à midi, de voir arriver Marie qui, d'ordinaire, emportait son repas pour manger au dépôt de la gare Matabiau.

D'abord, Mélina crut que la mère d'Étienne venait lui annoncer cette offensive allemande dont tout le monde parlait, mais, devant la mine défaite, le souffle court et l'affolement dans les yeux de Marie, elle comprit qu'il s'était passé quelque chose de grave à Matabiau.

— Henri a été arrêté ! parvint enfin à murmurer Marie.

— Henri ? Arrêté ? Et pourquoi ?

— Tu le sais bien, pourquoi : il avait failli l'être en octobre en tant que responsable syndical proche du Parti. Mais cette fois-ci, avec l'attaque allemande, ils prennent leurs précautions.

Marie effaça une larme, soupira, puis ajouta, d'une voix presque inaudible :

— C'est pas tout, ma pauvre petite.

— Quoi encore ? fit Mélina.

— La direction m'a convoquée et m'a dit que je pouvais rester chez moi, qu'on n'avait plus besoin de moi.

— C'est pas possible, souffla Mélina. Mais pourquoi toi ?

— Je suis sa sœur. Ils se méfient de moi. D'autant plus que c'est Henri qui m'a fait embaucher. Rappelle-toi.

Mélina hocha la tête, accablée, et demanda :

— Qu'est-ce qu'on va devenir ?

Marie posa sa main sur celle de Mélina et tenta de la rassurer en disant :

— Ils m'ont dit que c'était provisoire, qu'ils attendaient de nouvelles instructions.

— Mais de qui ?

— Je ne sais pas… De la préfecture sans doute.

Mélina hésita quelques secondes, puis :

— Tu as appris ce qui s'est passé dans les Ardennes ?

— Oui, bien sûr.

— J'ai étudié la carte. Étienne n'est pas loin.

Le regard que Marie leva sur Mélina portait toute la détresse du monde : c'était vraiment beaucoup pour une seule journée. Et pourtant une autre mauvaise nouvelle allait survenir avec, peu après midi, la réception d'une lettre postée par Étienne et dont Mélina décacheta l'enveloppe en tremblant. Dès qu'elle eut fini de lire, elle la donna à Marie et se précipita vers le livre de géographie où figurait une carte de France afin de voir où se trouvaient Vervins et Hirson, près de la frontière belge, par rapport aux Ardennes : c'était tout près, au nord-ouest, à moins de cent kilomètres. Elle était devenue si pâle que Marie n'osa pas la questionner : elle avait compris. Dès lors, elles s'efforcèrent de préparer le repas, mais elles n'eurent pas la force de manger. En se mettant à pleurer, le petit Jean les rappela à leurs devoirs, et le fait de le voir téter, puis sourire, les aida à reprendre pied dans la réalité : lui était là, au moins, bien vivant, et il avait besoin d'elles. Il ne fallait pas se laisser aller. Il fallait se battre, comme Henri, comme Étienne, en essayant d'oublier cette journée maudite et en gardant confiance malgré toutes les menaces qui rôdaient autour d'elles.

À peine l'aube se leva-t-elle sur les dunes de Malo, ce 2 juin, qu'une escadrille de Stukas vint tourner au-dessus des trois cargos qui attendaient à une centaine de mètres de la plage. Déjà, de fragiles chaloupes vertes avaient commencé leurs va-et-vient entre la plage et les bateaux, emportant chaque fois une douzaine de soldats anglais reconnaissables à leurs blousons et leurs longs pantalons si différents des vareuses et des capotes des Français. Aussitôt la DCA venue de la plage, des toits des maisons, d'un torpilleur et des cargos se mit à crépiter, faisant naître là-haut, dans le ciel d'un bleu tendre, de petits nuages blancs qui floconnèrent entre les avions sans paraître les atteindre. Au contraire, les Stukas s'inclinèrent vers le sol et foncèrent sur les trois cargos, tandis que le torpilleur qui était censé les défendre gagnait le large en zigzaguant comiquement, pour échapper aux bombes.

Étienne et Louis, à l'abri de la roulante, s'attendaient à voir les Stukas fondre sur les bateaux, mais ils les dépassèrent et virèrent sur la gauche avant d'amorcer un grand arc de cercle qui les remit dans l'axe de la grande plage. C'est quand ils entendirent le premier sifflement qu'ils comprirent : les Stukas s'en prenaient aux soldats qui tentaient d'embarquer et à ceux qui avaient trouvé refuge dans les dunes, creusant dans le sable de dérisoires abris. Étienne sentit un grand souffle dans son dos, puis il fut recouvert de sable et en émergea en usant de ses bras, la respiration courte, persuadé d'avoir été touché à cause d'une brûlure à son épaule gauche. Il se tourna alors de côté et fut soulagé de voir Louis à demi dressé sur un coude, mais il n'eut pas le temps de lui parler car, déjà, les avions revenaient. Avant de rebaisser la tête, il aperçut les soldats anglais qui couraient vers les dunes ou, au contraire, plongeaient sous la surface de l'eau, dans un geste de défense aussi périlleux qu'inutile. Cette fois, ce ne fut pas le sifflement des bombes qui retentit, mais le « tac-tac » des mitrailleuses dont les balles perdues faisaient dans le sable de petits chocs mous, presque inaudibles, et pourtant mortels pour les corps qui les recevaient. Il y eut des cris, des hurlements que la DCA ne couvrait pas entièrement, puis l'escadrille s'éloigna subitement, prise en chasse par des avions alliés surgis de nulle part.

— Vite ! cria un sergent. Embarquons avant qu'ils reviennent !

Étienne et Louis se précipitèrent vers la mer où les soldats anglais, de nouveau, piétinaient en attendant les chaloupes qui venaient de reprendre leurs va-et-vient. Ils se faufilèrent dans les rangs des tommies qui ne semblèrent pas étonnés, mais dès qu'ils apparurent au regard des deux officiers à cheval qui étaient armés, ceux-ci leur interdirent le passage en hurlant :

— Soldats anglais seulement !

N'en croyant pas leurs oreilles, Étienne et Louis réalisèrent qu'effectivement ils étaient les deux seuls Français dans la file et se demandèrent où étaient passés leurs compagnons de la veille. Ils les aperçurent un peu plus loin, qui remontaient vers les dunes en courant. Étienne voulut forcer le passage, car la chaloupe revenait et s'apprêtait à accoster.

— Anglais seulement ! aboya l'un des officiers chargés du maintien de l'ordre sur la plage.

— Suis-moi ! dit Étienne à Louis, et il se glissa entre les deux chevaux en direction de la chaloupe qui venait d'accoster.

Il se retrouva dans l'eau avec une terrible douleur à la tête, et comprit ce qui s'était passé quand Louis l'aida à se relever.

— Anglais seulement ! hurla de nouveau l'officier qui l'avait frappé à coups de crosse.

Étienne porta sa main droite à sa nuque, la ramena devant ses yeux couverte de sang. S'il avait été armé, il aurait tiré de rage, de dépit, de désespoir, mais aucun homme ne l'était sur cette plage où régnaient déjà le renoncement et la peur.

— Viens ! dit Louis. Courons !

Ils regagnèrent les dunes où gisaient de nombreux cadavres anglais et français au milieu des chevaux morts, des armes et des camions abandonnés. Étienne s'agenouilla auprès de l'un d'eux et entreprit d'arracher son blouson à l'Anglais.

— Tu vas pas faire ça ! fit Louis.

— Dépêche-toi, on n'a pas le temps ! répondit Étienne en débouclant le ceinturon qui retenait le pantalon du soldat anglais.

Ce ne fut pas facile, car l'homme était lourd et opposait une force d'inertie considérable à ses efforts. Louis l'imita sur un cadavre voisin, mais il leur fallut plus de cinq minutes avant de réussir à enfiler les vêtements des tommies tués par les mitrailleuses ennemies.

Quand ils se redressèrent, les Stukas revenaient, volant à basse altitude, et de nouveau la DCA entra en action, alors que l'un des trois cargos, chargé d'hommes entassés sur le pont, tentait de gagner le large. Ce ne fut pas lui qui reçut les premières bombes, mais les deux qui demeuraient immobilisés près de la plage. Le plus proche d'Étienne et de Louis explosa dans une lueur aveuglante, et, coupé en deux, se coucha sur l'océan. Le deuxième, miraculeusement indemne, essaya de fuir, mais il fut atteint au bout de quelques centaines de mètres et explosa à son tour dans des gerbes de feu d'une phosphorescence inouïe.

Paralysés par ce spectacle effrayant et le vacarme qui s'ensuivit, Étienne et Louis restaient debout sans se rendre compte que les Stukas avaient fait demi-tour vers la plage, et ils n'eurent que le temps de se jeter au sol quand les mitrailleuses se remirent à cracher. Une fois qu'ils eurent disparu à l'horizon, Étienne se dressa et, entraînant Louis, courut vers la murette qui séparait les dunes des premières maisons. Ils s'allongèrent contre elle, étonnés à présent d'entendre distinctement, malgré la distance, le crépitement des cargos qui flambaient et les hurlements des soldats dont ils apercevaient les silhouettes fragiles se précipiter à la mer.

Face à ce désastre, ils demeuraient assis, incapables de penser et d'agir. Peu à peu, cependant, une évidence leur apparaissait : ils n'embarqueraient jamais pour l'Angleterre. Dès lors, que faire ? Comment sortir de la nasse ?

— Viens ! dit Étienne. Restons pas là !

Se trouvant face à face dans leurs uniformes anglais, ils se dévisagèrent un moment en silence puis, sans même se concerter, ils se débarrassèrent du blouson et du pantalon que, dans leur hâte, ils avaient passés par-dessus leur uniforme français. Après quoi ils s'engagèrent dans la rue parallèle à la plage où les maisons à moitié détruites laissaient voir des charpentes noircies, et dégageaient une épaisse fumée. Ils croisèrent des soldats qui, comme eux, erraient au hasard et pénétraient entre les murs éventrés pour chercher de la nourriture. Tous paraissaient harassés, désespérés, ne trouvaient pas la force de se saluer ni d'échanger le moindre mot. Une immense désolation s'était abattue sur la petite ville, comme frappée par un cataclysme inimaginable, un événement inenvisageable à l'esprit des hommes.

Étienne et Louis se réfugièrent dans la cave d'une maison à deux étages, mais dont le second, partagé par le milieu, béait sur le vide. Ils y découvrirent des pots de confiture et des boîtes de sardines, commencèrent à manger car leur ventre criait famine. Étienne consulta sa montre : il était quatre heures de l'après-midi alors qu'il croyait être en fin de matinée. Sa nuque et son épaule douloureuses avaient imprégné sa chemise et sa vareuse kaki d'un rouge sombre, mais elles ne saignaient plus.

— Il faut pas rester là, dit-il à Louis. On va attendre la nuit et on partira vers le sud.

Et, comme Louis semblait complètement découragé :

— Il faut pas tomber entre leurs mains. On passera, je te jure qu'on passera !

La canicule s'était abattue sur Toulouse en ce début juin, apportée par ce vent d'autan qui mettait les nerfs à vif en faisant claquer les volets et en glissant partout son haleine brûlante et sèche. Mélina était très inquiète de n'avoir reçu aucune nouvelle d'Étienne, d'autant que la radio ne cachait plus la gravité de la situation sur le théâtre des opérations. Elle l'écoutait chez ses voisins chaque midi et chaque soir, en était chaque jour plus désespérée : Paul Reynaud, le président du Conseil, avait remplacé Gamelin par Weygand, qui avait tenté d'établir une nouvelle ligne de front sur la Somme, mais celle-ci avait rapidement cédé et les panzers allemands avaient atteint la Seine près de Rouen le 9.

Dès qu'elle redescendait chez elle, Mélina se penchait sur la carte de France pour constater amèrement qu'Étienne, si son régiment ne s'était pas replié à temps, se trouvait au-delà de la zone conquise par les Allemands.

— Ne t'en fais pas ! disait Marie. Je suis sûre qu'il est parti avant.

Marie avait retrouvé un peu d'espoir depuis qu'elle avait été autorisée à reprendre son travail. Henri, lui, était toujours en prison, mais il avait donné de ses nouvelles qui étaient plutôt rassurantes : il ne se plaignait pas et espérait être libéré bientôt.

Le 10 au soir, les deux femmes, qui guettaient chaque nouvelle avec appréhension, furent abasourdies d'entendre que le gouvernement avait quitté Paris pour la région de Tours et que l'Italie venait de déclarer la guerre à la France. Pourtant le 13, au lieu de s'en désoler, elles se réjouirent d'apprendre que la veille, le général Weygand avait ordonné un repli général des troupes françaises sur un arc de cercle allant de Caen aux Vosges, en passant par Orléans et Langres.

— Si Étienne peut atteindre Orléans, dit Marie, je suis persuadée qu'on le reverra bientôt.

Mélina ne vivait plus, négligeait son fils, était hantée par l'idée qu'Étienne était peut-être mort.

— L'artillerie n'est pas l'infanterie, disait Marie. Rappelle-toi ! Il te l'a expliqué : les risques sont moins grands.

Mélina l'entendait à peine et se sentait submergée par une angoisse dont elle ne se libérait pas, même la nuit. Elle prenait alors son fils dans le grand lit près d'elle, s'apaisait quelquefois au contact de cette chaleur contre sa peau, souhaitait que l'aube ne se lève jamais, qui apporterait avec lui son flot de mauvaises nouvelles, et cette angoisse qui augmentait au fil des heures, jusqu'aux informations du soir.

Les quatre jours qui passèrent jusqu'au 17 juin ne furent qu'un long chemin de croix de plus en plus douloureux. Aucune nouvelle d'Étienne ne lui était parvenue, alors qu'elle guettait le facteur dans la rue, vers midi, et qu'il lançait, sans s'arrêter :

— Ne vous inquiétez pas ! Demain, c'est sûr !

Ce fut donc avec résignation qu'elle monta chez ses voisins, ce soir du 17, pour écouter la radio, et que, incrédule, elle entendit une voix chevrotante prononcer les mots inimaginables qui eurent du mal à se frayer un chemin jusqu'à son esprit souffrant : « C'est d'un cœur serré que je vous dis aujourd'hui qu'il faut cesser le combat [...] Je fais à la France le don de ma personne pour atténuer son malheur [...] »

— C'est Pétain ! expliqua M. Barnède. Il a été nommé par Paul Reynaud et il vient de demander l'armistice. La guerre est finie.

— Comment ça, finie ? demanda Mélina.

— C'est fini. L'Allemagne a gagné la guerre.

— Alors il va revenir ?

— Qui ça ?

— Mon mari.

— Bien sûr !

Qu'importait en cet instant la défaite ? Mélina ne faisait pas la relation entre l'arrêt des combats et la victoire de l'ennemi. Une seule pensée l'animait : la guerre était finie et Étienne allait revenir. Elle dégringola les escaliers vers l'appartement où Marie veillait sur le petit Jean, se précipita dans ses bras en répétant :

— C'est fini ! La guerre est finie ! Il va revenir !

Marie eut bien du mal à comprendre tout ce que cela signifiait, et il fallut qu'elle fasse asseoir Mélina pour qu'elle se calme et explique plus clairement ce qui se passait.

— Tu es sûre ? demanda-t-elle. Est-ce que tu as bien entendu ?

Elles remontèrent chez les voisins qui confirmèrent à Marie la fin des hostilités et la défaite de la France. Devant l'air accablé de M. Barnède et de sa femme, elles mesurèrent mieux la gravité de la situation, mais elles ne voulurent pas s'y attarder : les combats étaient terminés, Étienne était sauvé. C'était tout ce qu'elles souhaitaient retenir des informations du jour, et rien n'aurait pu les faire changer de point de vue.

Aussi, une fois chez elles, leur seule préoccupation fut de calculer le nombre de jours qui les séparaient du futur retour d'Étienne : trois ? huit ? dix ? Pas plus de quinze, en tout cas, ce fut la conclusion à laquelle elles aboutirent, avant d'aller se coucher, enfin apaisées, après de si longues heures d'angoisse et de tourments.

Dès le lendemain soir, quand leur voisin vint leur annoncer qu'un certain général de Gaulle avait appelé le peuple français à la résistance en refusant la défaite, Mélina – qui n'était pas montée écouter les informations pour ne pas en entendre de contraires à celles de la veille – accueillit la nouvelle avec réticence, et avec même une certaine hostilité. Marie abonda dans son sens en disant :

— Pétain, on le connaît, mais ce de Gaulle, on n'en a jamais entendu parler.

Elle conclut en ajoutant :

— En 1918, c'est l'armistice qui a mis fin à la guerre. Je ne vois pas pourquoi ce serait différent aujourd'hui.

Sur ces paroles définitives, elles allèrent chercher le petit Jean qui pleurait dans la chambre en réclamant son lait, et Mélina lui murmura, en dégrafant son corsage :

— Ne pleure pas. Dans quelques jours, ton papa sera là.

Elle ajouta, comme l'enfant la dévisageait en lui donnant l'impression de comprendre ce qu'elle lui disait :

— Je te promets qu'il va revenir. Dans quelques jours, il sera là, et il te prendra dans ses bras.

Étienne et Louis s'étaient enfoncés à l'intérieur des terres et suivaient les chemins, loin des grandes routes encombrées de charrettes, de voitures, de carrioles bringuebalantes sur lesquelles étaient entassés des meubles et des matelas, et que les Stukas venaient mitrailler régulièrement, semant la mort et la désolation. Ils dormaient dans des abris de fortune, le plus souvent des granges isolées, trouvaient de temps en temps de la nourriture dans les fermes désertes : des pommes de terre, de la viande salée, des fromages ou des fruits à moitié pourris. Cela faisait une semaine qu'ils descendaient vers le sud, entre Abbeville et Amiens, sans rencontrer le moindre uniforme allemand, mais en faisant route, quelquefois, avec des soldats français qui, comme eux, erraient dans la campagne où l'on n'avait pas pu couper les foins et où les machines agricoles demeuraient immobiles, leurs brancards désespérément levés vers le ciel, le long des champs de pommes de terre et de betteraves.

Les soldats français qu'ils rencontraient n'avaient pas plus de nouvelles qu'eux de la situation. Est-ce qu'ils avaient pu se faufiler entre les lignes ? Où étaient les Allemands ?

— On va passer ! répétait Louis. On va passer !

C'est avec l'énergie du désespoir qu'Étienne marchait, songeant à Mélina, à sa mère, à son fils, se refusant à tomber entre les mains des Allemands, n'imaginant pas être retenu par quiconque loin de son foyer où l'on avait besoin de lui. Au contraire, il était persuadé que l'armée française avait dû se regrouper plus au sud, avant de lancer une contre-offensive vers la Belgique et les plages du Nord. De temps en temps le souvenir de la plage de Malo lui revenait, l'emplissant d'une rage qui le faisait jurer à l'adresse de l'officier anglais qui l'avait frappé à coups de crosse.

— Si j'avais été armé, disait-il à Louis, les poings serrés, si j'avais été armé, je le tuais.

— C'est passé, répondait Louis. Il faut regarder devant nous.

Le 15 au soir, ils atteignirent un hameau de quatre fermes isolées entre des champs de betteraves. Trouvant refuge dans un hangar qui servait de remise à une faneuse et à une charrette qui paraissaient hors d'usage, ils tombèrent sur trois soldats français réfugiés là, dont un sous-lieutenant, qui ne leur firent pas bon accueil. C'était chacun pour soi, désormais, ils le comprirent quand aucun des soldats ne leur proposa de leur donner un peu de ce qu'ils avaient trouvé comme nourriture dans l'une des fermes abandonnées. Il restait à Étienne et Louis une plaque de chocolat et une boîte de sardines qu'ils se partagèrent. Ensuite, épuisés, ils s'allongèrent, tandis que le sous-lieutenant – un petit homme blond avec de fines moustaches qu'il triturait sans cesse entre ses doigts – allait se rendre compte de la situation au village voisin avec l'un de ses hommes, en espérant obtenir des renseignements.

Ils revinrent une demi-heure plus tard, affolés, ayant découvert que le village servait de bivouac à une compagnie de la Wehrmacht. Après avoir discuté fébrilement de la conduite à tenir, les fantassins, sur la recommandation du sous-lieutenant, décidèrent d'aller se constituer prisonniers le lendemain matin à l'aube.

Écœurés, Étienne et Louis repartirent malgré leur fatigue, afin de s'éloigner le plus rapidement possible du village, et marchèrent droit devant eux dans la nuit de pleine lune où erraient des parfums d'herbe humidifiée par la rosée.

— Tu te rends compte ? disait Étienne à Louis. Se constituer prisonniers ! Est-ce possible d'entendre une chose pareille ?

— T'inquiète ! répondait Louis. Ils sont pas près de nous prendre !

Ils marchèrent toute la nuit et, dès que l'aube se leva, ils se réfugièrent dans un grand bois, déterminés à dormir à tour de rôle. C'était un bois de chênes, de hêtres et de charmes, au sol couvert de fougères au milieu desquelles ils se couchèrent, le ventre vide, mais bien résolus à repartir dès qu'ils auraient recouvré des forces. Cependant, Louis, qui devait prendre le premier tour de veille, s'endormit au bout de cinq minutes, et ils n'entendirent pas les camions qui manœuvraient sur la route à un kilomètre de là, ni les soldats qui se déployaient pour ratisser la campagne environnante.

Ils se réveillèrent en sursaut quand un ordre lancé en allemand retentit à une cinquantaine de mètres d'eux, et ils s'enfuirent à demi courbés vers la route qu'ils avaient quittée deux heures auparavant. Entre les feuilles et les branches, ils n'y voyaient pas grand-chose, et ils émergèrent des frondaisons sans avoir pris le temps de vérifier que la route n'était pas occupée, que nul danger ne les guettait. Ils se retrouvèrent alors face aux mitrailleuses de deux soldats à l'uniforme vert-de-gris, une compagnie entière étant alignée tout le long de la petite route bordant le bois.

Étienne eut un élan, malgré les armes pointées sur lui, pour repartir en sens inverse, mais la main de Louis se posa sur son bras pour le retenir.

— *Halt !* cria l'un des deux soldats. *Hände oben !*

— Lève les bras ! murmura Louis. Surtout, pas un geste !

Étienne ne bougeait pas, incapable de se résigner.

— *Hände !* cria de nouveau l'Allemand. *Nach oben !*

Ils étaient encerclés, à présent, une demi-douzaine de soldats ayant fait mouvement vers eux.

— Lève les bras ou ils vont tirer, souffla Louis.

Étienne ne se décidait toujours pas à cette défaite qui venait de fondre sur eux, et le dévastait. Des coups de crosse le jetèrent à terre, et il se revit, l'espace d'un instant, sur la plage de Malo en ressentant la même rage et la même impuissance.

Louis voulut l'aider, mais il subit le même sort, recevant de surcroît des coups de pied dans les côtes, jusqu'à ce qu'un officier allemand vienne mettre fin à ces représailles.

— *Endet ! Schnell !*

Les soldats s'écartèrent, et Louis et Étienne purent se relever.

— *Kommen !* ordonna l'officier.

Les soldats poussèrent leurs prisonniers dans le dos et les conduisirent en direction des camions arrêtés au loin, à l'entrée d'un champ dévasté par les bombes. Étienne ne parvenait pas à mettre en ordre ses idées. Il aurait pu tout accepter sauf la perspective de se trouver prisonnier loin de Mélina et de son foyer. Comme il longeait la corme du bois à cent mètres des camions, il s'élança brusquement en direction des arbres, disparut sous les branches basses, mais il entendit aussitôt le « tac-tac » des mitrailleuses, ressentit une brûlure au niveau de sa hanche droite, buta contre une branche et tomba, ce qui lui sauva la vie car les mitrailleuses tiraient en rafales à hauteur d'homme. Il n'eut pas le temps de se relever, les soldats surgissant l'arme au poing, prêts à reprendre le feu au moindre mouvement de sa part. Des coups de botte le forcèrent à se mettre debout, et c'est alors qu'il vit le sang sur son flanc droit ; puis, subitement, il bascula sur le côté et perdit conscience.

Quelques minutes plus tard, il se réveilla dans un camion et fut soulagé d'apercevoir Louis à ses côtés. La douleur lui fit de nouveau porter la main à sa hanche où, lui sembla-t-il, le sang ne coulait plus.

— C'est rien, dit Louis, j'ai regardé : la balle n'est pas entrée.

Étienne s'aperçut alors que le camion était occupé par des soldats français prisonniers, et que tous le dévisageaient avec hostilité, comme s'il était coupable de les avoir mis en danger. La résignation et l'abattement qu'il lut dans leurs yeux le révulsèrent, et il songea que s'il n'avait pas été blessé, il aurait sauté par-dessus la ridelle du camion, au lieu d'accepter le sort commun de ces hommes anéantis par ce qui leur arrivait.

— Tu as mal ? demanda Louis.

— Non. Ça va.

— Tu veux boire ?

— Oui.

Louis lui tint la tête surélevée tout le temps qu'il but au bouteillon rempli d'eau la veille. Le camion roula une dizaine de minutes puis entra dans la cour d'une immense ferme dont le bâtiment central possédait une ancienne tour de fortification. Là, entre les dépendances, les hangars et les écuries, une centaine de soldats français prisonniers étaient assis à même le sol, contre les murs pour se protéger du soleil. Louis aida Étienne à descendre et le soutint jusqu'à l'entrée d'une grange où ils purent s'asseoir, l'un contre l'autre, non sans reconnaître, en face d'eux, de l'autre côté de la cour, le sous-lieutenant à moustaches et leurs compagnons de la veille au soir. Le sous-officier leur adressa un geste de la main puis détourna la tête, comme gêné par leur présence.

— Quelle heure est-il ? demanda Étienne à Louis.

— Midi.

À cause des mouvements effectués par Étienne, sa blessure s'était remise à saigner. Louis aperçut alors un poste d'infirmerie au rez-de-chaussée d'un bâtiment qui devait être une buanderie, et il aida Étienne à se traîner jusque-là. Après quelques minutes d'attente, un médecin militaire allemand se pencha sur lui, nettoya la plaie peu profonde et le pansa.

— *Gar nichts !* dit-il, en faisant signe à Étienne de se lever et de s'en aller.

Il retrouva Louis à la porte et ils retournèrent à l'ombre de la grange où ils s'assirent sans la moindre énergie, car ils avaient le ventre vide et n'avaient pas dormi. Rien ne vint pendant un long moment, malgré les réclamations des prisonniers qui interrogeaient les sentinelles, lesquelles les repoussaient sans ménagement. Alors, sans forces et complètement désespéré, Étienne s'allongea sur son côté gauche et s'endormit en plongeant dans un gouffre sans fond avec, dans ce mauvais sommeil, la conviction précise et affolante qu'il n'en remonterait jamais.

3

Il fallut repartir, pourtant, dès le lendemain, soutenu par Louis, fidèle compagnon qui ne le quittait jamais. Parfois des camions les chargeaient pour une demi-journée, puis les prisonniers étaient de nouveau rendus à leurs seules jambes et à leurs pieds couverts d'ampoules ou de plaies plus profondes. Ils traversaient des champs éventrés où gisaient des véhicules abandonnés, des cadavres de chevaux, des bâtiments aux toits crevés qui dégageaient une fumée noire, désespérante. Le soir, ils faisaient halte dans des camps de fortune aménagés à la hâte par les Allemands, où ils recevaient quelques pommes de terre à peine cuites qu'ils dévoraient aussitôt, avant de s'écrouler sur la paille – quand il y en avait – ou à même la terre rendue boueuse par les dernières pluies.

Le 19 au matin, un officier les avait informés de la capitulation de la France décidée par le maréchal Pétain, et, malgré la honte et la colère ressenties, Étienne en avait conçu de l'espoir : il allait peut-être rentrer chez lui, puisque la guerre était finie. Le soir même, cependant, dans une caserne française qui servait de camp de regroupement, cette illusion s'envola quand les sentinelles firent se déshabiller les soldats français puis leur ordonnèrent d'avancer, leurs vêtements sous le bras, vers un bâtiment où des Allemands s'activaient devant deux pots de peinture, l'un noir, l'autre rouge. La vareuse, la capote, les caleçons, le chandail : chaque pièce fut frappée d'un triangle rouge et des lettres noires KG, dont Étienne et Louis apprirent la signification de la bouche d'un sergent qui les précédait : *Kriegsgefangener* – Prisonnier de guerre. Dès lors, pour eux, tout espoir s'évanouit et ils n'eurent même pas la force, ce soir-là, d'évoquer leur crainte d'être envoyés en Allemagne.

Le lendemain, nouveau départ, en train cette fois-ci, vers les Ardennes belges : deux jours et deux nuits dans des wagons à bestiaux, avec seulement quelques biscuits à manger. Ni Louis ni Étienne ne connaissaient la destination exacte du convoi, malgré leurs efforts pour apercevoir des panneaux de signalisation dans les gares à travers les planches du wagon. La nuit, elles étaient à peine éclairées d'une lumière bleue et le train s'arrêtait interminablement, donnant aux prisonniers la sensation qu'il ne repartirait jamais – et aussi, encore, parfois, le maigre espoir qu'il allait faire demi-tour.

Mais non : après avoir traversé le Luxembourg, le train arriva un soir à Trèves, et les prisonniers durent marcher jusqu'à un camp de regroupement situé sur les hauteurs de la ville, où, pour la première fois depuis des jours, ils mangèrent, presque à satiété, un bouillon épais avec du lard et des pommes de terre, et surtout du pain et du fromage. Là, ils purent également dormir sur des matelas secs, avec une couverture pour se protéger du froid.

Au matin, Étienne fut de nouveau soigné et sa blessure commença à cicatriser. Au début de l'après-midi, ils durent répondre à des questions devant un officier interprète au sujet de leur état civil et de leur profession.

— Si tu veux qu'on reste ensemble, dis que tu étais paysan, comme moi, recommanda Louis avant d'entrer dans le bureau redouté.

Il ajouta, tandis qu'Étienne le considérait avec incrédulité, comme s'il ne pouvait accepter l'idée d'être transféré en Allemagne :

— Je crois qu'on mangera mieux à la campagne qu'en ville. Et puis, je ne veux pas travailler dans leurs usines pour fabriquer des bombes qu'ils enverront chez nous.

Ils restèrent quarante-huit heures dans ce camp, puis, un soir, leurs gardiens leur distribuèrent du pain, de la margarine et des bouteillons d'eau, en leur précisant que cette nourriture devait durer deux jours. Le lendemain matin, bien avant l'aube, ils furent réveillés pour marcher vers la gare où ils embarquèrent dans des wagons à bestiaux sans connaître leur destination finale. Ils comprirent pendant la première journée qu'ils descendaient vers le sud, puis le convoi obliqua vers l'est dans une gare où l'un des prisonniers aperçut, entre deux planches mal jointes, le panneau Stuttgart. Un long jour s'écoula, dans la pénible promiscuité du wagon, avec de nombreuses haltes imprévues, si bien que le convoi n'arriva en gare de Munich, en Bavière, que le lendemain matin de la date prévue. Il y avait longtemps que le pain et la margarine avaient disparu. Et pourtant les prisonniers durent jeûner une journée entière, encore, avant d'atteindre un stalag situé près d'une bourgade qui avait pour nom Schierling.

Là, une quarantaine de baraques alignées le long d'une allée centrale accueillaient cinq mille prisonniers destinés à alimenter les usines des villes environnantes, depuis Augsburg jusqu'à Munich. Étienne et Louis furent de nouveau interrogés sur leurs professions, mais aucune décision ne fut prise à leur sujet pendant quinze jours. Étienne avait confirmé la profession de paysan, pas seulement en raison des arguments donnés par Louis, mais surtout parce qu'il pensait qu'il était plus facile de s'évader à la campagne que dans une usine au sein d'une grande ville.

Ce stalag était bien organisé : un haut-parleur diffusait les programmes de la radio allemande, mais également une demi-heure de français chaque soir. Les prisonniers touchaient cinquante pfennigs par jour, qu'ils pouvaient dépenser à la cantine ou en se procurant des objets de première nécessité à l'extérieur ; rasoir, brosse, cigarettes, allumettes, crayon, etc. Il suffisait de remettre l'argent aux sentinelles qui rapportaient du village le lendemain la totalité de la commande. Une baraque servait de cantine, l'autre d'église où officiait un curé, Gefangener lui aussi, originaire de l'Ardèche, qui s'appelait Louis Crahet et qui, dès le début, fut d'un grand secours aux prisonniers en raison de la confiance en l'avenir qu'il manifestait imperturbablement.

Mais le plus important au cours de ces journées accablantes pour Étienne et Louis, ce fut l'autorisation d'écrire pour la première fois une carte à leur famille. Douleur d'avouer qu'ils allaient être séparés pendant longtemps, sans doute, mais bonheur de pouvoir la rassurer sur leur sort, alors qu'on les croyait peut-être morts. Étienne s'y employa dans sa carte à Mélina, même si les mots étaient limités en nombre, et il ne laissa percer aucun abattement, au contraire : il prétendit ne manquer de rien et s'inquiéta surtout pour elle tout en lui demandant de lui écrire très vite.

Quelques jours plus tard, Étienne et Louis furent transférés vers un kommando affecté à l'agriculture, près de la ville de Roth, à proximité du Lech, un affluent du Danube, qui logeait dans une baraque située au cœur d'une grande plaine plantée de houblonnières, entre le fleuve et d'aimables collines d'un vert très clair. Ils y séjournèrent quarante-huit heures, puis, un matin, le responsable du kommando, le feldwebel Schnellinger, les conduisit à trois kilomètres de là, dans une ferme où vivait la famille Rubesch : deux femmes et deux enfants, sans hommes. Le mari de Martha – celle qui avait une cinquantaine d'années et gouvernait la maison – se trouvait en Norvège, et celui de Frida, la plus jeune, âgée d'une trentaine d'années, se battait en France. Les enfants étaient ceux de Frida, qui n'était pas la fille de la famille, mais la belle-fille.

C'est ce qu'Étienne et Louis apprirent dès leur première matinée, après avoir entendu Martha remercier le feldwebel qui leur avait amené deux paysans français pour les aider, alors qu'elles en avaient bien besoin. Avant de repartir, celui-ci menaça les deux prisonniers de les envoyer dans un kommando d'usine s'ils ne se montraient pas respectueux ou s'ils ne travaillaient pas bien. Puis il les laissa devant les femmes et les enfants intimidés, en leur répétant qu'ils avaient obligation de prendre leurs repas du soir et leurs déjeuners du matin à la cantine du kommando : ils ne mangeraient à la ferme qu'à midi, afin de ne pas perdre de temps, et ils devaient impérativement obéir aux ordres des deux femmes sans les discuter. Il viendrait lui-même vérifier leur bonne conduite chaque fin de semaine.

Encore étonnés de n'avoir pas été séparés, Étienne et Louis suivirent dans l'étable Martha qui leur fit signe en disant :

— *Kommen !*

Et c'est ainsi qu'Étienne apprit à changer la litière des quatre vaches que possédait la famille Rubesch, non sans se demander comment il pouvait se trouver là, dans cette ferme de la vallée du Lech, ce matin d'août 1940, si loin de Mélina, de Jean et de Marie. Cela lui parut si absurde qu'il comprit qu'il ne pourrait pas accepter longtemps cette situation. Et c'est en maniant une fourche au côté de Louis – mais sans le lui avouer encore – qu'il décida qu'il s'enfuirait à la première occasion.

À Toulouse, Mélina avait vécu un mois en redoutant le pire et en se consumant d'inquiétude, perdant l'appétit et le sommeil malgré les encouragements de Marie qui affirmait :

— Je suis sûre qu'il est vivant. S'il lui était arrivé quelque chose de grave, je le sentirais. Il va revenir ou il va écrire. Sois patiente !

Comment se montrer patiente quand l'angoisse vous mord le ventre jour et nuit ? Mélina avait retrouvé le chemin de l'église où elle allait prier, tenant son fils dans ses bras, promettant à Dieu et à ses saints tous les sacrifices possibles pourvu qu'Étienne revienne. Mais que les journées étaient longues, surtout passé midi, quand elle avait guetté vainement le facteur et sursauté au moindre pas dans le couloir, en espérant qu'on frapperait à la porte ! Sa seule consolation était de recevoir confirmation à la radio que les combats avaient cessé en France, que Toulouse se trouvait en zone libre, et qu'elle ne voyait pas un seul uniforme allemand dans les rues de la ville.

Ce qu'elle découvrait, en revanche, c'étaient les réfugiés qui avaient afflué depuis le Nord et la Belgique, transportant leurs maigres richesses dans des automobiles ou des charrettes près de rendre l'âme, et qui se pressaient dans les rues aujourd'hui, reconnaissables à leur mine défaite, affolés encore de ce qu'ils avaient vécu, incapables de comprendre cette débâcle imprévisible qui les avait jetés sur les routes comme des sans-logis. C'est vers eux qu'allait volontiers Mélina, afin d'obtenir des renseignements sur ce qui s'était réellement passé, là-haut, dans le Nord, et où avaient bien pu disparaître les soldats qui ne donnaient plus aucune nouvelle.

Une famille belge avait trouvé refuge chez leurs cousins qui habitaient l'immeuble de la rue Réclusane : une femme, une grand-mère et deux enfants. Mélina avait tenté de les interroger, mais elles n'avaient pu fournir le moindre éclaircissement sur le sort des soldats français, ne gardant souvenance que de la terreur provoquée sur les routes par les avions allemands, et du long flot des réfugiés crevant de faim, serpent humain miséreux ayant perdu tout espoir d'arriver à destination.

Le cauchemar de Mélina dura jusqu'à ce que le facteur lui remette la carte expédiée par Étienne, une carte qui la réjouit autant qu'elle la meurtrit : il était vivant, son mari, mais prisonnier en Bavière. Elle se précipita sur le livre de géographie dans lequel figurait une carte de l'Europe, constata que Munich et la Bavière étaient loin, très loin de Toulouse et de la France. Elle refoula des larmes amères, résolut de se contenter de le savoir vivant et non disparu loin d'elle, comme elle l'avait redouté. En outre, la guerre étant terminée, elle se persuada qu'il ne resterait pas longtemps prisonnier. En somme, il fallait se satisfaire de cette bonne nouvelle pour le moment, et surtout aller l'apprendre à Marie qui travaillait à la gare Matabiau et ne rentrerait que le soir.

Elle ne marcha pas, Mélina, elle courut à travers les rues étouffantes de l'été, son enfant dans les bras, et elle arriva à la gare à bout de souffle, la carte d'Étienne à la main, cherchant vainement Marie au dépôt. Elle se trouvait dans une rame qu'elle nettoyait à trois cents mètres de là, sur une voie de garage, et Mélina dut courir encore sous la brûlure d'un soleil sans pitié pour enfin se réfugier dans les bras de Marie en disant :

— Il est vivant… Il est vivant !

D'abord rassurée après avoir vu arriver Mélina comme si elle avait été affolée par une mauvaise nouvelle, Marie fut soulagée d'entendre ces trois mots mais, dès qu'elle eut pris connaissance de la carte, son visage s'assombrit aussitôt.

— La Bavière ! fit-elle. Où est-ce donc ?

— Dans le sud de l'Allemagne.

Marie dut s'asseoir pour parvenir à assimiler cette nouvelle qui la réjouissait autant qu'elle l'inquiétait.

— Il est vivant, répéta Mélina, c'est ce qui compte.

Aujourd'hui, en cet instant, c'était elle qui devait réconforter la mère d'Étienne, alors qu'au cours du mois écoulé, c'était Marie qui s'était montrée la plus forte.

— Je vais lui écrire, dit Mélina, et lui demander de quoi il a le plus besoin.

— Oui, ma fille, tu as raison. Mais montre-moi donc cette lettre, j'ai besoin de la lire moi aussi.

Mélina resta encore dix minutes en sa compagnie, mais Marie devait reprendre le travail. Alors Mélina repartit, moins pressée, maintenant, cherchant à imaginer comment était cette Bavière inconnue, s'il y faisait froid, où logeait Étienne, quelle vie il menait au quotidien, et enfin quel était le sort réservé aux prisonniers par un pays dont la violence s'était si cruellement manifestée en France.

Elle s'arrêta à la grande poste afin d'acheter ces cartes destinées à la correspondance familiale qui avaient été mises en circulation et ne contenaient que sept lignes. Il était interdit, lui expliqua une postière revêche au visage aussi anguleux que son caractère, d'écrire entre les lignes ou de le faire d'une manière qui ne serait pas lisible par les autorités allemandes. Ces cartes imprimées, timbrées à 0,90 franc l'unité, furent pour Mélina le premier stigmate d'une défaite à laquelle elle avait encore du mal à croire. Elle rentra rue Réclusane avec la rage de ne pouvoir raconter tout ce qu'elle voulait dans une longue lettre, et surtout de savoir que ce qu'elle écrirait serait lu par des gens inconnus, de surcroît représentants d'un ennemi qui retenait Étienne prisonnier.

Elle eut vite terminé les sept lignes qui lui permirent de lui affirmer que tout allait bien à Toulouse et de lui demander ce dont il avait besoin. Mais pas moyen d'exprimer à quel point il lui manquait, combien elle se sentait seule malgré la présence de Marie et du petit Jean.

Comme pour assouvir une vengeance dérisoire, elle ressortit aussitôt afin d'aller poster la carte, de manière à ce qu'Étienne la reçoive le plus vite possible. Puis elle gagna sans même y penser les quais de la Garonne où, si souvent, le dimanche, elle était allée se promener avec Étienne, cherchant à capter cette odeur d'eau et de vase si caractéristique du fleuve qu'ils avaient respirée tous les deux dès leur enfance, mais la Garonne, presque à sec, exhalait des émanations d'égouts, et cette constatation l'accabla. Pis encore : elle se persuada qu'elle s'était trompée en venant vivre à la ville. C'était depuis qu'elle s'était installée à Toulouse que le malheur s'était abattu sur eux. Elle en était certaine aujourd'hui. Pourquoi avaient-ils donc quitté le havre de paix de la vallée de la Garonne ? Par envie ? Par orgueil ? Elle ne savait, au juste, mais Étienne, ce jour-là, lui sembla si lointain qu'elle eut la sensation précise et douloureuse qu'elle ne le reverrait jamais.

Trois mois passés à travailler dans la ferme des Rubesch avaient paru à Étienne durer une éternité. Malgré les nouvelles rassurantes reçues de Mélina, malgré la compagnie fidèle et secourable de Louis, malgré l'attitude irréprochable de la famille Rubesch qui les faisait manger à la même table qu'elle, il ne pouvait décidément pas s'habituer à sa nouvelle vie. Même pendant la récolte du houblon qui mobilisait la population des alentours, devant les immenses étendoirs où mûrissaient les fruits semblables à de minuscules artichauts, toutes ses pensées demeuraient tournées vers la France et les siens.

— Je n'en peux plus ! lançait-il à Louis chaque matin. Demain, je m'en vais.

— Ne dis pas de bêtises, répondait Louis, l'hiver va arriver. Patiente au moins jusqu'au printemps.

— Je ne peux pas.

— S'ils te reprennent, ils nous sépareront et nous enverront dans une usine ou dans un camp de représailles. Ici, au moins, on ne risque rien et on mange à notre faim.

— Et on travaille pour les Allemands.

— Non ! On travaille pour ces pauvres femmes qui ont charge de famille. Si on va en usine, ce sera pour fabriquer des armes au profit des nazis. C'est ce que tu veux ?

— Ce que je veux, c'est rentrer chez moi. Ma mère, ma femme et mon fils ont besoin de moi.

— Écoute, disait Louis, si les choses ne se sont pas arrangées au printemps, je te promets que je partirai avec toi. Mais il faut s'y préparer, trouver une carte, savoir où passer, faire des provisions.

— Et passer Noël ici, alors que j'ai un fils là-bas ?

Étienne défiait Louis du regard, ajoutait :

— Tu ne peux pas savoir, toi, tu n'es pas marié et tu n'as pas d'enfants.

Louis soupirait, reprenait :

— On ne peut pas prendre le risque de se faire rattraper. Et s'ils nous fusillaient ?

Cette ultime question retenait Étienne qui essayait de se renseigner au kommando, le soir, afin de savoir s'il y avait déjà eu des tentatives de fuite et quelles avaient été les représailles. Il apprit d'un prisonnier qu'un de ses camarades s'était enfui, avait été repris, frappé, et expédié il ne savait où car il ne l'avait jamais revu.

— Ils ne l'ont pas tué, tout de même ? avait demandé Étienne.

— J'en sais rien ! avait abruptement répondu le prisonnier, avant de se retourner pour s'endormir sur son bat-flanc.

Étienne était donc resté avec cette question non résolue qui l'empêchait de passer à l'acte. À la fin octobre, le gel se posa un matin sur le chemin qui les conduisait du kommando à la ferme, et ils furent heureux de se réfugier dans l'étable où régnaient la bonne odeur des bêtes et une chaleur réconfortante. Huit jours plus tard, une neige fine recouvrit la cour et les collines environnantes, et les travaux d'extérieur se firent rares. C'est alors qu'ils côtoyèrent davantage les membres de la famille Rubesch, et, sans même en avoir conscience, involontairement, s'en rapprochèrent.

Martha s'occupait plutôt de la maison et des enfants, alors que Frida, la plus jeune des deux femmes, travaillait beaucoup à l'extérieur, avec les prisonniers. Elle gardait malgré tout vis-à-vis d'eux une distance qu'ils comprenaient très bien, sauf quand elle recevait une lettre de son mari Klaus et ne résistait pas au plaisir de leur faire part de la vie qu'il menait loin de l'Allemagne et de sa terre natale. Cependant, au fur et à mesure que les jours passèrent, Frida et Martha demandèrent des nouvelles de leurs propres familles aux deux hommes qui ne mesuraient pas leur peine pour les aider et comprenaient de mieux en mieux les termes qu'elles employaient. Les enfants, eux, avaient adopté Étienne et Louis un peu comme leur père absent, et, souvent, le soir, les accompagnaient sur le chemin, quand ils rentraient au kommando pour la nuit. Les jours où Étienne recevait un colis de France, il gardait toujours pour le garçon et la petite fille quelques carrés de chocolat dont ils se régalaient.

Le foin, les légumes d'automne, le houblon et les pommes de terre ayant été rentrés, restait seulement le travail d'entretien des outils et du matériel, le creusement des fossés et la consolidation des barrières destinées au bétail. Étienne et Louis avaient le temps, à présent, de penser à leur projet d'évasion et de chercher à se procurer une carte du pays qui leur permettrait d'éviter les grandes villes et les axes les plus fréquentés. Ils avaient à ce sujet soudoyé un prisonnier qui ne travaillait pas dans une ferme mais dans un gros bourg où il y avait une librairie, et qui avait réussi à leur en fournir une.

Depuis, quand ils se retrouvaient seuls dans la grange ou dans l'étable, ils dépliaient la carte devant eux et parvenaient toujours à la conclusion qu'il valait mieux passer par la Suisse que par l'Alsace qui était occupée. Un matin, alors qu'ils étaient penchés sur le document, Frida entra brusquement pour porter un bidon de lait et ils ne purent dissimuler la carte qu'ils examinaient. Elle demeura figée sur place, incrédule tout d'abord, puis elle eut un regard d'une immense tristesse, comme si elle avait deviné leur projet, et elle ressortit sans un mot. À midi, à table, rien ne vint trahir ses pensées : pas la moindre attitude de colère ou de déception, mais plutôt une sorte de résignation accablée.

Deux jours plus tard, tandis qu'ils approchaient de la ferme à huit heures du matin, Frida se précipita à leur rencontre en répétant :

— *Klaus ! Klaus ! Mein Gemahl ist dort !*

Elle rayonnait de bonheur, essayait de s'expliquer maladroitement, mais ils finirent par comprendre que son mari Klaus était arrivé inopinément au cours de la nuit, qu'il dormait, et qu'il ne fallait pas faire de bruit. Ils s'attablèrent cependant comme chaque matin pour le *Frühstück*, ce petit déjeuner que les deux femmes leur offraient avant le travail, et qui consistait en une tasse de café d'orge saccharinée, et une épaisse tranche de pain couverte de margarine. Puis ils allèrent comme à leur habitude changer la litière des vaches et s'apprêtèrent à recevoir des ordres qui ne vinrent pas, car les deux femmes attendaient impatiemment à l'intérieur le réveil d'un des hommes de la maison. Ils se demandaient comment allait réagir le guerrier allemand en découvrant deux prisonniers, jeunes, comme lui, dans sa ferme, et ils se préparaient à quelque vexation de sa part, mais il n'apparut pas de toute la matinée, alors que, désœuvrés, ils demeuraient dans l'étable, circonspects sur la conduite à tenir.

— Sa femme est jeune, dit Louis, et elle est belle. Il ne va pas aimer nous voir chez lui, j'en suis sûr.

De fait, à midi, quand le petit Jürgen vint les chercher pour le repas, ce fut avec appréhension qu'ils pénétrèrent dans la maison et se retrouvèrent face à Klaus, qui avait gardé son uniforme de *Gefreite* et qui claqua des talons en s'inclinant légèrement devant eux. C'était un vrai Aryen : grand, blond, les yeux clairs, le visage anguleux, il resta de marbre quand Martha lui présenta les prisonniers en les désignant à tour de rôle :

— Étienne... Louis...

Nouveau claquement de talons, mais ni Louis ni Étienne ne prononcèrent le moindre mot : ils esquissèrent un signe de tête tout en s'apercevant que, contrairement à l'habitude, leurs couverts ne se trouvaient pas dans la salle à manger aux meubles pansus, mais dans la cuisine où les conduisit une Frida confuse, qui murmura :

— *Es tut mir Leid. Das Krieg* – Je suis désolée. La guerre.

Ils se sentirent plutôt soulagés de ne pas partager la table d'un homme en uniforme, et ils se mirent à manger en silence les pommes de terre et les saucisses que leur avait servies Frida avant de repasser dans la salle à manger. Ils se hâtèrent d'avaler leur nourriture sans un mot, puis ils sortirent par la porte de la cuisine en évitant de se faire remarquer.

L'après-midi, alors qu'ils commençaient à couper du bois, ils virent apparaître Klaus qui, d'une manière naturelle, retroussa ses manches et se mit à les aider. Ils travaillèrent côte à côte durant tout l'après-midi, sciant, coupant, entassant dans la soupente les morceaux qui n'étaient pas assez secs, ce qui désolait Klaus, car le bois d'aulne et d'acacia n'avait pas été rentré en temps voulu. Puis Klaus s'éloigna et revint peu après, une bouteille et trois verres sous le bras. Il fit couler un fond d'une liqueur verdâtre, leur tendit un verre en disant :

— *Danke ! Prosit !*

Étienne et Louis burent une gorgée de ce qui devait être du mauvais schnaps, puis Klaus murmura :

— *Das Krieg ist schrecklich.*

Et il traduisit aussitôt dans un français à l'accent très prononcé :

— Terribleu, la guérreu !

Puis, comme pour s'expliquer un peu plus sur son mauvais français :

— *Ich bin in Parisss...*

— Ah ! Paris ! fit Louis. La gare de l'Est, les Grands Boulevards...

— *Ja !* La gare de l'Est...

Ce fut tout pour ce soir-là, mais quand Étienne et Louis regagnèrent le kommando à la tombée de la nuit, le soldat allemand les regarda un long moment, pensif, se demandant peut-être comment il se comporterait, lui, s'il était un jour prisonnier dans un pays étranger...

Dès le lendemain à midi, ils retrouvèrent leurs couverts dans la grande salle à manger et furent surtout satisfaits de constater que Klaus avait repris ses vêtements civils. Les enfants semblaient heureux de les voir tous réunis, et les deux femmes s'activaient entre la cuisine et la table avec un empressement qui trahissait un certain soulagement. À la fin, Klaus fit servir trois verres de la même liqueur que la veille et leva le sien en lançant :

— *Für den Friede !* Pour la paix !

— À la paix ! fit Louis, tandis qu'Étienne se taisait, songeant qu'autour d'une table, à Toulouse, deux femmes et un enfant prenaient leur repas seuls, essayant sans doute d'imaginer où se trouvait celui qui leur manquait tant.

Klaus resta cinq jours et repartit un matin, conduit par Frida, son épouse, à la gare du village. Avant de monter sur la charrette, il avait tendu la main à Étienne et à Louis en disant :

— *Danke für die Arbeit !* Merci pour le travail !

Louis avait serré cette main sans hésitation, mais Étienne n'avait pu réprimer un mouvement de recul. Puis il s'était repris et avait serré lui aussi cette main qui ne lui apparaissait pas ennemie, en cet instant, mais plutôt reconnaissante. Ils avaient regardé la charrette s'éloigner côte à côte, et ce fut seulement quand elle eut disparu au tournant de la route qu'Étienne s'aperçut que le petit Jürgen avait pris sa main et ne la lâchait plus.

Le froid avait gagné Toulouse où Mélina brûlait beaucoup de charbon, afin que le petit Jean n'ait pas froid. Si le salaire de Marie suffisait à faire face aux dépenses ordinaires, elles avaient du mal à payer les denrées de plus en plus chères qu'elles envoyaient à Étienne. Si bien qu'en décembre Mélina décida de chercher seule du travail, l'oncle Henri n'étant plus en mesure d'en trouver pour elle. Il avait été libéré mais assigné à résidence dans son appartement proche de Matabiau, et il ne disposait plus d'aucun pouvoir, le nouveau régime de Vichy se méfiant encore plus des syndicalistes que son prédécesseur.

Mélina s'adressa à son ancienne patronne du Monoprix, mais celle-ci ne lui fit pas meilleur accueil que lors de sa dernière visite. Les gens n'achetaient plus de vêtements, la guerre paralysait le commerce et tout allait de mal en pis. Toutefois, avant que Mélina ne reparte, elle lui indiqua que Mme Ponthier, chez qui elle avait travaillé comme gouvernante, cherchait une femme de ménage.

Désespérée, traînant son fils par la main, Mélina revint vers la rue Réclusane en essayant de se convaincre d'aller demander cette place à Mme Ponthier, mais tout en elle s'y refusait. Elle ne pouvait pas s'abaisser à ce point : non pas que faire du ménage lui parût indigne d'elle, mais elle se souvenait de sa dernière entrevue avec Mme Ponthier, de l'humiliation qu'elle lui avait infligée, des propos qu'elle avait tenus au sujet d'Étienne et des ouvriers en général, ces fainéants qui ne pensaient qu'à boire et à défiler dans les rues. Découragée, elle rentra en portant dans ses bras son fils qui pleurait, le long des rues où les feuilles des platanes jonchaient le sol, le visage mordu par un vent du nord très inhabituel qui faisait perler quelques larmes au coin de ses paupières.

Au retour de Marie, le soir, elle lui parla de cette place de femme de ménage chez les Ponthier, mais Marie s'insurgea aussitôt :

— Tu n'y penses pas ! On n'a pas besoin d'un deuxième salaire. Si c'est pour Étienne que tu veux travailler, on se serrera un peu plus la ceinture, et ça suffira !

Mélina y renonça et attendit Noël avec impatience, en essayant de se persuader qu'Étienne allait revenir en permission, comme s'il se trouvait encore en France, et libre. Mais une carte arriva le 20, quelques lignes qui lui glacèrent le cœur :

Ma chère Mélina,

Ici, l'hiver est très froid, mais nous n'en souffrons pas trop, Louis et moi, pendant la journée, car nous restons à l'étable ou dans la maison des Rubesch. La nuit, c'est plus difficile, car la baraque du kommando n'est pas chauffée. Je pense que nous irons à l'église du village à Noël. Si nous ne sommes pas ensemble cette année, nous le serons l'an prochain. Souviens-toi des jours de fête, ma Lina, et embrasse pour moi ma mère et mon fils qui me manquent autant que toi.

Étienne Combanel.

Le soir du 24 décembre, Marie et Mélina veillèrent tristement jusqu'à la messe de minuit célébrée dans l'église Saint-Nicolas qui était la plus proche de la rue Réclusane, puis elles se couchèrent aussitôt en rentrant, sans songer à réveillonner comme le voulait la coutume, avant la guerre, entre membres d'une même famille. Cette nuit-là, Mélina prit son fils près d'elle dans son lit et le garda jusqu'au matin.

Le surlendemain, elle se rendit au centre-ville afin d'acheter une couverture en laine pour Étienne, mais elle n'en trouva pas. Les magasins avaient du mal à se réapprovisionner à cause des difficultés de circulation des marchandises entre la zone occupée et la zone libre. On lui enseigna une boutique de fripier dans le quartier des Minimes qui ne vendait pas que des vêtements mais aussi des draps et des couvertures d'occasion. Elle découvrit l'échoppe au fond d'une petite impasse, et entra dans une boutique très sombre tenue par un homme chauve et trapu, les sourcils épais, qui l'accueillit aimablement. Il lui proposa une vieille couverture, mais très épaisse, à un prix équivalant presque à la moitié du salaire de Marie.

— Non ! dit Mélina, qui avait assis son fils sur un tabouret proche de l'entrée. Je ne peux pas payer ce prix-là.

L'homme s'approcha jusqu'à la toucher, posa une main sur sa poitrine et murmura :

— Mais si, vous pouvez payer. Vous avez tout ce qu'il faut pour ça. Et ça ne vous coûtera pas cher, au contraire.

Il la saisit par un bras, ajouta :

— Suis-moi dans l'arrière-boutique et si tu te laisses faire, la couverture est à toi.

Elle le frappa, se dégagea vivement, se retourna, souleva son fils et s'enfuit avec autant de rage que de dégoût. Elle marchait rapidement, le visage fermé, ne voyant même pas les passants qu'elle croisait sur le trottoir, et tout autour d'elle lui paraissait noir, inhospitalier, hostile, au point qu'elle se réfugia rue Réclusane et ne ressortit pas de la journée. Plus tard, un peu rassérénée grâce à la bonne chaleur de l'appartement et au refuge sûr qu'il représentait, elle résolut d'aller chez Mme Ponthier le lendemain, mais elle n'osa pas en parler à Marie.

Dès le début de la matinée, portant comme à son habitude son fils dans ses bras, elle traversa la Garonne sur le pont Saint-Michel, mais il faisait tellement froid qu'elle prit un tramway place Lafourcade et parvint en trois quarts d'heure au pied de la colline de Ramonville par la route de Narbonne. Puis, assurant soigneusement le col de son manteau et serrant davantage contre elle son fils pour le protéger du vent, elle suivit la petite route qui montait en serpentant entre les arbres aux branches nues, et arriva vers dix heures, non sans appréhension, devant la grande maison aux murs roses où elle avait travaillé comme gouvernante quelques années auparavant.

Là, une femme entre deux âges qu'elle ne connaissait pas la fit patienter un long moment dans l'antichambre, puis elle l'introduisit dans le grand salon où, si souvent, Mélina avait pris ses repas avec les trois filles de la maison. Mme Ponthier parut, toujours aussi élégante, toujours aussi impressionnante, avec le même air à la fois protecteur et dédaigneux qu'elle prenait vis-à-vis des visiteurs, et un sourire froid naquit sur ses lèvres minces en découvrant Mélina.

— Tiens, tiens, fit-elle, la petite Mélina... Et avec un enfant dans les bras ! Le sien, peut-être ?

— Oui, madame.

— Et dans le besoin, peut-être, la petite Mélina ?

— C'est-à-dire, madame, je cherche du travail et on m'a dit que vous aviez une place de femme de ménage.

— Femme de ménage, vous, ma petite Mélina, qui avez été la gouvernante de mes filles ? Seriez-vous fille-mère, par hasard ?

Et, sans lui laisser le temps de répondre :

— Je vous avais pourtant mise en garde contre le genre d'homme que vous fréquentiez.

— Non, madame, je suis mariée, mais il est prisonnier en Allemagne.

— Prisonnier en Allemagne, dites-vous ? Et où donc, s'il vous plaît ?

— En Bavière.

— En Bavière !

Et après un instant de réflexion :

— Là-bas, au moins, il va apprendre à travailler sans protester.

Mélina ne répondit pas. Elle commençait à regretter d'être venue, mais elle pensa à Étienne qui avait froid, la nuit, et elle se contenta de baisser la tête en caressant la joue de son fils.

— Et comment s'appelle cet enfant ? demanda en souriant Mme Ponthier.

— Jean.

— Quel âge a-t-il ?

— Treize mois.

Mme Ponthier s'approcha, se pencha sur l'enfant qui recula d'instinct devant ce visage étranger, puis elle dévisagea Mélina sans aménité, parut réfléchir et dit :

— J'ai su qu'on n'avait pas pu vous garder au magasin, mais je ne pensais pas que vous accepteriez de devenir femme de ménage.

— J'ai besoin de travailler. Je ferais n'importe quoi.

— Vous n'avez aucune ressource ?

— Si ! Je vis rue Réclusane avec ma belle-mère et elle travaille.

— Où donc ?

— À la gare Matabiau.

— Elle n'est pas payée ?

— Si. Mais on envoie des colis à mon mari et ils coûtent de plus en plus cher.

Mme Ponthier demeura silencieuse un moment, puis :

— Je n'ai aucune place de libre. J'ai trouvé ma femme de ménage.

Et elle ajouta, d'une voix doucereuse :

— Mais si vous avez besoin de victuailles pour un prisonnier qui travaille au service de l'Allemagne, vous pouvez venir ici tous les quinze jours, le samedi après-midi, et on vous donnera de quoi le ravitailler.

Mélina ressentit un coup au cœur qui la fit chanceler. Elle se reprit, remercia du bout des lèvres et dit :

— Je veux simplement travailler, madame. Je ne demande pas…

— La charité ?

— Non. Ce n'est pas ce que je voulais dire… J'ai besoin de travailler, c'est tout.

— Toujours aussi fière, à ce que je vois, murmura Mme Ponthier. Mais je ne peux rien pour vous aujourd'hui.

— Bien, madame ! fit Mélina. Alors je vais m'en aller.

— C'est cela.

— Au revoir, madame.

Elle fit demi-tour, mais Mme Ponthier la rappela avant qu'elle n'atteigne la porte.

— Regardez-moi, ma petite !

Et, comme Mélina tardait à se retourner :

— Vous avez du caractère et ça me plaît. Votre fierté vous honore. Ce n'est pas si fréquent par les temps qui courent. Si j'ai une place qui se libère, je vous ferai prévenir.

— Merci, madame.

— Comment êtes-vous venue ?

— En tramway, et puis à pied.

— Attendez ! Je vais vous faire raccompagner par le chauffeur.

— Non, madame, je vous remercie sincèrement, mais j'ai vraiment besoin de marcher.

— Bien ! Comme il vous plaira.

— Au revoir, madame. Merci.

— Au revoir, ma petite.

Le vent glacé, dans le parc, fit du bien à Mélina. Elle refoula les larmes qu'elle sentait monter au coin de ses yeux, serra les dents, puis elle descendit presque en courant vers la grand-route de Narbonne où, négligeant l'arrêt de l'omnibus, elle s'engagea à pied dans l'interminable ligne droite qui menait vers le centre-ville.

4

Le printemps avait mis longtemps à éclore dans la grande plaine où coulait le Lech, et les collines environnantes ne s'étaient piquetées de blanc qu'à la fin du mois d'avril. Il y eut pourtant une brève averse de neige le dernier jour du mois, puis le temps se mit au beau et le vent commença à souffler du sud-ouest, apportant avec lui des effluves nouveaux qui annonçaient le changement de saison.

Dès les premiers jours du mois de mai, Étienne décida de partir, et cette fois il n'eut pas de mal à convaincre Louis, devenu aussi impatient que lui.

— On a assez attendu ! décréta-t-il un soir.

Les cartes de Mélina, si elles ne manifestaient pas de réels soucis, trahissaient la douleur d'une séparation à laquelle elle ne se résignait pas. « Quand nous reverrons-nous ? écrivait-elle. C'est si long sans toi, Étienne, que j'ai l'impression qu'il y a dix ans que tu es parti. » Dans ses réponses, Étienne n'osait lui laisser deviner un projet d'évasion, mais il se montrait le plus optimiste possible, parlait d'avenir, des beaux jours qui arrivaient et allaient lui rendre la vie plus facile.

Ils avaient, avec Louis, arrêté un plan de route qui devait les conduire vers l'ouest en direction de

Kaufbeuren, puis ils descendraient vers Kempten, ensuite vers Isny, Wangen, pour franchir la frontière sur le Bodensee à Lindau qui était la bourgade située le plus à l'est sur les rives du lac. De là, ils gagneraient Zürich, Neuchâtel, la France – si tout allait bien. Il faudrait pour cela éviter les grandes voies de communication, mais sans trop s'en éloigner pour ne pas perdre de temps.

L'hiver avait tissé des liens plus étroits qu'ils ne l'auraient pensé entre eux et la famille Rubesch, car ils avaient vécu dans une proximité quotidienne, et les deux femmes, qui se doutaient de ce que tramaient les prisonniers, avaient fait tout ce qu'elles pouvaient pour les retenir. Ils avaient redouté un moment qu'elles ne les trahissent auprès de Schnellinger, mais elles y avaient renoncé, parce qu'elles comprenaient parfaitement que des prisonniers aient envie de revoir leur pays et leur famille. Le dernier repas de midi fut silencieux et grave. Le soir, les enfants accompagnèrent Étienne et Louis sur la route du kommando, et ils se montrèrent enjoués car eux, au moins, ne se doutaient de rien. Le matin, Étienne et Louis avaient dissimulé dans un bosquet les vêtements civils qu'ils avaient pu se procurer auprès d'une sentinelle corrompue, en se privant d'à peu près tout ce qu'ils recevaient de France : des habits de paysans qui ne portaient pas la mention « KG » – *Kriegsgefangener* – dans le dos, et qui, espéraient-ils, leur permettraient de passer inaperçus.

Ils les revêtirent le matin du 10 mai, à mi-chemin entre les baraques du kommando et la ferme des

Rubesch, un matin étincelant de lumière qui n'annonçait aucune menace de froid ni de pluie, mais qui laissait deviner, au loin, très loin, les contreforts encore blancs des Alpes bavaroises. Étienne avait passé les vêtements qui étaient ceux d'un ouvrier agricole : veste et pantalon de grosse toile grise ; Louis avait enfilé une culotte de velours brun, une chemise et une veste kaki et posé sur sa tête un chapeau de couleur verte orné d'une plume de faisan qui lui donnait plutôt l'allure d'un vrai Bavarois. En outre, ils tenaient chacun un panier au bras, comme des fermiers se dirigeant vers le marché d'un village.

Une fois vêtus de la sorte, ils n'eurent pas une hésitation et empruntèrent la route qui était perpendiculaire au chemin des Rubesch, et s'éloignait vers l'ouest entre deux bois de pins et d'érables. Elle s'ouvrit rapidement sur une longue plaine verte peuplée de villages aux maisons sagement groupées autour de leur église au clocher à bulbe ardoisé.

Ils marchaient très vite, se demandant si Martha et Frida iraient prévenir tout de suite le kommando de leur absence ou si elles attendraient midi. Il fallait impérativement mettre le plus de distance possible entre la ferme et eux, ne pas se faire remarquer, saluer de la tête mais en évitant de parler à celles et ceux qu'ils croisaient et dont le regard les mettait mal à l'aise. Rien ne vint les retenir dans leur marche effrénée, sinon le Lech, qu'ils franchirent sur un bac en payant un pfennig chacun et sans attirer l'attention de la demi-douzaine de paysans pressés de rentrer chez eux après le marché du matin.

Une fois sur la rive opposée, comme s'ils se sentaient soudain à l'abri, ils s'accordèrent une première halte à l'ombre de trois aulnes, au bord d'une prairie. Là, ils mangèrent une tranche de pain de seigle agrémentée d'un peu de margarine, puis ils repartirent en suivant une petite route qui, sur leur carte, conduisait au sud de Kaufbeuren. De fait, elle se fit de plus en plus étroite et se faufila entre des bois épais qui leur parurent protecteurs. Ils marchèrent jusqu'à la nuit sans croiser personne, sinon une vieille qui ne les regarda même pas, puis ils s'écroulèrent dans la paille d'une grange, à un kilomètre d'un village dont les cheminées fumaient, et où, épuisés, ils s'endormirent sans même songer à manger.

Le lendemain, un quart d'heure après leur départ, surgit brusquement, alors qu'ils ne s'y attendaient pas du tout, un camion qui leur sembla être un camion militaire, et ils n'eurent que le temps de se jeter derrière une haie. Plus loin, ils longèrent un village sans s'y arrêter, puis la route monta vers un petit col sans le moindre arbre, avant de basculer vers une vallée où ils aperçurent trois fermes isolées. Ils voulurent s'en approcher, mais des chiens se mirent à aboyer et ils durent les contourner, comme ils le faisaient depuis leur départ. Ils dormirent dans un bois et repartirent en s'inquiétant de n'avoir plus qu'un peu de pain à se mettre sous la dent.

Une femme qui vivait seule dans une ferme leur en vendit le lendemain, ce qui leur permit de tenir deux jours, après quoi ils durent de nouveau prendre des risques pour trouver de la nourriture. Ils achetèrent alors des galettes de seigle et du fromage sur la placette d'un hameau où ils ne s'attardèrent pas, car les rares paysans qui se trouvaient là s'interrogeaient manifestement à leur sujet. Ils s'enfuirent le plus vite possible en direction des montagnes dont les premières pentes s'amorçaient au-delà d'immenses prés où coulaient des sources si claires qu'ils en burent l'eau à satiété. Les galettes du hameau leur servirent de viatique le temps d'arriver à Lindau, sur la rive droite du lac de Constance dont ils découvrirent l'eau bleue au sommet d'un col qu'ils avaient franchi à grand-peine, leurs forces commençant à faiblir.

Ils errèrent un moment sur la place du Marché qui était dominée par deux églises étranges, totalement différentes par leur architecture, puis ils la quittèrent très vite et s'approchèrent du port. Là, s'asseyant un peu à l'écart, ils prirent enfin du repos en regardant, au loin, de l'autre côté du lac magnifique que le soleil de mai faisait scintiller, les rivages de la Suisse et de la liberté. Un bateau-navette accostant à proximité, ils se levèrent pour demander quels étaient les horaires de passage, mais deux policiers en uniforme gris apparurent au bout du quai et ils retournèrent sur leurs pas, se dissimulant derrière des filets. Quand les policiers eurent disparu, Étienne et Louis firent une nouvelle tentative, mais le patron du bateau les dévisagea avec un tel air de suspicion qu'ils s'éloignèrent rapidement.

— On va longer la rive, dit Étienne, et on s'adressera à un petit pêcheur, ce sera moins dangereux.

Louis approuva en disant :

— Il doit y en avoir beaucoup le long du rivage : je vois des barques, là-bas, sous des saules.

Effectivement, les pêcheurs étaient nombreux, mais méfiants. Étienne et Louis en interrogèrent deux qui nettoyaient une barque, et ils ne levèrent même pas la tête. Les fugitifs continuèrent en contrebas de la route qui menait à Wasserburg, trouvèrent un ponton de bois près duquel ondulaient quatre barques. Un homme s'activait sur l'une d'entre elles, jetant sur la rive des perches qu'il tirait d'un filet. En s'efforçant de cacher son accent français, Louis lui demanda s'il traversait.

— *Manchmal !* répondit le pêcheur – Parfois !

— Et demain, peut-être ?

— *Vielleicht* – Peut-être.

Louis, qui menait la conversation, essaya de savoir à quel prix ils pourraient embarquer, puis il paya un acompte de cinq pfennigs, et il s'informa de l'heure du rendez-vous. L'homme encaissa et répondit :

— *Fünf !*

Cinq heures. Louis remercia et entraîna Étienne vers la berge, à deux cents mètres du ponton. Ils trouvèrent un abri au fond du jardinet d'une maison en terrasse et, en se cachant de leur mieux, ils s'endormirent, serrés l'un contre l'autre pour ne pas trop souffrir de l'humidité de la nuit.

Ils se réveillèrent d'un même mouvement un peu avant cinq heures et, croyant être en retard au rendez-vous, ils se précipitèrent vers le ponton où clignotait une lumière. Avant même d'avoir posé le pied sur les planches, quatre silhouettes surgirent et les immobilisèrent sans qu'ils aient pu esquisser un geste de défense. Le pêcheur, qui servait d'indicateur à la police allemande, avait à peine jeté un regard vers ce qui se passait à quelques mètres de lui.

Le vent d'autan avait soufflé pendant trois jours, chassant définitivement le froid qui avait quitté Toulouse, et Mélina s'en réjouissait chaque matin, en partant travailler par le tramway en direction de Ramonville. Mme Ponthier l'avait fait appeler le dernier jour du mois de mai et lui avait proposé la place de femme de ménage, celle qui officiait ne lui donnant pas satisfaction. Mélina avait accepté aussitôt, trop heureuse de gagner l'argent qui lui permettrait d'envoyer à Étienne les victuailles et les vêtements dont il avait besoin. Une inquiétude, pourtant, était née en elle en cette fin juin, car cela faisait plus d'un mois qu'elle n'avait pas reçu la moindre carte d'Étienne. Elle s'efforçait de ne pas y penser dès qu'elle arrivait dans la grande villa de Ramonville, et travaillait du mieux possible, non sans surveiller son fils qu'elle emmenait avec elle, Mme Ponthier lui en ayant donné l'autorisation, puisqu'elle n'avait personne pour le garder chez elle.

Mélina avait retrouvé les trois filles dont elle avait été la gouvernante, et qui avaient beaucoup changé : elles avaient respectivement seize, quatorze et onze ans aujourd'hui. À part la plus jeune, Jeanne, les deux aînées qui se prénommaient Louise et Paule ne la saluaient même pas lorsqu'elles la croisaient, feignant d'avoir oublié, devant cette jeune femme qui astiquait les meubles et balayait les pièces, que Mélina avait veillé sur elles six ans auparavant. Sa seule alliée dans la grande maison était Maria, la chambrière qui était déjà là à l'époque. La cuisinière, elle, était nouvelle et ne souhaitait pas que l'on pénètre dans la cuisine où elle régnait sans partage. Elle s'appelait Ida, avait la cinquantaine, une figure revêche, des bras énormes, un tablier bleu et un bonnet d'où dépassaient des mèches folles qu'elle ramenait sans cesse sous sa coiffe.

Dehors, officiaient Félix, le jardinier, et Émile, le chauffeur, que Mélina avait connus lors de son premier séjour. Jean demandait sans cesse à le rejoindre, car Émile l'avait apprivoisé en le faisant monter dans la voiture pour faire un tour dans le parc. Le chauffeur se montrait également très aimable vis-à-vis de Mélina, mais elle s'en méfiait, Maria l'ayant mise en garde à son sujet :

— Ne t'approche pas de cet homme, avait-elle dit. Il est dangereux.

De fait, Émile se trouvait toujours sur le chemin de Mélina quand elle repartait, le soir, à six heures, et proposait de la reconduire en ville. Elle avait toujours refusé, mais cela ne le décourageait pas. Il faisait semblant de ne pas lui en vouloir et offrait des sucreries à Jean, chaque fois qu'il le croisait. Elle était obligée d'accepter, sinon l'enfant pleurait, et Mme Ponthier avait exigé, pour l'accueillir, que le petit Jean ne trouble pas la vie de la maison avec des pleurs ou des caprices.

Mélina croisait rarement M. Ponthier, car il partait tôt à l'usine et rentrait tard, mais elle s'en félicitait car cet homme l'avait toujours mise mal à l'aise. La maîtresse de maison donnait ses ordres à Mélina chaque matin, et elle la revoyait rarement dans la journée, aussi fut-elle très surprise, le jour où, en début d'après-midi, elle fut convoquée dans le salon, peu après le repas de midi, et se trouva face à Mme Ponthier et son mari qui fumait son cigare, assis dans son fauteuil préféré.

— N'ayez pas peur, ma petite, dit la maîtresse de maison en devinant l'émotion de Mélina.

Et, en souriant pour la rassurer davantage :

— Mon époux veut vous poser quelques questions. Ne vous inquiétez pas, ce ne sera pas long.

Le regard d'aigle et le visage maigre de M. Ponthier se levèrent vers Mélina tandis qu'elle se présentait devant eux, se demandant quelle faute elle avait bien pu commettre pour être ainsi convoquée.

— Votre mari se trouve donc en Allemagne, m'a dit mon épouse, commença cet homme redouté.

— Oui, monsieur.

— Où donc ?

— En Bavière. Il travaille dans une ferme.

— Pourquoi pas en usine ? Il serait plus utile à cette grande Allemagne qui va gouverner l'Europe.

— Je ne sais pas, répondit Mélina qui sentit son estomac se nouer.

M. Ponthier la considéra un moment en silence, épiant sa réaction, puis il reprit :

— Vous ignorez probablement les liens qui me lient au gouvernement du Maréchal et à nos amis allemands avec qui nous travaillons à construire un monde nouveau, libéré de tous ceux qui l'ont perverti, dénaturé, et plongé dans le chaos.

Mélina hocha la tête imperceptiblement mais ne répondit pas.

— On ne peut rien me refuser, reprit M. Ponthier, pas même le retour au pays d'un ouvrier qui me serait utile.

Il sourit, ajouta :

— Votre mari, par exemple.

Mélina sentit son cœur s'emballer.

— Vous voulez dire que vous pouvez le faire revenir ?

— Certainement !

Un fol espoir venait de naître en elle.

— Peut-être avez-vous appris que le chancelier Hitler s'était décidé à entrer en URSS pour nous débarrasser de tous ceux qui menacent notre liberté. Désormais les choses sont claires, et c'est beaucoup mieux pour tout le monde, n'est-ce pas ?

— Oui, fit timidement Mélina qui ne comprenait pas où cet homme diabolique voulait en venir.

— Bref ! Il est évident que si je fais revenir votre époux, il me faudra une contrepartie.

Mélina attendit la suite en sentant ses jambes trembler.

— Vous ne me demandez pas laquelle ?

Mélina hocha la tête une nouvelle fois, sans pouvoir articuler un mot.

— Je me suis laissé dire, reprit M. Ponthier, que votre mari avait un oncle chargé de responsabilités dans le milieu ouvrier. Il suffira qu'il me renseigne sur tout ce qu'ils fomentent, les instructions qu'ils reçoivent de Paris ou de l'étranger, leurs projets, leurs relations, où ils se cachent, etc. Vous voyez, ce n'est pas très compliqué.

Mélina demeurait sans voix, cherchait de l'aide auprès de Mme Ponthier qui souriait comme si la proposition énoncée par son mari était à ses yeux une faveur qu'on ne pouvait pas refuser.

— Je ne sais pas, murmura enfin Mélina, d'une voix à peine audible.

— Vous ne savez pas quoi ? reprit M. Ponthier en haussant la voix. Vous ne préférez pas votre mari près de vous au lieu de le savoir à plus de mille kilomètres ? C'est une drôle d'idée du mariage que vous avez là !

— Si, bien sûr ! fit Mélina.

— Alors ?

Elle avala une salive amère, bredouilla en se demandant soudain si l'absence de nouvelles d'Étienne était liée à ce qui se passait aujourd'hui :

— Il faudrait que je lui en parle.

— Tiens donc ! Vous croyez qu'une faveur pareille peut s'écrire dans une lettre ? Vous n'êtes pas capable de vous engager pour lui ?

Elle devinait à présent pourquoi elle avait obtenu cette place de femme de ménage et dans quel piège elle était tombée.

— Alors, ma petite, fit Mme Ponthier, qu'en pensez-vous ?

— Je ne sais pas… Il faut que je réfléchisse.

— Réfléchissez, mon enfant, mais pas trop longtemps, dit M. Ponthier. Vous avez la possibilité de sauver votre mari, de le ramener auprès de vous, ou alors de le laisser croupir là-bas, dans un camp où l'on ne sait pas trop ce qui se passe.

Apparemment contrarié, il reprit, avec un soupir :

— Disons, jusqu'à samedi. Nous sommes aujourd'hui mercredi, cela vous laisse le temps de bien peser votre décision qui, je vous le rappelle une dernière fois, peut être vitale pour lui.

— Entendu ! dit Mélina en songeant qu'elle allait en parler à Marie.

Elle ajouta, souhaitant ne pas irriter davantage M. Ponthier :

— Samedi, je pourrai.

— Eh bien, c'est d'accord, conclut-il, nous nous reverrons samedi.

Et, comme Mélina, paralysée, n'esquissait pas le moindre geste de retrait, Mme Ponthier crut bon d'intervenir en disant :

— Remerciez au moins mon mari. Une faveur pareille ne se rencontre pas tous les jours.

— Je vous remercie, monsieur, bredouilla Mélina, toujours immobile.

— Eh bien, allez maintenant ! dit Mme Ponthier. Vous avez encore du travail !

Mélina fit volte-face, sortit du salon et, soulagée de ne plus se trouver sous le feu de deux regards impitoyables, elle se réfugia à l'étage après avoir rappelé auprès d'elle, comme s'il se trouvait en danger, son fils qui jouait dans le parc.

Les policiers avaient remis Étienne et Louis aux militaires, non sans les avoir interrogés pendant deux jours et deux nuits pour savoir s'ils avaient bénéficié de complicités ou s'ils avaient agi seuls, quel avait été leur trajet et quelles aides ils avaient reçues pendant leur périple. Puis un camion était venu les chercher un matin à l'aube, et ils avaient été frappés à coups de crosse au moment d'y monter, ce qui avait réveillé chez Étienne le souvenir douloureux de la plage, devant le bateau anglais.

Ils n'étaient que tous les deux dans le camion bâché, mais quatre soldats les gardaient, jetant de temps en temps des injures dont ils ne comprenaient pas toujours le sens, mais dont le mépris et la violence étaient évidents. Elles devinrent heureusement plus rares quand leurs gardiens eurent épuisé leur venin, au fur et à mesure que le camion s'éloignait de Lindau, sans qu'ils puissent deviner dans quelle direction il roulait.

À midi, les soldats leur avaient donné une boule de pain au cours d'une brève halte, tandis qu'ils descendaient à tour de rôle pour se dégourdir les jambes. La bâche ayant été relevée, il avait semblé à Étienne reconnaître la route de Kaufbeuren, mais il n'en avait pas été sûr et il n'avait pas pu en discuter avec Louis, car les soldats leur interdisaient de communiquer entre eux. Il se demandait quel sort on leur réservait, s'inquiétait d'un jugement possible ou de représailles dont il tentait d'estimer la dureté. Est-ce qu'ils allaient être fusillés ? Il ne le pensait pas vraiment, il aurait pourtant bien voulu se rassurer auprès de Louis, mais son regard trahissait la même angoisse.

Le trajet avait duré toute la journée et la nuit suivante, qu'ils avaient passée allongés sur le plancher du camion, l'estomac vide et les reins douloureux à cause des cahots de la route. Enfin, à l'aube, le camion s'était arrêté brusquement, des saluts et des ordres avaient été échangés par les soldats avec les sentinelles, puis le camion était reparti, avait couvert une centaine de mètres, et on les avait fait descendre sans ménagement dans une grande allée entre des baraquements. Ils avaient alors reconnu le stalag de Schierling où ils avaient débarqué avant d'être affectés au kommando bavarois d'où le Feldwebel Schnellinger les avait conduits à la ferme des Rubesch.

Là, dès cette première matinée, ils avaient de nouveau été interrogés par un officier, non sans avoir été contraints de revêtir auparavant l'uniforme à triangle rouge des *Gefangener*. Ils avaient aussitôt compris, au ton et à la voix de l'officier, qu'ils allaient devoir payer leur évasion au prix fort, et ils s'étaient retrouvés dans une cellule sans fenêtre, et de surcroît séparés. Impossible de se parler, de se rassurer alors qu'ils vivaient l'un près de l'autre depuis des mois, et avec, pour toute nourriture, une demi-boule de pain par jour et une bouteille d'eau. Et cela avait duré interminablement, sans la moindre nouvelle du sort qui leur était réservé, au point qu'ils avaient perdu toute notion du temps. Enfin, un matin, le gardien avait extrait Étienne de sa cellule et l'avait fait monter dans un camion stationné à l'entrée du camp. Il y avait une demi-douzaine de prisonniers à l'intérieur, mais pas Louis. Étienne avait espéré le voir arriver avant que le camion ne démarre, mais non : Louis n'était pas apparu, si bien qu'Étienne ne s'était jamais senti si seul et il en était resté accablé.

Dès lors, les jours s'étaient succédé pour un interminable voyage, dont aucun prisonnier ne connaissait la destination. Ils ne l'apprirent qu'en descendant du camion, à la fin juin, de la bouche d'un sous-officier allemand qui les avait fait aligner devant lui en battant ses bottes d'une cravache menaçante : le stalag de Schiltberg, en Pologne, au-delà de Posen et d'Ostrowo. Étienne n'en crut pas ses oreilles et il se sentit si désemparé, si loin de la France, qu'il ne put rien avaler, ce midi-là, alors que la faim le tenaillait et que l'absence de Louis accentuait sa sensation de devoir porter seul, désormais, le fardeau de l'exil. Il dissimula de son mieux une larme qu'il n'avait pu retenir, puis il s'installa sous l'une des toiles de tente dressées sur la place de la ville, et, comme aucun ordre ne venait, il s'endormit, fuyant la chaleur accablante et le souvenir douloureux de l'ami disparu.

Le lendemain, il fut interrogé une nouvelle fois, remplit un formulaire et reçut son numéro matricule : 5948 au stalag XXI B, Schiltberg, numéro et adresse qu'il envoya aussitôt à Toulouse, car il savait que Mélina devait se consumer d'inquiétude, mais sans pouvoir lui expliquer ce qui s'était passé depuis un mois et demi. Tous les prisonniers qui se trouvaient sous la même tente avaient fait des tentatives d'évasion : ils s'attendaient donc à ce que leur soient imposées des conditions de vie difficiles, sans doute même contraignantes, destinées à les persuader de ne pas récidiver. De fait, ils n'obtinrent comme nourriture, sous ces tentes brûlantes, qu'une gamelle de pommes de terre à midi et le soir une boule de pain pour cinq, et cela pendant huit jours, le temps que soit organisé le camp de travail qui devait les accueillir.

Ils ne le comprirent qu'au terme de cette semaine-là, le matin où ils furent embarqués dans un camion qui roula en direction d'Ostrowo et les laissa en lisière d'une immense forêt de sapins. Ils durent alors marcher pendant cinq kilomètres avant de trouver les deux baraques sommairement aménagées qui étaient dressées au cœur même de cette forêt, près d'un petit village appelé Zwrow.

À peine eurent-ils le temps de se partager une boule de pain que leurs gardiens les conduisirent à quelques centaines de mètres de là, leur donnant pour mission de creuser un étang avec, pour seuls instruments, des pelles et des pioches. La terre était sablonneuse, heureusement, et de ce fait assez facile à manipuler pour eux qui étaient mal nourris depuis longtemps, et donc sans forces. Surtout Étienne, de surcroît découragé à l'idée de se trouver si loin de la France, et sans pouvoir espérer une nouvelle évasion.

Le prisonnier qui couchait sur la banquette en face de la sienne l'aida à traverser le désert de ces jours de désespoir. Il s'appelait Pierre Fourcade et était originaire du Lot, c'est-à-dire pas très loin de la vallée de la Garonne. Il était brun, grand, frisé, avec des muscles longs et fins que lui avait forgés le travail de la vigne sur les coteaux voisins de Cahors. Il n'était pas propriétaire, mais ouvrier agricole ; c'était un esprit simple, habitué à endurer de longues journées de travail et qui paraissait d'une résistance à toute épreuve. Il ne remplaça pas Louis qui avait tellement été précieux à Étienne, mais il lui permit de trouver un nouvel appui, lors de ce changement de vie qui venait de soudainement l'ébranler.

Il montra à Étienne comment creuser sans trop se fatiguer, en décollant la terre d'une traction des bras vers l'arrière, avant de la soulever, non pas avec les reins, mais avec les jambes. Ainsi, au bout de quelques jours, bien aidé par les victuailles que les plus débrouillards allaient acheter aux paysans du village, Étienne sentit revenir en lui un peu d'énergie. D'autant que, dans la forêt, la chaleur était moins pénible qu'à Schiltberg, les grands sapins protégeant les baraques de la morsure du soleil.

Étienne, dès lors, fut un peu rassuré sur son sort et il se mit à attendre une lettre ou un colis de Mélina. Déjà, quelques prisonniers en avaient reçu de leurs familles et la plupart les avaient partagés avec leurs camarades les plus proches d'eux. Il était évident qu'on ne pouvait pas partager avec tous et que les affinités qui s'étaient créées déterminaient des règles tacites que nul ne contestait. Il y avait des hommes de toutes les régions de France : des Auvergnats, des Bretons et même deux Chtis du Nord, qui avaient quitté la mine et ne s'en trouvaient pas plus mal. C'était presque un jeu, pour eux, que de creuser cette terre de sable alors qu'ils avaient pour habitude de creuser le charbon. Ils en plaisantaient volontiers, et d'ailleurs ils ne se plaignaient jamais de leur sort, riaient en recevant les vingt pfennigs que leur versait le comptable du stalag chaque fin de semaine. Ils se rendaient alors au village boire quelques chopes de cette bière d'orge amère que fabriquaient les Polonais, et ils rentraient au camp en faisant partager à tous leur bonne humeur.

Ni les uns ni les autres ne pouvaient savoir que la neige et le froid s'abattaient généralement sur la région dès la fin octobre et que leurs conditions de vie allaient brusquement changer. Étienne pas davantage, qui attendait chaque soir la carte ou le colis de Mélina qui le rapprocherait un peu de la France si lointaine, de la rue Réclusane, de sa mère, de son fils qu'il n'avait pas revus depuis exactement dix-huit mois.

Là-bas, à l'intérieur de l'appartement dont il rêvait souvent, Marie se fâcha tout rouge quand Mélina lui rapporta la proposition de M. et Mme Ponthier.

— Tu ne vas pas accepter une chose pareille ! fit-elle avec une révolte tout à fait inhabituelle chez elle.

— Bien sûr que non ! répondit Mélina. Et pourtant je pense à Étienne, si loin, et qui pourrait revenir vite.

— C'est ce qu'ils prétendent, mais je suis certaine qu'ils n'en ont pas le pouvoir.

— Sans doute, murmura Mélina, mais comment savoir ?

Elle ajouta, après un soupir :

— Et Étienne qui n'écrit plus ! Si seulement je savais ce qui se passe ! Il est peut-être malade et personne ne peut le soigner.

Marie s'approcha de Mélina et lui prit la main.

— Écoute, fit-elle, il suffira de leur répondre que tu ne peux pas t'engager pour Étienne.

— Et il ne reviendra peut-être jamais.

— Mais si, il reviendra.

Un long silence tomba, puis Mélina reprit :

— Si je refuse, ils me chasseront.

— Nous avons déjà vécu avec un seul salaire. Nous continuerons.

— Je veux travailler.

— Tu trouveras autre chose. Je t'aiderai.

Mélina demeura pensive, essayant d'y voir clair en elle, mais elle avait la sensation d'abandonner Étienne à son sort en refusant la proposition des Ponthier, et elle ne pouvait s'y résigner.

— J'ai encore le temps de réfléchir d'ici samedi, fit-elle.

— Mais oui, ma fille, va dormir, demain ça ira mieux.

Cependant, le samedi tant redouté arriva vite, et Mélina se retrouva devant ses maîtres en ayant rassemblé ses forces, résolue à faire face. M. et Mme Ponthier la reçurent comme le mercredi précédent, dans le grand salon dont les meubles majestueux, soigneusement vernis, lui faisaient chaque fois mesurer la richesse des lieux.

— Asseyez-vous, ma petite ! ordonna M. Ponthier d'une voix froide dès qu'elle apparut.

Mélina, qui était restée debout la première fois, hésita, mais comme ses jambes la portaient à peine, elle fut soulagée de prendre un siège, face à ses maîtres impatients.

— Alors ? fit M. Ponthier. Qu'avez-vous à nous dire, mon enfant ?

Elle prit une profonde inspiration, murmura :

— Je n'ai plus aucune nouvelle de mon mari. Je ne sais même pas où il est.

— Ce n'est pas la question ! s'exclama M. Ponthier. Nous sommes capables de le trouver, nous.

— Je ne peux pas prendre l'engagement que vous souhaitez à sa place, dit Mélina sans reprendre son souffle.

Le visage de ses maîtres s'emplit de contrariété. Mélina baissa les yeux, attendit la condamnation qui n'allait pas manquer de survenir.

— C'est dommage pour lui, dit M. Ponthier.

— C'est aussi dommage pour vous, ajouta Mme Ponthier.

Mélina se redressa lentement, fit mine de se lever.

— Attendez un peu, ma fille. Ne soyez pas si pressée, on ne vous a pas dit de partir.

Le silence qui succéda à ces mots parut peser sur les épaules de Mélina, qui hésita.

— Il y a une autre possibilité, puisque le sort de votre mari semble ne pas vous importer beaucoup, reprit M. Ponthier.

Mélina, paralysée, respirait à peine.

— C'est que ce soit vous qui nous renseigniez sur ce qui se passe dans le milieu qui est le vôtre. Il suffirait de questionner votre belle-mère et l'oncle de votre mari pour apprendre ce qui nous intéresse.

Le cœur de Mélina se mit à battre follement dans sa poitrine. Elle fit un effort pour se lever, balbutia :

— Je ne peux pas.

— Vous ne pouvez pas ou vous ne voulez pas ? grinça subitement M. Ponthier.

— Je ne peux pas, répéta Mélina.

Et, aussitôt, pressée de disparaître :

— Je vais m'en aller.

Elle se leva, mais Mme Ponthier se leva en même temps qu'elle et la retint en disant :

— Un instant, ma fille. Je vous ai déjà montré à plusieurs reprises de quelle bienveillance est capable le monde que vous détestez.

— Je ne déteste personne, madame.

— Je ne vais pas jeter à la rue une jeune femme qui a un enfant à charge et dont le mari est prisonnier en Allemagne.

Elle sourit, ajouta :

— Ça vous étonne, n'est-ce pas ?

Mélina, qui se demandait ce que cela pouvait bien signifier, ne répondit pas.

— Au moins jusqu'à ce que vous trouviez un nouveau travail.

Mélina tenta de deviner dans les yeux de sa maîtresse où se cachait le piège, mais elle n'y lut rien qui pût l'alerter. Elle se sentit soulagée, au contraire, de ne pas être renvoyée immédiatement, et aussi de pouvoir chercher une autre place, car il lui paraissait impossible de demeurer plus longtemps dans ces murs : il était évident que M. et Mme Ponthier avaient décidé de patienter mais qu'ils reviendraient un jour à la charge.

— Je vous remercie, madame.

M. Ponthier s'était désintéressé de la fin de la conversation. Son visage n'exprimait qu'une sourde colère et il lui importait à présent de se retrouver seul avec son épouse.

— Vous pouvez aller, ma fille, dit Mme Ponthier.

Mélina s'enfuit, soulagée, et reprit son travail où elle l'avait laissé. Pourtant, tout l'après-midi, elle sentit rôder une menace autour d'elle et elle se hâta de rentrer, le soir, en espérant qu'une lettre d'Étienne l'attendrait rue Réclusane. Mais non, rien encore. Marie la rassura de son mieux en lui démontrant que ce qui s'était passé en début d'après-midi était la meilleure solution. Elle finirait bien par trouver un autre travail, car elle ne pouvait pas rester chez les Ponthier : c'était trop dangereux. Il fallait en partir le plus tôt possible.

Cependant, Mélina n'était pas au bout de ses peines : il lui sembla que le monde entier lui tombait sur les épaules quand, le lendemain soir, Marie, rentrée avant elle à l'appartement, lui tendit la lettre tant attendue d'Étienne. La Pologne ! Il était en Pologne ! Mais pourquoi ? Elle se précipita vers la carte de l'Europe qu'elle possédait, découvrit Posen, mais pas Ostrowo. C'était si loin, si loin, au-delà de Berlin, qu'elle eut le remords immédiat de n'avoir pas accepté l'offre des Ponthier quel que soit le prix à payer.

— Pourquoi en Pologne ? demanda-t-elle à Marie, bien incapable, comme elle, d'imaginer qu'Étienne avait tenté de s'évader.

Elle relut une deuxième fois la petite carte aux mots réglementés pour tenter de lire entre les lignes et déceler l'explication qu'elle cherchait :

Ma bien chère femme,

Je me trouve désormais en Pologne, entre Ostrowo et Posen, dans le stalag de Schiltberg où la vie serait supportable si je ne me sentais pas si loin de toi. Nous mangeons à peu près à notre faim, mais si tu pouvais m'envoyer quelques provisions, par exemple du saucisson ou du fromage, ça m'aiderait à reprendre des forces et à travailler plus facilement. Il ne faut pas vous inquiéter : je vais bien, mais le long voyage à travers l'Allemagne n'a pas été de tout repos. J'espère que tout va bien aussi à Toulouse, que mon petit Jean grandit en bonne santé et que vous ne manquez de rien. Je m'efforce de penser que nous nous retrouverons rapidement. Souviens-toi des jours de fête, ma Mélina, j'entends encore la musique dans ma tête, et je rêve souvent que je danse avec toi.

Ton mari,
Étienne Combanel
Matricule 5948,
stalag XXI B Schiltberg, Pologne.

Elle tendit la carte à Marie qui la lut et la reposa sur la table sans un mot. Malgré la lumière du grand soleil qui régnait sur la ville, il sembla aux deux femmes que tout le froid de l'hiver venait d'entrer dans la maison.

DEUXIÈME PARTIE

Vivre debout

5

Les jours et les mois avaient passé, transformant peu à peu la vie dans les campagnes et les villes françaises où la pénurie avait fait son apparition, même pour les produits de première nécessité. On manquait de tout : de savon, d'œufs, de lait, de viande, de sucre, de café, et, en cette fin novembre 1942, l'allocation de charbon était descendue à 40 kilos par mois et par personne, ce qui inquiétait beaucoup Mélina ; non pas pour elle, précisément, mais pour son fils qui était âgé de trois ans. Il grandissait de jour en jour, et elle avait du mal à trouver des vêtements qui lui convenaient, avait cherché en vain un manteau pour le protéger du froid aussi bien à l'extérieur que dans l'appartement, très difficile à chauffer. La nuit, elle était obligée de le prendre avec elle dans son lit, mais c'était plutôt un réconfort, d'autant qu'il parlait, maintenant, et qu'il ressemblait de plus en plus à Étienne.

Elle ne cessait de l'évoquer devant lui, mais Jean ne s'intéressait guère à ce père absent, qu'il n'avait pu vraiment voir lors de sa naissance, en novembre 1939, car il était trop petit. Heureusement, elle possédait la photographie de leur mariage, et elle la montrait aussi souvent qu'elle le pouvait à son fils, tout en se désolant de constater qu'il ne s'y attardait pas, et surtout, qu'il ne posait pas de questions à son sujet. Pourtant Étienne revenait souvent dans la conversation entre Mélina et Marie qui se consumaient d'inquiétude en voyant l'hiver arriver, le précédent ayant été terrible dans cette Pologne lointaine où il était retenu prisonnier. Il n'avait pu leur cacher qu'il avait terriblement souffert du froid et de la neige, et qu'un de ses camarades était mort d'une pneumonie mal soignée.

Elle lui avait envoyé une canadienne dénichée à grand-peine, car elle travaillait maintenant, non pas chez les Ponthier, qu'elle avait quittés en décembre 1941, mais comme aide-soignante à l'hospice de la Grave qui présentait l'avantage d'être voisin de la rue Réclusane où elle laissait son fils à la garde des voisins du haut – ceux chez qui elle écoutait la radio. M. et Mme Barnède, en effet, n'avaient jamais eu d'enfants, et ils avaient accepté de garder Jean comme si cela avait été un cadeau du ciel reçu à la fin d'une vie dont ils n'attendaient plus rien. Une grande joie, pour cet homme et cette femme dont la bonté naturelle avait beaucoup souffert de n'avoir pu s'exprimer comme ils l'avaient longtemps espéré. Et pour Mélina, un soulagement, de savoir son fils confié à deux personnes si attentives, si aimables, alors qu'elle avait tant besoin de travailler.

Elle ne pouvait rayer de sa mémoire le soir où elle avait annoncé à Mme Ponthier qu'elle partait à la fin du mois en cours, et les mots prononcés par cette femme redoutable résonnaient encore en elle, un an plus tard :

— Comme vous êtes revenue vers moi déjà à deux reprises, vous reviendrez une troisième fois, ma petite, n'en doutez pas.

Elle avait ajouté, congédiant Mélina d'un geste vif, plein d'exaspération :

— Et ce jour-là, vous serez bien obligée d'accepter ces concessions que vous avez refusées aujourd'hui.

Enfin, elle avait lâché cette flèche du Parthe au moment où Mélina franchissait la porte :

— Si votre mari ne revient jamais, vous ne pourrez vous en prendre qu'à vous-même !

Les jours et les mois s'étaient succédé avec la seule satisfaction du travail retrouvé et les lettres régulières d'Étienne, jusqu'à la fin du mois de novembre 1942, quand Mélina avait croisé sur la place Esquirol les premiers soldats allemands dans leur uniforme vert-de-gris, après l'invasion de la zone sud. Elle avait alors senti s'éveiller en elle une telle haine pour ces hommes qu'elle en avait été effrayée. Des drapeaux à croix gammée flottaient désormais sur tous les bâtiments publics de Toulouse, on entendait parfois hurler dans les rues des ordres dans cette langue étrangère qui claquait comme un coup de fouet, et chaque fois Mélina imaginait Étienne contraint de travailler sous la surveillance de ces hommes-là. Elle en tremblait de rage, de souffrance, et elle s'éloignait hâtivement des lieux où paradait l'ennemi dans le martèlement du pas cadencé de ses patrouilles martiales.

Un soir, Alberte, la femme d'Henri, vint les prévenir que son mari avait quitté leur domicile pour se cacher. Les risques étaient trop grands, à présent, avec l'arrivée de la Gestapo, d'être arrêté. À deux ou trois reprises, déjà, des miliciens étaient venus le menacer. Comme elle-même, Alberte, était surveillée, elle demanda à Mélina de se rendre dans la banlieue toulousaine, à proximité de la nationale 20, près de Saint-Alban, où Henri avait trouvé refuge dans une ferme de maraîchers. Elle lui laissa à cet effet la bicyclette qu'elle possédait. Puis, après lui avoir expliqué exactement par où passer, elle lui confia une enveloppe à remettre à Henri, et lui recommanda la plus grande prudence.

— S'il y a une réponse, lui dit-elle au moment de repartir, tu la donneras à Marie qui me la portera.

C'est ainsi que le dimanche matin qui suivit cette visite, Mélina enfourcha la vieille bicyclette à gros pneus d'Alberte et partit vers l'avenue des Minimes en évitant le centre-ville, car elle ne se sentait pas vraiment à l'aise sur cet engin qu'elle n'avait pas l'habitude d'utiliser. Il faisait beau, ce matin-là, et malgré les feuilles qui jonchaient le sol, on avait l'impression que les mauvais jours étaient encore loin.

Mélina traversa le canal du Midi, puis elle roula un long moment sur la grande ligne droite qui aboutissait à la nationale 20, avant de prendre la petite départementale en direction de Lalande où, une demi-heure plus tard, elle se découvrit en pleine campagne, retrouvant malgré elle des sensations oubliées : celles de la vallée de la Garonne où elle était née. Mais cela ne lui était pas désagréable, au contraire, et elle en était étonnée, elle qui n'avait rêvé que de fuir les lieux de son enfance.

Plus loin, des fermettes toulousaines, avec leurs briques rouges et leur toit de tuiles canal lui indiquèrent qu'elle approchait. Alberte lui avait expliqué que celle où se cachait Henri se trouvait à une centaine de mètres d'un immense cèdre, sur la droite. Mélina s'arrêta devant un portail ouvert, mais que semblait défendre un énorme chien qui aboya en l'apercevant. Une femme sortit, lui demanda ce qu'elle voulait et elle répondit qu'elle souhaitait voir Henri.

— De la part de qui ?

— De la part d'Alberte.

La femme, qui était grande, brune, avec des cheveux crépus, et vêtue d'une blouse noire, houspilla le chien et fit signe à Mélina de la suivre.

Elle la précéda dans une cuisine carrelée d'ocre et de bleu, lui fit signe d'attendre, et elle disparut dans un escalier qui montait vers l'unique étage. Une minute plus tard, Henri apparaissait, amaigri, le visage dévoré par une barbe qui le rendait presque méconnaissable aux yeux de Mélina.

— C'est toi, petite ? fit-il en l'embrassant.

Elle ne l'avait jamais beaucoup apprécié, car elle le jugeait responsable de la décision qu'avait prise Étienne de s'engager, mais elle savait aussi que l'oncle l'avait beaucoup aidé, notamment quand il cherchait du travail. Elle était donc partagée vis-à-vis de lui, et pourtant, ce matin-là, quand il s'assit face à elle de l'autre côté de la table de la cuisine où la femme les avait laissés seuls, elle ne put s'empêcher de se sentir proche de cet homme traqué par les Allemands. Il lui demanda tout de suite des nouvelles d'Étienne et lui dit, dès qu'elle l'eut renseigné :

— Il faut garder espoir. Nous avons engagé le combat.

Puis, en lui prenant la main :

— Un jour, petite, nous les écraserons. Ils nous payeront au centuple ce qu'ils nous font subir.

Quelque chose d'agréablement rassurant s'éveilla chez Mélina qui trouvait une certaine ressemblance entre Henri, assis devant elle, et Étienne si lointain. Mais qu'y avait-il de plus naturel, puisqu'il était son oncle ?

— J'ai une enveloppe pour toi, dit-elle en lui tendant le pli.

— Merci, ma fille ! fit-il en la prenant, mais sans l'ouvrir.

Puis il se tut avec un air de gravité, paraissant réfléchir. Enfin, après un soupir :

— On a besoin de quelqu'un comme toi.

Elle hocha la tête sans bien comprendre ce qu'il voulait dire.

— Pour faire le lien entre ceux, comme moi, qui se cachent et ceux qui sont restés en ville, pour lutter à leur manière.

— Oui, je comprends.

— Ça peut être dangereux.

— Ça m'est égal, dit-elle sans la moindre hésitation, car elle venait de réaliser qu'elle avait trouvé le moyen de se battre aux côtés d'Étienne : plus vite les Allemands quitteraient la France, et plus vite il serait de retour.

— Tu es courageuse, c'est bien.

Henri ajouta, avec un retrait du buste, comme s'il était allé trop loin :

— Il faut que tu réfléchisses encore. Je ne veux pas t'embarquer dans ce combat comme ça, si vite.

— C'est tout réfléchi, dit Mélina.

Henri soupira mais lui sourit.

— Bon ! reprit-il. Je vais te donner un mot de passe et une adresse où porter un message.

Il eut encore une hésitation, poursuivit en baissant la voix :

— Le mot de passe, c'est « Montségur ». L'adresse : rue Dupin, le premier immeuble à droite, en regardant le cimetière de Terre-Cabade. Premier étage, porte de gauche au fond du couloir. Tu te souviendras ?

Mélina répéta d'un souffle, sans se tromper.

— Tu auras un nom de code, reprit Henri. Tu t'appelleras Marianne. Tu as compris ? Marianne. Ne l'oublie pas.

— Oui, j'ai compris.

— Si tu étais contrôlée ou arrêtée, il faudrait essayer de détruire l'enveloppe. Cache-la sur toi, au plus près de ta peau. Ne cherche jamais à savoir ce qu'elle contient.

Il se tut, considéra un long moment en silence Mélina qui ne cilla pas, mais, au contraire, soutint son regard.

— Je me demande ce qu'Étienne penserait de ce que je suis en train de faire.

— Il penserait que tu as raison, fit Mélina. Je veux qu'il revienne le plus vite possible.

Henri hocha la tête, se leva, embrassa Mélina en la retenant un instant dans ses bras.

— Il sera fier de toi, petite, dit-il. Mais surtout, sois prudente : il faut que tu restes vivante pour lui. Il aura besoin de toi quand il sera de retour.

— Oui, fit Mélina. Ne t'inquiète pas.

— Va, maintenant. Il ne faut jamais rester trop longtemps au même endroit.

Elle sortit, se retourna, l'aperçut qui l'observait derrière le rideau, puis elle monta sur sa bicyclette et ne se retourna plus. Durant tout le trajet du retour, il lui sembla qu'elle avait fait un grand pas vers Étienne, et pour la première fois depuis très longtemps, elle se sentit heureuse.

La neige avait fait son apparition depuis un mois, en cette semaine de Noël, et les prisonniers souffraient atrocement du froid dans la forêt polonaise où, après avoir réalisé le creusement d'un étang de vingt hectares pendant les mois précédents, ils étaient maintenant chargés de creuser des fossés d'irrigation pour l'alimenter. Ils grelottaient dans leurs baraques, la nuit, en essayant de se calfeutrer dans la paille de leur bat-flanc, et Étienne se désolait de n'avoir pas reçu la canadienne que Mélina assurait lui avoir envoyée. Volée, sans doute, comme beaucoup d'autres vêtements, au cours d'un trajet si long à travers l'Allemagne et deux frontières. Il passait trois tricots l'un sur l'autre, enfilait plusieurs paires de chaussettes, mais il ne pouvait protéger ses mains des engelures et des crevasses qui étaient très douloureuses dès qu'il empoignait la pioche sur le chantier. Les gants de laine expédiés par Mélina ne résistaient pas plus de huit jours au contact de l'outil, et il se demandait comment il allait pouvoir arriver au printemps en travaillant de la sorte.

Heureusement, le travail cessa le 20 décembre, car il faisait moins trente degrés. Les prisonniers demeurèrent alors dans leurs baraques et trouvèrent un peu de répit dans les jeux de cartes ou les corvées de pluche à la cantine où ils dévoraient la peau des pommes de terre ou croquaient des choux crus en se cachant du responsable : un Polonais d'une soixantaine d'années qui manifestement pillait les aliments au profit des familles du village de Zwrow.

Ils eurent une heureuse surprise le 22 décembre, en recevant de la part du gouvernement français un colis contenant des biscuits, du pain d'épice, du gruyère, et des dattes. Un deuxième colis de Mélina arriva le lendemain, accompagné d'une lettre et, miracle, d'une photographie de Jean. Étienne la garda un long moment devant lui, luttant contre l'émotion dans son recoin contre le mur de planches, en découvrant à quel point son fils lui ressemblait, surtout du haut du visage, des yeux et du front ; mais l'air farouche de cet enfant lointain lui fit plus de mal que de bien : il exprimait une sorte de crainte, de crispation douloureuse, sans doute celles qu'il ressentait auprès de sa mère, rongée d'inquiétude. La carte de Mélina, pourtant, se voulait rassurante :

> Mon Étienne,
>
> Je suis très contente de mon travail à l'hospice de la Grave qui est proche de la rue Réclusane, comme tu le sais. En soignant les malades, c'est un peu sur toi que je me penche et ça me fait du bien. Je joins à ma carte une photographie de Jean, ce que j'aurais dû faire depuis longtemps, mais j'ai eu

du mal à trouver un photographe pas trop cher. Ta mère va bien et te souhaite avec moi un bon Noël. Nous penserons bien à toi, en espérant que tu es en bonne santé, que tu n'as pas trop froid, et que tu te rapprocheras bientôt de chez nous. Quelque chose me dit que c'est le dernier Noël que nous passerons séparés. L'an prochain, tu seras là, près de nous, et tout recommencera.

Je me serre contre toi, mon Étienne, comme je le fais par la pensée chaque minute de chaque jour, et je t'embrasse avec tout mon amour.

Lina.

Cette lettre donna l'impression à Étienne qu'il se produisait en France des événements dont elle ne pouvait pas parler. Il la relut trois fois, s'arrêta sur « Quelque chose me dit que c'est le dernier Noël que nous passerons séparés ». Il en parla avec Pierre Fourcade, son ami lotois, qui ne voulut pas le contredire, mais ne parut pas très convaincu par cet optimisme.

Le soir de Noël, ils assistèrent à la messe dans l'église de Zwrow qui était pleine, car les villageois étaient tous catholiques pratiquants, et les chants, la lumière des lustres, la douceur émanant d'une assemblée si pacifique leur furent finalement agréables. En rentrant au kommando, ils eurent la surprise de trouver un réveillon préparé par le cuisinier : des pommes de terre bouillies, du jambon, des œufs, et un gâteau à la confiture de mûres. Du schnaps, aussi, qui les aida, une fois couchés, à oublier le froid de plus en plus vif qui, au moins, au cours des jours suivants, leur épargna le travail à l'extérieur, car la terre était gelée en profondeur.

Cela ne les dispensa pas pour autant des deux appels journaliers, le premier le matin à huit heures, et le second le soir à six heures, debout dans la neige pendant plus d'un quart d'heure, d'où ils rentraient grelottant de froid, débordant de haine pour leurs gardiens trop zélés. Une fois à l'abri dans leurs baraques, les conversations roulaient interminablement sur les nouvelles reçues de France, et chacun oscillait entre espoir et accablement. Pour sa part, Étienne pensait souvent à Louis et se demandait ce qu'il était devenu. Pierre n'avait pas réussi à le remplacer tout à fait, car il ne connaissait pas les rives de la Garonne et les deux hommes n'avaient encore pas vécu des événements susceptibles de les rapprocher davantage, comme cette évasion manquée au cours de laquelle Louis avait partagé les risques et le pain de chaque jour avec Étienne.

Les avions anglais, qui déclenchèrent une alerte le 30 décembre en entraînant la plainte des sirènes et les tirs de la DCA, suscitèrent chez les prisonniers un sursaut d'orgueil et d'optimisme : tout n'était pas perdu, puisque la guerre continuait et que les Allemands, à présent, devaient faire face à deux fronts : un à l'ouest et un à l'est, en URSS. Étienne savait qu'un bombardement pouvait toucher leurs baraques, mais ces avions, au moins, témoignaient d'une résistance qui lui faisait battre le cœur plus vite. Et ils revinrent à trois reprises, ces avions, dans la première quinzaine de janvier, provoquant l'enthousiasme des prisonniers qui ne se cachaient pas pour le manifester auprès de leurs gardiens.

Par représailles, ceux-ci désignèrent vingt hommes pour servir de rabatteurs aux chasseurs de lièvres et de lapins de Zwrow. Étienne et Pierre firent partie de l'équipage et durent crapahuter dans la neige épaisse de trente centimètres pendant toute une journée. Ils rentrèrent à la nuit tombante, les pieds gelés, frigorifiés, et ils eurent beaucoup de difficulté à se réchauffer, malgré le café d'orge que leur servit le cantinier. Toutefois, le gibier ayant été abondant, ils mangèrent un peu mieux au cours de la semaine suivante et regrettèrent moins leur journée dans les bois.

Ce fut au terme de cette semaine-là qu'Étienne ressentit les premiers frissons d'une grippe qui se compliqua rapidement et le fit rapatrier à Schiltberg, à l'infirmerie du stalag dont s'occupait un médecin-major déjà débordé par les bronchites et les pneumonies. Il se mit à délirer, mais dans ce délire surnageait la sensation délicieuse, au moins, d'avoir chaud, l'infirmerie bénéficiant de deux poêles énormes chauffés au bois. Le médecin ne disposait que de très peu de médicaments : seulement des cataplasmes de moutarde et des tisanes qui ne faisaient pas beaucoup d'effet sur les prisonniers les plus atteints. C'était le cas d'Étienne qui dépérissait dangereusement malgré ces tisanes d'orge censées lui faire éliminer l'infection grâce à la sudation. Il se réveillait en tremblant de tous ses membres malgré les deux couvertures qu'on lui avait octroyées, mais la fièvre ne tombait toujours pas.

Au bout de cinq jours, le major le crut perdu et se désintéressa de son sort. C'est alors qu'inconsciemment il se mit à lutter contre le mal, comme si quelque chose en lui se refusait à ne plus jamais revoir Mélina et son fils qu'il appelait dans son délire, cherchant à agripper leurs bras. Et puis un soir, il réussit à saisir ces bras qui, lui semblait-il, pouvaient le sauver. Le lendemain, la fièvre diminua légèrement, et il se sentit un peu mieux. Mais ce ne fut qu'un répit de quelques heures, et, devant son état alarmant, l'infirmier le fit transférer à Posen, dans une caserne désaffectée qui servait d'hôpital. Il n'eut pas connaissance du fait que des prisonniers mouraient autour de lui, faute de moyens pour les soigner efficacement.

Il resta deux jours et deux nuits entre la vie et la mort, secoué par une toux qui lui donnait la sensation de déchirer ses poumons. Mais il se battait avec ses dernières forces pour survivre, revivant dans son délire ses courses vers le village pour aller à l'école lorsqu'il était enfant, cherchant à rattraper Mélina qui courait devant lui et ne l'entendait pas. Il reprenait conscience à bout de souffle, le cœur fou, puis, délirant de nouveau, se remettait à la suivre, haletant, tandis que, penchées au-dessus de lui, les infirmières se relayaient sans grand espoir.

Un matin, il sentit que son lit était mouillé : la sueur avait enfin fait couler hors de lui le mal qui le minait. Dans la journée, la fièvre baissa et il reprit pied dans le monde réel, étonné de se trouver dans cette grande pièce où étaient alignés les lits de ceux qui, comme lui, luttaient contre la mort. Le soir, il se trouva mieux, et il dormit bien. Son destin avait basculé du côté de la vie, mais il avait maigri de cinq kilos et se sentait sans forces. Il ignorait qu'il allait passer la fin de l'hiver bien au chaud, non plus dans cet hôpital, mais dans l'infirmerie du stalag de Schiltberg où, une semaine plus tard, à son grand soulagement, il fut rapatrié.

Le printemps était là, déjà, en ce début mars, porté par le vent d'autan qui soufflait en rafales, quand Mélina partit, ce dimanche-là, vers la rue Dupin pour transmettre le message que lui avait confié Henri. Ce n'était pas la première fois qu'elle s'y rendait : déjà à deux reprises, elle avait traversé Toulouse par le pont Neuf jusqu'aux allées Jean-Jaurès, franchi le canal du Midi sous la gare Matabiau, puis elle était redescendue vers l'immense cimetière de Terre-Cabade près duquel se trouvait la rue Paul-Dupin. Elle avait trouvé sans peine l'immeuble indiqué par l'oncle Henri, donné une enveloppe à un homme qui lui avait demandé le mot de passe avant de lui ouvrir. Il avait à peine entrebâillé la porte de l'appartement situé au premier étage, à gauche au fond du couloir ; après quoi il avait refermé en murmurant :

— Partez vite. Soyez prudente.

Elle n'avait pas eu l'impression de s'être mise en danger, pas plus que cet après-midi-là, en y revenant pour la troisième fois, tandis que le printemps faisait jaillir sur la ville ses éclats de lumière neuve, comme lavée des noirceurs de l'hiver.

Elle se retourna plusieurs fois, vérifiant qu'elle n'était pas suivie comme le lui avait recommandé Henri, puis elle laissa sa bicyclette devant l'immeuble avant de se diriger vers le hall. Ce fut au moment où elle poussait la porte d'entrée qu'une femme inconnue, vêtue de noir, l'arrêta du bras et la bouscula en soufflant :

— N'entrez pas ! Partez vite !

Mélina n'eut même pas le temps d'apercevoir son visage, mais il y avait eu un tel affolement dans la voix qu'elle fit demi-tour, remonta sur sa bicyclette et pédala vers la gare où, oubliant toutes les consignes de sécurité, elle se dirigea vers l'appartement d'Alberte, tout près de Matabiau. Pourtant, peu avant d'arriver, un réflexe de prudence la retint, et elle continua sa route au lieu d'aller demander à la femme d'Henri ce qu'elle devait faire de l'enveloppe qu'elle portait. C'est alors, seulement, qu'elle s'aperçut qu'elle tremblait et que, pour la première fois depuis l'hiver, elle comprit vraiment qu'elle était en danger.

Elle se hâta de rentrer rue Réclusane où elle ne put faire autrement que de se confier à Marie. La mère d'Étienne se montra tellement inquiète qu'elle lui fit des reproches :

— Est-ce que tu te rends compte ? Si tu étais arrêtée, qu'est-ce que je deviendrais, moi, toute seule avec ton fils ?

Mélina, que la peur avait maintenant quittée car elle se sentait en sécurité, répondit :

— Je me bats pour Étienne, afin qu'il revoie son fils le plus vite possible.

Marie soupira, puis elle murmura :

— Tu crois qu'on n'a pas assez de problèmes comme ça ?

Mélina savait à quoi Marie faisait allusion : les cartes d'alimentation ne permettaient pas toujours d'obtenir les denrées auxquelles elles étaient censées donner droit. On manquait de tout et il était difficile de trouver du pain, certains jours, et plus encore de la viande. Les Allemands réquisitionnaient les denrées les plus essentielles à leur profit, et la colère augmentait chez les habitants des villes qui souffraient plus de la pénurie qu'à la campagne où les paysans produisaient ce dont ils avaient besoin : légumes, œufs, beurre et viande. Mélina et Marie faisaient la queue à tour de rôle sur les trottoirs avant de pouvoir entrer dans une épicerie ou une boulangerie, où elles arrivaient souvent trop tard à cause de leur travail quotidien.

Heureusement, Mélina s'était liée à deux amies à l'hospice, dont l'une, Rosine, travaillait à la cantine, et l'autre, Fernande, avait des parents paysans, sur la route de Carcassonne, qui la ravitaillaient régulièrement. Elles approvisionnaient Mélina en victuailles chaque fois qu'elles en avaient l'occasion : du lait, des œufs, du beurre ou des côtelettes de porc, ce qui rassurait les deux femmes mais vidait leurs porte-monnaie. Et il était devenu de plus en plus compliqué d'envoyer à Étienne ces colis qu'il attendait pourtant avec impatience, même s'il ne réclamait rien de façon expresse : c'était seulement à sa manière de remercier qu'elles devinaient à quel point il en avait besoin.

Elles n'eurent pas l'occasion de poursuivre leur conversation, ce soir-là, car Alberte, la femme d'Henri, surgit un peu avant sept heures, affolée, et ne prit même pas la peine de s'asseoir en demandant à Mélina l'enveloppe qu'elle était censée remettre rue Dupin. Mélina la lui donna en commençant à lui expliquer ce qui s'était passé, mais Alberte l'interrompit aussitôt :

— Je sais. Ils ont été arrêtés ce matin au lever du jour. C'est moi qui t'ai envoyé celle qui t'a prévenue. Il y avait encore deux miliciens dans l'appartement.

Une frayeur rétrospective s'empara de Mélina qui en resta sans voix, car elle n'avait jamais vraiment mesuré quels risques elle prenait.

— Je ne reviendrai plus ici, dit Alberte. Ils finiraient par vous repérer.

Puis, en dissimulant l'enveloppe sous le corsage de son opulente poitrine :

— On a quelqu'un à l'hospice de la Grave. Il te contactera... Si tu es toujours d'accord.

— Bien sûr, dit Mélina, malgré la peur qui l'avait saisie aux nouvelles qu'apportait Alberte.

— Merci, petite.

Alberte les embrassa toutes les deux et partit précipitamment, aussi vite que le lui permettait son embonpoint. Mélina et Marie se retrouvèrent seules, incapables de parler ou de mettre la table, et pourtant c'était l'heure de dîner. Il fallut que Jean vienne réclamer à manger pour qu'elles se décident à installer les couverts, la visite d'Alberte leur ayant coupé l'appétit.

— Tu ne peux pas continuer, dit alors Marie. C'est devenu trop dangereux.

Mélina ne répondit pas tout de suite. Ce fut seulement en s'asseyant à table qu'elle murmura :

— C'est la seule manière d'aider Étienne. Si je ne le faisais pas, j'aurais l'impression de l'abandonner.

Marie soupira :

— Ton enfant a besoin de toi. Je te l'ai déjà dit.

— Étienne aussi a besoin de moi.

Marie n'insista pas, ce soir-là : elle avait compris qu'elle n'avait aucune chance de convaincre Mélina de renoncer à ces missions de plus en plus dangereuses, mais elle se promit de revenir à la charge à la première occasion.

Elle n'en eut pas l'opportunité, car à partir de ce jour Mélina ne lui confia plus rien de ce qu'elle vivait dans la clandestinité où, presque à son insu, elle était entrée. Il ne se passa pas trois jours, en effet, avant que le médecin en chef de l'hospice ne la convoque dans son bureau où tous les employés redoutaient d'entrer. C'était un homme froid, d'une cinquantaine d'années, une sorte de colosse qui portait la barbe et rudoyait volontiers ses subordonnés. Aussi ce fut avec appréhension que Mélina entra dans son bureau, ce soir-là, à la fin de sa journée de travail, en se demandant quelle faute elle avait bien pu commettre.

Le médecin resta debout, ne lui proposa pas de s'asseoir, mais le ton de sa voix était différent de celui dont il usait d'ordinaire quand il déclara, à la grande surprise de Mélina :

— Bonjour, Marianne !

Redoutant de tomber dans un piège, Mélina ne répondit pas.

— Vous avez raison de vous taire. C'est bien. Mais si je vous dis « Montségur », cela devrait vous suffire.

Mélina se détendit un peu, mais demeura muette de surprise.

— Et pour vous, désormais, je serai Georges.

Mélina se sentit doublement rassurée : il ne l'avait pas convoquée pour lui reprocher une faute et, au contraire, il lui démontrait une confiance à laquelle elle ne s'attendait pas du tout.

— À l'avenir, c'est à moi que vous remettrez les messages venus de Saint-Alban.

Il sourit, ajouta :

— Vous n'aurez plus à vous rendre rue Dupin. Oubliez tout cela. Vous n'y êtes jamais allée.

Mélina hocha la tête, ne sut que répondre.

— Nos relations professionnelles ne doivent pas changer, reprit-il. Veillez bien à vous comporter comme avant.

— Oui, monsieur.

Il resta un long moment à la considérer en silence, puis :

— Soyez courageuse, mais toujours très prudente. Des vies dépendent de vous.

Il s'approcha d'elle, posa une main sur son épaule droite, murmura :

— Allez, mon petit !

Elle fit demi-tour, referma la porte derrière elle sans se retourner, et se hâta de rentrer rue Réclusane où son fils devait l'attendre. Mais pendant toute la soirée elle demeura lointaine, dévorée d'inquiétude, provoquant les questions de Marie qui la crut malade.

— Mais non, dit-elle, tout va bien. Je suis fatiguée, c'est tout.

Elle s'occupa de Jean, le fit manger, le coucha, et se réfugia aussitôt dans sa chambre pour réfléchir à ce qui se passait. Elle se sentait au centre d'un immense réseau de forces inconnues qui la dépassaient et, d'une certaine manière, l'effrayaient. « Des vies dépendent de vous », avait dit le médecin. Elle n'avait pourtant pas l'impression de porter sur ses épaules une telle responsabilité. Elle transmettait seulement des messages. Qu'est-ce qui se cachait derrière ces hommes qui l'impressionnaient tellement ?

Cependant, au-delà des questions qu'elle se posait, la fierté dominait : on lui faisait confiance, et elle ne luttait plus seule. Elle aurait voulu qu'Étienne sache qu'un combat clandestin avait été lancé contre les occupants. Un combat qui lui permettrait de rentrer plus vite chez lui, elle n'en doutait plus ce soir-là, en plongeant dans un sommeil où des ombres tour à tour menaçantes et bienveillantes rôdèrent autour d'elle durant toute la nuit.

En Pologne, Étienne n'avait repris le travail qu'à la mi-mars, après avoir recouvré des forces dans une immobilité qui lui avait pesé mais, au moins, lui avait permis de manger mieux qu'au kommando et de ne pas avoir froid, car l'hiver n'avait desserré sa poigne glacée qu'au début du mois d'avril. Les avions anglais revenaient régulièrement au-dessus de Posen et d'Ostrowo, et, de ce fait, survolaient le kommando où les sirènes réveillaient les hommes la nuit. Ils étaient alors censés se réfugier dans le bois le plus proche, à une centaine de mètres des baraques, mais la plupart ne se levaient même pas : pourquoi les Anglais auraient-ils bombardé un camp de prisonniers ou le petit village de Zwrow qui ne comptait que deux cents habitants ? Au contraire, ces allées et venues nocturnes des avions les réconfortaient en leur faisant envisager un tournant de la guerre en faveur des Alliés. Un soir, des éclats tombèrent sur les baraques, heureusement trop petits pour en percer le toit, mais ils ne réussirent pas à refroidir la joie ressentie par les prisonniers en entendant les avions.

Ce fut le lendemain, 5 avril, que cinquante prisonniers, dont Étienne, reçurent l'ordre de rassembler leurs affaires pour un départ qui devait avoir lieu le lendemain à quatre heures du matin. Aussitôt il y eut des discussions sans fin dans les baraques pour savoir quelle serait leur destination : les plus optimistes affirmaient qu'ils allaient rentrer en France, tout simplement, car ils avaient appris de leurs proches, par courrier, qu'une campagne avait été organisée par le gouvernement pour enrôler des travailleurs volontaires destinés à remplacer les prisonniers.

Mélina n'avait jamais fait allusion à une telle propagande, mais Étienne, de toute façon, ne se sentait pas concerné. Il savait qu'il subissait les représailles de son évasion et que les Allemands n'étaient pas près de l'oublier. D'ailleurs, au kommando, nombreux étaient ceux qui souffraient des conséquences de leur inconduite passée. Les gardiens, questionnés, prétendirent ne pas savoir où allait se diriger le convoi dont les wagons attendaient les prisonniers dans la gare voisine de Schiltberg.

Ils partirent donc à quatre heures du matin, par groupes de vingt, pour une marche qui, une heure plus tard, les conduisit sur un quai où des soldats en armes les firent s'entasser dans les wagons à peine éclairés par la lucarne qui se trouvait en haut et à gauche de la porte coulissante. Étienne était désespéré, car son ami lotois, Pierre Fourcade, ne faisait pas partie du convoi. Ils s'étaient dit au revoir la veille au soir avec beaucoup d'émotion et s'étaient juré de se revoir en France, une fois la guerre finie. Après Louis, c'était Pierre qui s'éloignait, et de nouveau Étienne se sentait très seul.

Dès qu'ils furent installés dans la paille, les hommes tentèrent de deviner quelle direction avait prise le convoi, mais très vite ils y renoncèrent et s'endormirent, car leur longue marche et le manque de sommeil les avaient épuisés. Les heures se mirent à défiler, entrecoupées par le partage des boules de pain noir qui provoquait invariablement des débuts de dispute. La journée s'écoula au rythme très lent du convoi puis, en fin d'après-midi, un homme réussit à apercevoir le panneau Potsdam dans une gare où l'arrêt fut bref. Le convoi repartit et, à la tombée de la nuit, s'immobilisa en gare de Magdebourg. À partir de cette ville, au lieu de se diriger vers l'ouest, il prit la direction du nord et ne s'arrêta qu'à l'aube, en gare de Rotenburg. De là, il bifurqua vers une petite ligne où il roula très lentement une grande partie de la matinée, jusqu'à son point de destination : Bremervörde, peu avant midi.

Soulagé, Étienne descendit avec ses compagnons de voyage en espérant qu'on allait leur donner à manger, mais il comprit qu'ils n'étaient pas encore arrivés quand le feldwebel leur ordonna de se mettre en rangs par cinq, afin de gagner le camp qui leur était destiné. Il fallut alors parcourir douze kilomètres à pied dans le vent très violent et glacé du mois d'avril, avec de loin en loin des troupeaux de vaches somnolentes, des arbres encore nus, lors d'un périple heureusement entrecoupé de haltes régulières.

Le camp où ils arrivèrent enfin était situé à vingt-cinq kilomètres de la mer du Nord, trente de Brême et cent de la Hollande. Cela, ils l'apprirent de la bouche des prisonniers déjà présents, qui s'approchèrent des nouveaux arrivants, debout dans l'allée centrale. Ceux-ci attendirent deux heures avant de passer à la fouille, et ils purent enfin manger et boire avant d'aller s'écrouler, au terme de leur interminable voyage, sur leurs châlits branlants.

Le lendemain matin, Étienne eut l'heureuse surprise de constater que sa paillasse était voisine de celle d'un Toulousain qui lui donna une accolade fraternelle en apprenant que lui aussi était de là-bas. Il s'appelait Roger Doussain, était ouvrier charpentier et habitait dans le quartier de Saint-Cyprien proche de la rue Réclusane. Tout de suite, Étienne se sentit réconforté par la présence de cet homme volubile, plein d'entrain, qui le présenta aux autres prisonniers de la baraque comme s'il le connaissait depuis toujours. Il y avait là beaucoup d'hommes du Sud-Ouest mais aussi, bizarrement, des Bretons et des Polonais.

Étienne s'empressa d'envoyer une carte à Mélina pour lui donner son adresse et la rassurer. Près de la mer du Nord, il se trouvait toujours loin, certes, mais au moins en Allemagne et non plus en Pologne. Il tenta de s'habituer du mieux possible à sa nouvelle vie dans ce camp où la nourriture était assez abondante et où il n'avait pas froid, car chaque baraque était munie d'un poêle à tourbe que les hommes étaient chargés d'aller lever dans les environs, et dont ils faisaient ample provision.

Dès ce premier jour, cependant, les avions anglais vinrent de jour, comme s'ils ne craignaient plus la DCA allemande, et il sembla aux prisonniers qu'ils larguaient leurs bombes sur Brême et sur Hambourg. Même de très loin, on entendait les sirènes et les bombes exploser dans un fracas qui devenait menaçant, mais les prisonniers ne parvenaient pas à s'en inquiéter, au contraire.

— Écoute un peu s'ils dérouillent, les fritz, disait Doussain. M'est avis qu'ils doivent pas rigoler tous les jours !

Il faisait s'esclaffer les hommes dans les baraques par ses bons mots, ses expressions typiquement toulousaines, où se mêlaient une gouaille et un optimisme à toute épreuve :

— Moi je vous dis qu'on sera rentrés à la maison avant la fin de l'année !

Il devint pourtant très vite évident qu'ils n'allaient pas rester dans ce camp indéfiniment, car les prisonniers les plus anciens disparaissaient régulièrement : certains étaient envoyés dans des fermes, d'autres dans des usines, au sein des villes. Mais les villes représentaient la menace la plus sérieuse à cause des bombardements et de la pénibilité du travail. Les hommes savaient qu'ils étaient moins surveillés dans les campagnes où, surtout, ils étaient beaucoup mieux nourris. Étienne s'en inquiétait auprès de Doussain qui répondait :

— T'en fais pas ! On se débrouillera toujours.

Ils furent dix à partir en camion à la fin du mois d'avril en direction du nord, et deux à rester entre leurs gardiens armés, après des haltes à Bremerhaven, Nordenham, et Oldenburg : Étienne et Doussain.

— Où nous emmènent-ils, ces cons ? s'énerva ce dernier.

C'est en fin d'après-midi qu'ils atteignirent le port de Wilhelmshaven, où ils seraient affectés, ils l'apprirent en prenant pied sur les quais, au déchargement des bateaux venus de Hollande et des pays nordiques.

Comme Étienne, qui avait espéré être expédié dans une ferme semblable à celle qu'il avait connue en Bavière, se désolait du sort qui l'attendait, Doussain murmura en confidence :

— Eh ! Con ! La Hollande, c'est pas loin de la France et de l'Angleterre.

Et comme Étienne l'interrogeait du regard :

— Tu piges pas ? Faut pas se gourer de bateau, c'est tout.

Ce soir-là, Étienne s'endormit avec de nouveaux rêves d'évasion plein la tête.

6

Mélina était en train de prodiguer des soins à une vieille impotente de l'hospice de la Grave quand elle entendit des cris lancés en langue allemande dans le couloir. Elle se hâta d'achever son pansement, risqua un œil à l'extérieur et referma aussitôt la porte, effrayée par les hommes en uniforme de la Gestapo. Paralysée par la peur, elle comprit qu'ils se dirigeaient vers le bureau du médecin à qui elle remettait les messages, et elle se sentit aussi en danger que lui. Elle ne put esquisser le moindre geste, demeura immobile un instant, avant de se réfugier dans le modeste cabinet de toilette de la chambre ; puis, devinant qu'ils allaient sans doute fouiller toutes les pièces, elle sortit dans le couloir de la façon la plus naturelle possible et prit la direction de la buanderie qui, à l'arrière, s'ouvrait sur le quai de la Garonne. Mais elle n'eut pas le temps de l'atteindre car deux miliciens surgirent devant elle et lui interdirent le passage en criant :

— Oh ! La demoiselle ! Pas bouger !

L'un d'eux – le plus petit, portant moustaches et lunettes épaisses – la prit par un bras et la conduisit vers le hall d'entrée en ricanant :

— Alors ! On voulait s'enfuir ? On n'a pas la conscience tranquille ?

Elle ne répondit pas, n'en ayant pas la force, mais elle constata avec soulagement que bon nombre d'infirmières et d'aides-soignantes avaient été rassemblées dans le hall. Ce soulagement ne dura pas longtemps, car bientôt Georges apparut, encadré par deux hommes de la Gestapo, les menottes aux poignets, du sang perlant sur sa tempe droite. Mélina baissa les yeux, évitant de croiser le regard non seulement du médecin mais aussi de ceux qui le maintenaient et qui, contrairement à ce qu'avait espéré Mélina, s'arrêtèrent devant les infirmières que les miliciens avaient fait aligner sur une colonne. Elle se trouvait à une extrémité, près de la porte d'entrée, quand la voix d'un officier claqua subitement :

— Laquelle ?

Elle faillit tomber en comprenant que c'était elle que la Gestapo recherchait. Elle eut tellement peur qu'elle songea à s'enfuir par la porte d'entrée restée ouverte, mais ses jambes la portaient à peine, et elle y renonça. Toujours maintenu par les soldats, le médecin commença à passer les infirmières en revue, tandis que les deux miliciens guettaient sa réaction. Elle avait confiance, Mélina, connaissant la force de caractère de son patron, mais elle redoutait un geste, un mot qui pût les trahir.

— Laquelle est Marianne ? hurla l'officier, alors que le médecin avait déjà parcouru la moitié du hall, sans prononcer le moindre mot.

Encore cinq mètres et il allait arriver devant elle.

— Laquelle ? cria de nouveau l'officier en frappant le médecin d'un coup de la badine dont il tapotait nerveusement la cuisse droite de son pantalon galonné de rouge.

Le médecin ne broncha pas et continua d'avancer.

— Celle-là essayait de s'enfuir ! lança un milicien en désignant Mélina.

— J'allais dans la buanderie chercher du linge, dit Mélina, étonnée d'avoir été capable de parler.

Les soldats et le médecin firent halte devant elle.

— Regarde-la bien ! ordonna l'officier. C'est elle ?

— Et toi, lève la tête ! ordonna le milicien à Mélina.

Elle se dit qu'elle allait tomber, mais elle ne put faire autrement que d'obéir, et son regard croisa celui de Georges qui ne cilla pas.

— C'est elle ? hurla l'officier.

— Non ! Ce n'est pas elle.

La voix du médecin n'avait pas faibli. Elle était ferme, comme d'habitude, et aucune émotion ne transparaissait sur son visage.

— Avoue que c'est elle ! rugit l'officier en frappant Georges, qui grimaça de douleur.

Il y eut un bref silence durant lequel le destin se joua, tandis que Mélina luttait pour ne pas se trahir, gardant la tête droite, mais le regard pointé légèrement au-dessus de celui de Georges.

— On saura bien te faire parler ! conclut l'officier en poussant rudement le médecin vers la porte.

— Et celle-là ? demanda le milicien en désignant Mélina du menton. Qu'est-ce qu'on en fait ?

L'officier ne répondit pas et disparut, poussant son prisonnier devant lui. Aussitôt les miliciens lui emboîtèrent le pas, jetant un dernier coup d'œil à

Mélina, comme pour imprégner leur mémoire de son visage. Il y eut au-dehors des bruits de portières qui claquent, de moteurs que l'on lance, puis le silence retomba, dans le soulagement général, et c'est alors, seulement, que Mélina s'effondra.

Elle revint à elle quelques minutes plus tard, dans la salle des soins d'urgence où on l'avait portée. Elle reconnut Fernande, son amie – celle qui la ravitaillait en produits de la ferme de ses parents –, et le second du médecin-chef : un homme petit, le visage aigu, agité de tics nerveux, les yeux noirs et fiévreux. Elle voulut se lever mais n'y parvint pas.

— Attends ! dit Fernande. Ils sont partis. Rien ne presse.

Mélina ne se sentait pas totalement en sécurité, car elle n'aimait pas le médecin qui était penché sur elle en finissant de ranger son stéthoscope : il prenait régulièrement des initiatives contraires aux instructions données par Georges et son regard paraissait constamment en alerte, comme s'il suspectait tous ceux qui l'entouraient. Elle se demanda s'il n'avait pas une part de responsabilité dans l'arrestation de Georges, puis elle fit un effort sur elle-même pour se lever, y parvint enfin. Soutenue par Fernande, elle gagna la salle de service réservée aux aides-soignantes, et celles qui étaient présentes l'entourèrent pour la réconforter.

Il lui fallut une demi-heure avant de retrouver ses moyens et de reprendre son travail où elle l'avait laissé. Mais tout au long de la matinée, elle eut beaucoup de mal à se concentrer, car elle réfléchissait à ce qui s'était passé : qui les avait trahis ? Quelqu'un avait parlé, elle en était certaine, mais d'où venait le danger ? Que devait-elle décider ?

À midi, elle courut jusqu'à la rue Réclusane pendant sa courte pause, espérant y trouver Marie, mais il n'y avait personne. Elle monta jusqu'au dernier étage chez les voisins qui gardaient son fils et avec qui, chaque soir, elle écoutait la radio de Londres. Elle y demeura quelques minutes, constata avec soulagement que tout était calme chez eux mais également dans les étages du bas de l'immeuble. Elle se dit que le mieux était de se conduire normalement, comme si rien ne s'était passé, et elle retourna à l'hospice pour reprendre son travail en s'efforçant de ne rien montrer de son agitation.

Elle ne cessait de s'interroger sur la décision qu'elle devait prendre, se remémorait les instructions en cas de problème : détruire tout ce qu'elle possédait de suspect, ne plus bouger, attendre un nouveau contact. Elle était persuadée que Georges ne parlerait pas, et cependant elle avait besoin d'être rassurée. Mais elle n'avait personne à qui parler, sinon Henri ou sa femme Alberte. Si elle s'approchait d'eux, n'allait-elle pas les mettre en danger ? Que faire ? Il y avait Marie, bien sûr, à qui elle pouvait se confier, mais elle s'y refusait depuis des mois pour ne pas l'exposer.

À six heures, quand elle quitta l'hospice, elle n'avait toujours rien décidé. Elle se sentait perdue, sous l'empire d'une menace confuse, et elle regagna l'appartement où était déjà arrivée Marie, qui avait récupéré Jean chez les voisins du haut. Loin de l'apaiser, la présence de son fils accabla Mélina qui avait conscience de le mettre en danger lui aussi.

Elle tenta de questionner Marie sans trop trahir son angoisse, mais sa belle-mère n'avait pas vu Alberte aujourd'hui. Elle précisa qu'il ne s'était rien passé de particulier à Matabiau, et qu'à son retour elle avait pu trouver de la confiture et des sardines à l'épicerie des allées Jean-Jaurès.

Ce soir-là, après le dîner, Mélina ne monta pas dans l'appartement des voisins pour écouter la radio. Elle se demanda si elle ne devait pas s'enfuir avec son fils, par exemple en sollicitant l'hospitalité des parents de Fernande, mais elle se dit qu'elle ne pouvait pas laisser Marie seule. Elle résolut donc de faire confiance à ceux pour qui elle travaillait, surtout de ne pas paniquer, de ne pas faire de faute, et d'attendre. Elle ne put cependant fermer l'œil de la nuit car elle revivait sans cesse l'arrestation de Georges et devant ses yeux clos passaient et repassaient les visages agressifs des miliciens et des hommes de la Gestapo.

Au matin, épuisée, elle réussit à s'assoupir un peu avant le jour, et il fallut que Marie la réveille à sept heures, afin qu'elle parte au travail. Elle fut un moment tentée de ne pas y aller, tellement elle se sentait fatiguée et toujours sous cette menace confuse et angoissante qui ne la quittait pas, mais elle songea une nouvelle fois qu'elle devait se comporter normalement pour ne pas attirer l'attention sur elle. Une fois à l'hospice, elle fut un peu rassurée en constatant que sa prise de service se déroulait sans problème. Pourtant un climat pesant s'était installé depuis la veille, et il lui sembla qu'elle était surveillée, non seulement par l'une de ses collègues, mais aussi par le médecin qui s'était emparé du bureau de Georges.

À midi, n'y tenant plus, elle partit rue Réclusane en espérant y trouver une lettre d'Étienne et donc un peu de réconfort, mais s'il n'y avait pas de courrier, il y avait Marie qui l'attendait pour lui annoncer, dès qu'elle eut franchi la porte de l'appartement :

— Alberte a disparu.

— Comment ça ? s'étonna-t-elle en s'asseyant, les jambes coupées.

— Depuis deux jours.

— Elle a été arrêtée ?

— Je ne sais pas.

— Et Henri ?

— Aucune nouvelle.

Mélina se sentit seule, très seule, et en grand danger. Elle envisagea encore une fois de s'enfuir, mais elle ne voulait pas quitter son fils, et elle se résigna, accablée, à demeurer sur place au risque de se faire prendre.

— Il faut arrêter tout ça, dit Marie. Tu m'avais promis.

— Oui, concéda Mélina, tu as raison. Je ne peux pas continuer.

Et elle ajouta, dans un soupir :

— De toute façon, je n'ai plus personne autour de moi.

Pour Étienne, le travail de déchargement des bateaux sur les quais de Wilhelmshaven était beaucoup plus pénible qu'en Pologne, quand il avait creusé un étang et ses canaux d'alimentation. Même en levant la tourbe, il pouvait toujours s'arrêter quelques instants pour respirer un peu, détendre ses muscles, se reposer sans provoquer la colère de ses gardiens occupés la plupart du temps, assis à l'écart, à discuter entre eux. Au contraire, ceux qui étaient réquisitionnés comme dockers subissaient la surveillance agressive de feldgraus armés et conditionnés par le feldwebel du port pour remplir leur mission avec efficacité, les denrées alimentaires destinées au pays arrivant de France et de Hollande, et les armes fabriquées en Allemagne devant être acheminées sans retard vers les pays occupés.

— Ils sont fous, ces gonzes ! gémissait Doussain à longueur de journée. Il faut se barrer, sinon ils vont nous tuer à la tâche.

La nuit, avec une douzaine de prisonniers comme eux réquisitionnés, ils dormaient dans un entrepôt où, de l'autre côté de la cloison le long de laquelle étaient alignés des lits, avait été aménagée une cantine dans laquelle ils prenaient des repas heureusement consistants, car les Allemands savaient que les dockers avaient besoin de forces pour travailler. Étienne avait envoyé sa nouvelle adresse à Mélina, mais aucun colis ni aucune carte n'étaient arrivés, et il se demandait si le courrier suivait depuis qu'il avait quitté le camp situé près de Bremervörde. Chaque matin en se levant il regardait longuement la photo de Jean et de Mélina, puis le travail épuisant de la journée lui faisait oublier ceux qui lui manquaient tant.

Chaque soir, Doussain revenait à la charge en projetant d'aller se cacher dans la salle des machines d'un bateau qui repartait vers la France, mais Étienne n'y croyait pas.

— On sera découverts avant même de quitter le quai, objectait-il au Toulousain qui ne cessait de rêver à son projet.

— J'ai ce qu'il faut pour soudoyer le mécanicien, répondait-il.

— Et une fois en France, comment sortirons-nous de la cale ?

— J'ai mon idée.

Cependant Étienne comprit que tous les prisonniers employés comme dockers nourrissaient le même espoir, car ils savaient que les ports du nord de la France n'étaient pas très éloignés de Wilhelmshaven – encore moins Amsterdam ou Rotterdam, en Hollande, où, même si le pays était occupé, il était envisageable de passer par la Belgique pour atteindre la frontière française. Quelque chose, pourtant, retenait encore Étienne : il se souvenait parfaitement de sa première tentative d'évasion et, s'il était repris une deuxième fois, il redoutait des représailles beaucoup plus sévères qu'après son échec sur le lac de Constance.

Mais au fil des jours, harassé par le travail et de plus en plus inquiet de ne pas recevoir de nouvelles de Toulouse, il finit par se ranger à l'avis de son ami : il fallait essayer de fuir. En un mois, Doussain, du fait de sa naturelle empathie, avait noué des liens avec deux ou trois matelots, bien qu'ils soient encadrés par des *Gefreiten* scrupuleux qui ne badinaient pas avec la discipline. Il finit par convaincre Étienne de tenter l'aventure sur le bateau *Rostock* sur lequel ils venaient de charger des caisses de munitions à destination de la France, et dont ils connaissaient de ce fait l'accès aux cales.

Le bateau ne partait que le lendemain soir. Ils avaient le temps d'organiser leur évasion dans les plus infimes détails, en espérant que les matelots soudoyés ne les trahiraient pas. Mais ils n'eurent pas le temps de mettre leur projet à exécution car dès le lendemain matin à l'aube, le feldwebel s'aperçut qu'il manquait deux hommes à l'appel : deux Ariégeois du nom d'Albanel et de Champsaur qui demeuraient souvent à l'écart des autres prisonniers, évoquant entre eux les montagnes des Pyrénées d'où ils étaient originaires, bergers tous deux, et rebelles à toute compagnie. Ils avaient ensemble nourri le même projet qu'Étienne et Doussain, mais ils les avaient précédés d'une nuit, non pas sur le *Rostock*, mais sur le *Kiel* qui avait appareillé en fin d'après-midi.

Ce fut aussitôt un branle-bas de combat qui paralysa l'ensemble du port, les prisonniers demeurant alignés sur un quai, surveillés par deux *Gefreiten* agressifs, tandis que les soldats appelés en renfort fouillaient les bateaux à quai. Cela dura toute la matinée et, à midi, sous prétexte qu'ils n'avaient pas travaillé, les prisonniers ne furent pas autorisés à sc rendre à la cantine pour manger. Ils durent reprendre le travail à deux heures l'estomac vide, après un violent sermon du feldwebel qui leur promit des sanctions dont ils constatèrent les effets dès le soir, quand deux sentinelles les accompagnèrent jusqu'à l'entrepôt, l'une surveillant l'entrée, l'autre s'installant à l'intérieur, après avoir fait aligner les hommes devant leurs lits pour les compter.

Le lendemain, les soldats réquisitionnés la veille les suivirent à tour de rôle jusque dans les cales, sans jamais les quitter une seconde. Pour Étienne et Doussain, il apparut clair que leur projet d'évasion était devenu impossible à réaliser, et ils tombèrent comme leurs camarades dans une sorte de résignation qui les laissait le soir épuisés, avec une seule préoccupation : dormir, oublier où ils se trouvaient, reprendre des forces pour effectuer le travail harassant auquel leurs gardiens les contraignaient sans le moindre instant de repos.

Heureusement pour Étienne, la lettre de Mélina qu'il avait tant attendue lui parvint quatre jours plus tard et le rassura : il n'était pas seul, abandonné de tous, sans contact avec ceux qu'il aimait. Contrairement à ce qu'il avait cru, il existait encore un lien – bien que ténu – avec sa vie d'avant, et les avions anglais qui se remirent à passer de jour comme de nuit achevèrent de lui rendre assez de confiance pour ne pas sombrer.

Mélina aussi se sentait très seule depuis l'arrestation de Georges et d'Alberte. Et cependant elle était convaincue que le médecin en chef n'avait pas parlé, sans quoi elle aussi aurait déjà été arrêtée. Mais Alberte ? Où se trouvait-elle ? Et Henri ? Qu'était-il devenu ? Elle se gardait de prendre la moindre initiative, redoutant de provoquer les réactions de ce monstre souterrain qui, lui semblait-il, remuait sous ses pieds, et qui pouvait la dévorer. Elle se savait surveillée à l'hospice, s'évertuait à remplir convenablement ses tâches pour ne jamais se mettre en défaut, ne parlait plus, même à ses deux amies, rentrait chez elle aussitôt que l'heure sonnait, s'enfermait avec son fils et avec Marie qui se chargeait désormais des provisions – toujours aussi difficiles à obtenir malgré les cartes d'alimentation.

La lettre d'Étienne qui lui annonçait se trouver à Wilhelmshaven, un port de la mer du Nord, ne l'avait pas inquiétée outre mesure : il s'était rapproché de la France et ne se plaignait de rien. Il fallait garder courage, ne pas renoncer, même si parfois des larmes de rage et de fatigue débordaient de ses yeux, car elle avait la sensation de l'avoir abandonné à son sort. Oui, c'était bien cela : elle l'avait abandonné. Parfois, le dimanche, elle se rendait sur les quais de la Garonne avec son fils et elle regardait indéfiniment couler cette eau qu'elle avait contemplée avec Étienne, si souvent, à Montalens comme à Toulouse, se demandant comment il était possible de se retrouver sans lui aujourd'hui alors qu'ils ne s'étaient jamais quittés vraiment. La guerre. Toujours la guerre. Quand donc allait-elle cesser ? Et si Étienne ne revenait jamais ?

Souvent le remords de n'avoir pas accepté l'offre de M. Ponthier venait tarauder son esprit, et elle se sentait terriblement coupable. Ne devait-elle pas accepter aujourd'hui ce qu'elle avait refusé hier ? Ou du moins faire semblant, puisque de toute façon elle n'avait plus aucun contact avec Henri et les siens ? Elle ne cessait de s'interroger, s'y décidait parfois, puis renonçait à l'idée qu'elle ne pouvait trahir ceux qui avaient confiance en elle. Étienne, à son retour, ne lui pardonnerait jamais une telle trahison. Non ! Le mieux était de se faire oublier, d'attendre des jours meilleurs, d'espérer dans ce combat, car elle était persuadée que ceux qui l'avaient entrepris n'étaient pas hommes à abdiquer avant la victoire.

Effectivement, un mois ne s'était pas passé qu'elle fut contactée par une femme inconnue qui la croisa entre la rue Réclusane et l'hospice et lui glissa une enveloppe sans même lui adresser la parole. Le mois de mai, ce soir-là, portait déjà des parfums d'été, et Mélina apercevait comme une lueur d'espoir dans la lumière du soir qui tombait lentement sur la ville, où les hirondelles tournaient en rondes folles. Ce qu'elle lut, une fois réfugiée chez elle, la rasséréna aussitôt :

« Alberte est en sécurité, moi aussi. Attends qu'on revienne vers toi. Sois très prudente en attendant. H. »

Ainsi Alberte n'avait pas été arrêtée, mais elle se cachait, comme son mari. Ce fut un véritable soulagement pour Mélina qui s'était crue isolée, privée de tout contact, de tout recours. Elle se sentit beaucoup mieux, cessa de se poser des questions, retrouva le sommeil, recommença à profiter du soleil qui donnait l'impression que l'on passait directement de l'hiver à l'été. C'était comme si la vie renaissait dans les rues de la ville où même les patrouilles allemandes ne paraissaient pas aussi redoutables que lors des mauvais jours.

Aussi Mélina ne fut pas vraiment surprise quand la femme mystérieuse qui lui avait donné un premier message en la croisant lui en remit un second une semaine plus tard. « Dimanche 11 heures à Montalens. Ancienne maison d'Eugène. Avec Marie. » Une fois revenue dans l'appartement, elle le montra à sa belle-mère et elles n'eurent pas la moindre hésitation à accepter le rendez-vous, d'autant que Marie n'avait pas vu son frère Henri depuis très longtemps. Mélina, de son côté, jugea que si Henri agissait de la sorte, c'est qu'il avait mesuré les risques et qu'il n'y avait aucun danger. Elles décidèrent de laisser Jean à la garde des Barnède, comme de coutume, et elles se rendirent à la gare sans véritable inquiétude, ce dimanche-là, avec un panier sous le bras, comme si elles allaient chercher des victuailles à la campagne, ainsi qu'en avaient pris l'habitude les gens des villes.

Il faisait toujours aussi beau quand elles descendirent du train en gare de Montalens, et elles empruntèrent aussitôt le petit chemin de la Garonne entre les herbes déjà hautes qui sentaient bon, après avoir été humidifiées par la rosée de la nuit. Elles avançaient sans un mot, côte à côte, plus émues qu'elles n'auraient su le dire de retrouver ces lieux où elles avaient vécu si longtemps, avant de partir à Toulouse. C'était bien la même lumière, le même éclat du ciel d'un bleu vif, le même parfum d'herbe et d'eau mêlées qui augmentait au fur et à mesure qu'elles se rapprochaient du pont de la voie ferrée où, jadis, Étienne attendait Mélina pour monter à l'école du village. Elle le sentit si proche qu'un sanglot vint mourir sur ses lèvres, alertant Marie qui lui prit le bras un instant, sans trouver un mot pour la consoler.

Sous le pont, un homme surgit brusquement devant elles, armé d'un revolver qu'il remit dans son étui en les apercevant. Il était très brun, petit, râblé, avec des yeux noirs et brillants qui révélaient une violence à fleur de peau. Mélina lui dit qu'elles étaient attendues par Henri, et l'homme, sans un mot, leur fit signe de le suivre. Ils en croisèrent deux autres, eux aussi armés, avant de s'approcher de la maison d'Eugène que Mélina reconnut malgré son délabrement avec un certain malaise, car elle avait toujours eu peur du pêcheur quand elle était enfant. La même appréhension la saisit, surtout en découvrant, devant la porte, l'homme qui la gardait et qui ressemblait vaguement à Eugène. Il ouvrit sans frapper et aussitôt Henri, qui était assis, se leva pour les embrasser, tandis que Marie murmurait :

— Je m'inquiétais, tu sais.

— Merci, Manuel ! fit Henri en renvoyant sa sentinelle.

Il fit asseoir Mélina et Marie, puis il répondit d'un ton sec :

— Bientôt, tu ne t'inquiéteras plus de rien. On va les renvoyer chez eux, les vert-de-gris.

— Et Alberte ? fit Marie.

— Elle est en sécurité, à côté de Bram, chez une de ses cousines.

Il avait vieilli, ses traits s'étaient creusés, et il paraissait épuisé mais toujours aussi déterminé.

— Vous avez vérifié que vous n'étiez pas suivies ?

— Oui ! dit Mélina. Nous sommes les deux seules à être descendues à la gare. Il y avait trois voyageurs dans le compartiment. Ils ont continué vers Bordeaux.

— Bon ! fit Henri. De toute façon, vous ne viendrez plus jamais ici. On bouge tout le temps.

Puis, aussitôt, comme en se radoucissant :

— Des nouvelles d'Étienne ?

— Il se trouve en Allemagne, fit Mélina. Dans un port de la mer du Nord : Wilhelmshaven.

— Il va bien ?

— Je crois.

Henri lui prit les mains en disant :

— Bientôt il sera de retour. Les frisés n'en ont plus pour longtemps. Sois courageuse, petite, comme tu l'as toujours été.

Il parut hésiter, mais reprit en s'adressant à Mélina :

— Tu te doutes bien que si je t'ai fait venir, c'est que j'ai quelque chose à te demander.

Mélina hocha la tête en s'interrogeant : de quoi pouvait-il bien s'agir ?

— Mais avant, il faut que tu le saches : le toubib est mort.

Elle pâlit, sentit son cœur battre plus vite.

— Il... est mort ?

— Oui. Il n'a pas parlé.

Elle resta pétrifiée un instant, tandis que Marie s'inquiétait :

— Et s'il avait parlé, qu'est-ce qui serait arrivé ?

Henri continua de s'adresser à Mélina, comme s'il n'avait pas entendu la question posée par sa sœur :

— Il s'agit de porter de fausses cartes d'identité à l'adresse que je te donnerai.

— Qui me les remettra ?

— Un homme qui te fixera des rendez-vous dans des lieux chaque fois différents.

— Tu te rends compte de ce que tu lui demandes ? s'insurgea Marie. Tu oublies qu'elle a un fils ? Tu es devenu fou, ou quoi ? Tu veux la faire arrêter ?

Et, comme Mélina gardait le silence :

— Tu ne peux pas accepter ça, petite. Pense à Jean ! Qu'est-ce qu'il deviendrait s'il t'arrivait malheur ?

Puis, se tournant vers Henri :

— Tu n'as pas le droit ! Elle a pris assez de risques comme ça !

Henri ne lui répondit pas davantage, ce qui accrut la colère de Marie qui prit Mélina par le bras en disant :

— Tu vois bien qu'il est devenu fou ! Viens ! Partons !

Mélina se dégagea doucement et murmura :

— Il faut me laisser un peu de temps. J'ai besoin de réfléchir.

— C'est ça, dit Marie, tu vas réfléchir. En attendant, on s'en va !

Elle tenta une nouvelle fois d'entraîner Mélina, mais celle-ci résista.

— Vous ne pouvez pas partir si vite, reprit Henri. Vous êtes censées être venues chercher des victuailles à la campagne. Un de mes hommes est allé s'en procurer. Il va revenir.

— Eh bien, nous attendrons à la gare, sur le quai !

— Certainement pas ! Vous attendrez ici, un point c'est tout !

Et, désignant les chaises de paille de la main :

— Asseyez-vous !

Marie refusa et resta debout en lançant :

— On se croirait prisonnières.

— Dis donc pas de bêtises ! Nous tous, ici, sommes recherchés par la Gestapo. C'est une question de sécurité, tout simplement !

— Et ça te pose aucun problème de mettre en danger une femme qui a un fils et un mari ?

Henri soupira, eut un geste de lassitude et se tut.

— Je les porterai, tes cartes d'identité, moi, fit Marie. Je n'ai pas charge de famille. J'ai seulement un frère qui est devenu fou.

— Comme tu as déjà refusé deux fois, maugréa Henri, je n'avais pas envisagé de te poser la question une troisième fois.

Il poursuivit, avec un début d'exaspération dans la voix :

— La petite, elle, a accepté tout de suite.

Mélina, surprise par le tour que prenait la conversation, murmura :

— J'ai accepté pour Étienne. Et aujourd'hui, j'ai l'impression de l'avoir abandonné. C'est pour ça que je veux continuer.

Elle ajouta, un ton plus haut, s'adressant à Marie :

— Je veux l'aider ! Tu comprends ? Je veux l'aider !

— C'est ton mari, mais c'est mon fils ! s'écria Marie. Moi aussi je veux l'aider à revenir le plus vite possible. Je porterai ces cartes où il le faudra.

— Ce sera l'une ou l'autre, mais pas les deux, trancha Henri. Contrairement à ce que tu penses, je ne suis pas fou : je n'oublie pas le petit Jean, pas plus que je n'oublie Étienne. Décidez-vous !

À cet instant, on frappa à la porte et un homme entra, portant une cagette qui contenait des saucisses, des légumes, du sucre et du chocolat. Il la posa sur la table et ressortit sans un mot.

— Remplissez vos paniers ! dit Henri. Au moins que votre voyage serve à quelque chose !

Quand ce fut fait, les victuailles recouvertes par des serviettes à carreaux, il demanda :

— Alors ?

— Je m'en chargerai, dit Marie. Un enfant a plus besoin de sa mère que de sa grand-mère.

Et, s'adressant à Mélina :

— D'ailleurs, si j'avais su que tu prenais tant de risques, je ne t'aurais jamais laissée faire. Tu imagines, si tu n'étais plus là, qu'est-ce qu'il deviendrait, ton petit ?

— J'ai besoin de me battre aux côtés d'Étienne, répéta Mélina. Tu comprends, ça ? J'en ai besoin.

— C'est ton fils qui a besoin de toi. Pas Étienne. Il est assez grand, lui, pour se défendre.

— Tu as raison, décida Henri. Je préfère que ce soit toi qui nous aides à partir d'aujourd'hui. C'est devenu beaucoup trop dangereux.

Accablée, Mélina ne répondit pas. Il lui sembla qu'elle n'était plus utile à rien, ni à personne, et elle regretta amèrement d'avoir accepté ce rendez-vous qui n'avait fait que révéler à Marie tout ce qu'elle était parvenue à lui cacher pendant de longs mois.

Il faisait une chaleur terrible sur les quais de Wilhelmshaven où Étienne et Roger Doussain déchargeaient un cargo cet après-midi-là. Le vent avait cessé de souffler du nord, et le ciel s'était éclairci en une journée, alors que les prisonniers avaient oublié ce que pouvait être l'été pendant les interminables mois de froidure qui s'étaient succédé jusqu'à ce début juin.

La surveillance consécutive à l'évasion des deux Ariégeois s'était à peine relâchée. Le feldwebel qui dirigeait le kommando avait un matin annoncé aux prisonniers que les fuyards avaient été arrêtés et conduits dans un camp « d'où ils ne s'évaderaient plus jamais ».

— Des craques ! disait Doussain. Ils ne les ont jamais revus !

— Comment peux-tu en être sûr ? demandait Étienne.

— Tu vois pas la gueule qu'il fait ? On voit bien qu'il n'a jamais digéré de s'être fait avoir !

Étienne, qui comprenait que Doussain n'avait pas renoncé à son projet d'évasion, le poussait dans ses derniers retranchements pour se convaincre lui-même, mais le charpentier toulousain avait réponse à tout :

— Tu sais à combien d'ici se trouve la frontière avec les Pays-Bas ?

— Non. Pas exactement.

— À peine quarante kilomètres.

Doussain ajoutait, catégorique :

— On peut les couvrir en une nuit.

— À condition de partir tôt.

— Avec tout ce qu'il boit, le *Gefreiter* s'endort avant nous. Si on sort à dix heures, on gagnera la frontière avant le lever du jour.

— Et là-bas, comment on passera ?

— Ils ne peuvent pas surveiller partout. Une fois en Hollande, on ira se perdre dans la foule, à Amsterdam, qu'on pourra atteindre la nuit suivante, et de là, mon pote, l'Angleterre ou la France, au choix !

Sceptique au début, Étienne se laissait aller à rêver. Il n'en pouvait plus de ce travail éreintant, de cette surveillance tatillonne, de la rareté des lettres de Mélina qui arrivaient difficilement depuis le stalag de Bremervörde, où les colis qu'elle lui annonçait, le plus souvent, disparaissaient. Il n'en pouvait plus, enfin, de cet éloignement que la photo de Jean et de Mélina ne compensait pas, au contraire : en les regardant, chaque soir et chaque matin, ils lui paraissaient étrangers, comme si l'un et l'autre n'avaient jamais existé. C'était terrible, cette sensation qu'il éprouvait de les voir s'éloigner chaque jour davantage de lui. Terrible et insupportable. Il fallait agir, quel que soit le prix à payer.

Doussain acheva de le convaincre à la mi-juin en lui précisant que les beaux jours étaient là mais ne dureraient pas très longtemps dans cette région. Ils décidèrent de s'enfuir un samedi soir, la surveillance se relâchant un peu le dimanche. Et quand le *Gefreiter*, comme à son habitude, se mit à ronfler peu après dix heures, ils se glissèrent entre la porte et lui en emportant les vêtements qu'ils revêtirent dès qu'ils furent dehors.

Il n'y avait pas de lune sur le quai qu'ils longèrent en suivant l'ombre plus noire des entrepôts, puis, pour éviter l'entrée du port qui était surveillée, ils se faufilèrent entre les docks vers un portail qui, à l'opposé, permettait le passage des camions venus charger les marchandises. Il était en fer, très haut, mais ils parvinrent à l'escalader en se faisant la courte échelle, et ils se retrouvèrent de l'autre côté, dans une rue où des cris s'échappaient d'un estaminet, trahissant des querelles d'ivrognes. Ils se dépêchèrent de s'en éloigner, empruntèrent des ruelles malodorantes où les maisons basses, peu à peu, devinrent de moins en moins nombreuses, et ils finirent par déboucher sur une lagune qu'ils durent contourner pour pouvoir progresser. Ils n'avaient pas pensé aux multiples canaux qui carrelaient la région en faisant communiquer les étangs avec la mer, autant d'obstacles qui leur firent perdre beaucoup de temps avant de trouver, enfin, une petite route légèrement surélevée qui descendait droit vers le sud, entre des étendues d'eau envahies de roselières au-dessus desquelles erraient d'innombrables oiseaux.

C'est ce que leur révéla la lueur de la lune brusquement surgie de la brume, tandis qu'ils se hâtaient en redoutant de ne pas pouvoir atteindre la frontière avant le jour. Heureusement, plus loin, la petite route déboucha sur une autre, beaucoup plus importante, qui, selon les calculs de Doussain, devait les conduire à Leer, une ville située sur la rive droite du fleuve Ems, à proximité de la frontière hollandaise. Il ne s'était pas trompé : un panneau indicateur annonçait bien la ville, mais ils avaient encore au moins vingt-cinq kilomètres à parcourir.

— Quelle heure est-il ? demanda Doussain à Étienne.

— Deux heures.

— On a intérêt à se manier.

Ils avaient perdu beaucoup de temps dans les lagunes, et même si la nuit de juin ne leur paraissait pas hostile, ils savaient que les dangers seraient multipliés par le jour. Ils couraient presque, à présent, sur la route entourée d'eau, inquiets de voir s'éclaircir le ciel à l'horizon, jusqu'à ce qu'ils comprennent que c'étaient les lueurs de la ville de Leer. Là, une heure plus tard, ils s'aperçurent que le pont sur le fleuve était gardé, et pourtant ce n'était pas encore la frontière. Ils contournèrent la ville par l'est, rejoignirent l'Ems de l'autre côté, le longèrent un long moment en espérant trouver un autre pont, mais il n'y en avait pas. Selon Doussain, il fallait chercher un village ou un petit port de pêche. Étienne, qui gardait un mauvais souvenir du pêcheur du lac de Constance qui les avait vendus, son ami Louis et lui, s'y refusa.

— On va nager, dit-il.

— T'es fou ! On sait même pas combien ça fait de large.

— T'inquiète pas, reprit Étienne qui savait nager depuis son plus jeune âge, et que la distance à franchir n'effrayait pas.

— Si ça fait plus de cent mètres, j'y arriverai pas, dit Doussain.

— Je t'aiderai. Il faut trouver un gué.

L'Ems décrivait une large courbe vers l'ouest, au-delà de laquelle on devinait quelques lumières sur ce qui devait être la route qui conduisait à Leer. La frontière était juste de l'autre côté, à deux ou trois kilomètres. Étienne descendit sur la rive qui s'inclinait en pente douce entre des aulnes, toucha l'eau de la main, qui lui parut très froide. Il entra néanmoins dans cette eau dont le lit de sable fin s'enfonçait un peu sous les pieds, et il avança jusqu'à ce que le fleuve atteigne ses hanches. Il lui sembla que le fond était régulier et qu'il avait donc bien trouvé le gué qu'il cherchait. Quelle était la force du courant au milieu, il ne le savait pas, mais il n'entendait pas le moindre rugissement d'eau ni n'apercevait la moindre écume à vingt pas devant lui.

— Viens ! dit-il à Doussain.

— On va se noyer, fit le charpentier, soudain affolé.

— Tu te laisseras porter vers l'aval. Viens !

Doussain fit quelques pas mais, saisi par le froid, s'arrêta.

— Dépêche-toi ! fit Étienne. N'aie pas peur !

Et, comme le charpentier hésitait toujours :

— La frontière est de l'autre côté de la route, là-bas, c'est toi qui me l'as dit. Tu ne vas pas reculer maintenant !

La fierté du Toulousain le poussa en avant, et dès qu'il fut parvenu à hauteur d'Étienne, celui-ci le prit par le bras, en disant :

— C'est un gué. On ne risque rien.

Il s'élança et Doussain, de peur de rester seul, le suivit.

— Putain qu'elle est froide ! gémit-il, mais il commença à nager près d'Étienne qui l'encouragea de la voix.

— Calme-toi. Pas si vite.

Doussain ne l'écoutait pas, car la peur l'avait envahi à mesure qu'il nageait vers le milieu du lit où le courant était beaucoup plus fort qu'il ne l'avait imaginé. Il se mit à dériver vers l'aval, s'éloignant de plus en plus d'Étienne et, de ce fait, s'affolant de plus en plus.

— Aide-moi ! fit-il.

Étienne le rejoignit en quelques brasses, le soutint en disant :

— Laisse-toi porter. Ne lutte pas.

Mais Doussain, incapable de se maîtriser, but une gorgée d'eau et se mit à se débattre, au point qu'Étienne, un instant, le lâcha.

— Au secours ! hurla le Toulousain.

— Tais-toi ! Ne crie pas !

Étienne parvint à le rejoindre, passa une épaule sous lui, en répétant :

— Laisse-toi porter.

Au-dessus d'eux, le jour commençait à se lever, dessinant des flaques grises dans le ciel. Maintenant Doussain, qui s'était cru perdu, se laissait soutenir, mais il criait de temps en temps pour se faire entendre d'Étienne à cause du tumulte de l'eau.

Étienne se fatiguait, mais sa connaissance des courants et des rivières lui permettait de se rapprocher insensiblement de la rive en nageant d'une main, sur le dos. Ni l'un ni l'autre n'apercevaient la berge où la brume du matin accrochait des écharpes fragiles aux branches des arbres, sur le fond sombre de la nuit. Et tout à coup les deux hommes comprirent qu'ils sortaient du courant, dans une anse où était arrimé un bateau qui servait de bac pour traverser. En reprenant pied et tout en soutenant encore Doussain à bout de souffle, Étienne aperçut une lumière qui se déplaçait, mais il n'eut pas la présence d'esprit de songer à un danger, et il aurait été bien incapable de retourner vers le milieu de la rivière.

Il marcha vers la berge en entraînant Doussain, ne comprit pas, tout d'abord, que les deux hommes qui les hélaient étaient les gardes-frontières dont le poste contrôlait le trafic du bac, et quand il reconnut des uniformes, c'était déjà trop tard. Deux mitraillettes étaient braquées sur eux qui, frigorifiés, épuisés, ne purent esquisser le moindre geste de défense ou de fuite. Leur sort était scellé. Et pour Étienne, c'était la deuxième fois. Il lâcha Doussain, qui s'écroula sur l'herbe scintillante de rosée, et il leva les bras comme il l'avait fait sur les rives du lac de Constance, se souvenant brusquement de celles de la Garonne, avec la conviction soudaine qu'il ne les reverrait jamais.

7

Cela faisait presque deux mois que Mélina n'avait plus de nouvelles d'Étienne, et son angoisse à l'idée de l'avoir perdu augmentait chaque jour. Tout le reste : l'hospice, les dangers courus par Marie, son fils, les privations, les Allemands dans les rues, tout lui paraissait sans importance par rapport à cette absence de lettres qui lui faisait redouter le pire. Que s'était-il passé ? Et si Étienne était mort ? À cette idée, elle devenait comme folle, se précipitait vers l'église pour prier alors qu'elle n'avait jamais été très pieuse, promettait au bon Dieu tous les sacrifices possibles pourvu qu'une lettre arrive le lendemain, et pour finir s'en remettait à Marie qui la rassurait de son mieux.

À l'hospice, elle n'avait pas la tête au travail et les reproches pleuvaient sur elle, surtout de la part du jeune médecin en chef qui la soupçonnait depuis la rafle du mois de juin. Elle s'en voulait encore d'avoir abandonné le combat de la résistance secrète contre un ennemi toujours plus présent, toujours plus violent, dont la poigne d'acier se refermait inexorablement sur la ville et sur ses habitants. Comme elle l'avait fait elle-même, pour des raisons évidentes de sécurité et de cloisonnement entre les différents membres du réseau, Marie ne lui disait rien de ses activités clandestines et, au contraire, la tenait soigneusement à l'écart.

Mélina, cependant, la devinait de plus en plus préoccupée, mais Marie n'était pas du genre à renoncer après avoir donné sa parole. Leur seul vrai réconfort était de monter au dernier étage de l'immeuble, le soir, pour écouter la radio de Londres où des voix inconnues mais confiantes dans l'avenir entretenaient l'espoir d'une victoire, un jour prochain, comme l'avait assuré Henri à plusieurs reprises. M. et Mme Barnède aussi y croyaient. Et quand Mélina rejoignait son appartement, elle respirait mieux, couchait son fils, restait un moment en compagnie de Marie, puis elle passait dans sa chambre, priait une dernière fois pour recevoir une lettre le lendemain et s'endormait avec la sensation d'être moins seule dans l'épreuve.

Elle se sentit cependant encore plus seule, le 2 septembre au soir, quand elle ne trouva pas Marie en rentrant de son travail. Elle crut tout d'abord qu'elle était montée chez les voisins chercher Jean, mais ce n'était pas le cas. Mélina redescendit avec son fils sans trop s'alarmer, mais une heure passa, puis deux, et Marie ne rentra pas. Alors Mélina coucha son fils et remonta chez les voisins pour leur faire part de son inquiétude et demander à Mme Barnède de veiller sur Jean pendant qu'elle irait aux nouvelles.

— Mais où voulez-vous aller ? s'écria M. Barnède. Ce sera bientôt l'heure du couvre-feu. Vous n'y pensez pas ?

Et, comme Mélina s'entêtait :

— Ne vous en faites pas. Elle aura été empêchée cette nuit, mais elle sera là demain matin.

— Vous croyez ?

— Oui, j'en suis sûr.

Mélina redescendit chez elle, mais elle ne put se résoudre à aller se coucher. Comment aurait-elle trouvé le sommeil avec une telle angoisse dans le cœur ? Marie, avec laquelle elle vivait depuis des années, avait disparu. Qu'est-ce qui avait bien pu se passer ? Elle ne le redoutait que trop, Mélina, mais elle se refusait à l'envisager si vite, et ne pouvait se contenter d'attendre. Il fallait agir, ou du moins essayer. Peut-être obtiendrait-elle des nouvelles à la gare Matabiau.

Sans réfléchir davantage, simplement après avoir vérifié que son fils dormait, elle sortit dans la rue Réclusane et, songeant qu'il restait une heure avant le couvre-feu, elle partit en courant vers le centre-ville alors que la nuit finissait de tomber, projetant des ombres menaçantes dans les rues. À peine eut-elle franchi le pont Neuf que, place Esquirol, elle aperçut un groupe de trois miliciens qui faisaient les cent pas sur le trottoir d'en face, et elle eut peur, tout à coup, en croyant reconnaître, à la lumière d'un lampadaire, l'un de ceux qui étaient venus à l'hospice lors de l'arrestation du médecin-chef. Elle le distinguait à peine, mais quelque chose, dans sa démarche, l'alertait désagréablement.

Elle réalisa alors la folie de son entreprise : si elle devait contourner chaque obstacle, elle ne serait jamais rentrée avant le couvre-feu, surtout s'il lui fallait chercher quelqu'un capable de la renseigner à la gare Matabiau. Résignée, songeant qu'elle aurait plus de temps le lendemain à la sortie de son travail, elle fit demi-tour et rentra précipitamment rue Réclusane où son fils, heureusement, ne s'était pas réveillé.

Elle ne consentit pas à se coucher, sachant qu'elle ne pourrait trouver le sommeil. Elle s'installa dans la cuisine, fit du café, et se mit à attendre, guettant les bruits dans le couloir, espérant encore, malgré tout, que Marie allait arriver. Elle avait sans doute été retardée et, comme elle, avait renoncé à traverser la ville à cause du couvre-feu. À plusieurs reprises, elle s'approcha de la fenêtre, mais la rue était trop sombre pour qu'elle puisse deviner quoi que ce soit. Elle revint s'asseoir, se redressant au moindre bruit, puis elle finit par s'assoupir, la tête appuyée sur son coude droit.

Elle se réveilla brusquement un peu plus tard en entendant un pas dans le couloir, elle sentit son cœur battre plus vite, mais personne ne s'arrêta devant la porte. Le silence retomba et, comme elle était épuisée par sa journée de travail, elle se résolut enfin à se coucher, non sans avoir vérifié une nouvelle fois que son fils dormait.

Quelle nuit ce fut, pour elle, que cette nuit-là ! Elle s'assoupissait, s'éveillait en sursaut, se rendait dans la cuisine, retournait dans sa chambre, se débattait contre les idées les plus noires qui l'assaillaient sans cesse, oubliant même l'absence de lettres d'Étienne pour ne penser qu'à Marie. Elle l'imagina à plusieurs reprises en prison, définitivement perdue pour elle alors qu'elle la considérait comme sa mère. Non ! Ce n'était pas possible ! Demain, Marie serait là. Elle arriverait au lever du jour, après s'être cachée pendant la nuit. Tout simplement.

C'est avec cette pensée secourable que Mélina s'endormit enfin vers quatre heures du matin, mais, quand Jean la réveilla à sept, elle eut l'impression de dormir seulement depuis quelques minutes. Elle se précipita vers le lit de Marie : vide, mais le jour se levait seulement, et il restait encore du temps avant de partir au travail. Elle s'occupa de son fils, déjeuna avec lui, et il lui demanda où était sa grand-mère.

— Elle va revenir, dit-elle d'une voix qu'elle voulut la plus ferme possible, mais qui se brisa sur la fin.

— Où est-elle allée ?

— Voir son frère.

— Elle sera là ce soir ?

— Oui. Ce soir, assura Mélina.

Que dire d'autre ? Il fallait espérer malgré tout : peut-être allait-elle être contactée sur son chemin, comme elle l'avait déjà été à plusieurs reprises, ou alors à l'hospice, faute de quoi elle se rendrait à la gare dès la fin de sa journée de travail.

Rien ne se produisit de toute la matinée, ni sur son chemin ni à l'hospice, alors que, entre deux soins, elle s'isolait quelques minutes en feignant de chercher des pansements afin de favoriser l'approche d'une éventuelle messagère. À midi, elle était tellement à bout de nerfs qu'elle ne put attendre le soir : elle profita de sa pause d'une heure pour partir en courant vers la gare par la place du Capitole, la rue de Rémusat et la rue Bayard.

Il faisait chaud, un soleil implacable prolongeant l'été à travers les branches des platanes encore lourds de leurs feuilles, tandis que les terrasses des cafés se remplissaient de consommateurs en bras de chemise ou robes légères, dans une insouciance destinée à leur faire oublier l'occupant.

Une fois dans le hall de la gare, Mélina ne s'attarda pas et se dirigea tout de suite vers le dépôt où Marie était censée déjeuner à midi. Des hommes en blouse bleue la dévisagèrent bizarrement, mais elle ne les remarqua même pas et elle avança en toute hâte vers le réfectoire qui se trouvait à l'extrémité du hangar. Là, elle passa la tête par la porte ouverte et, à son apparition, toutes les voix se turent subitement. Elle eut peur, recula, mais ne se résigna pas à partir. Parmi toutes les femmes qui mangeaient là, l'une d'entre elles se leva et sortit à sa rencontre. Mélina, qui eut l'impression de la connaître, souffla :

— Je cherche Marie Combanel.

C'est à peine si la femme, grande, brune avec des cheveux frisés, s'arrêta en passant à sa hauteur, mais elle eut le temps de murmurer :

— Ne restez pas là ! Partez vite !

Mélina la suivit, mais la femme ne se retourna qu'au bout du couloir et lui dit d'une voix où perçait de la colère :

— Vous ne m'avez pas entendue ? Partez vite ! Votre belle-mère a été arrêtée. On vous contactera.

Et, comme Mélina demeurait figée sur place, désemparée :

— Partez ! Dépêchez-vous !

Le ton était d'une telle froideur, d'une telle exaspération, que Mélina fit demi-tour et se hâta vers la sortie en courant presque, comme si elle se sentait poursuivie. Elle ralentit en arrivant dans le hall plein de monde, craignant d'attirer l'attention des policiers qui effectuaient des contrôles sur les voyageurs, mais elle se remit à courir dès qu'elle eut atteint les allées Jean-Jaurès avec cette voix qui l'obsédait :

« Partez vite ! Votre belle-mère a été arrêtée. »

Ses jambes ne la portant plus, elle se réfugia dans le petit square La-Fayette où elle s'assit sur un banc pour reprendre son souffle. « Votre belle-mère a été arrêtée, votre belle-mère a été arrêtée », ne cessait de répéter la voix dont elle percevait encore l'intonation métallique qui lui donnait des frissons. Elle regarda sa montre : treize heures quarante-cinq. Il fallait repartir pour ne pas arriver en retard à son travail. Mais comment tenir debout avec cette panique qui la submergeait, malgré les efforts qu'elle faisait pour lui échapper ? Elle y parvint cependant, car elle redoutait davantage encore les reproches, en cas de retard, de l'infirmière en chef, nommée par le médecin qui avait remplacé Georges.

Durant tout l'après-midi, elle espéra recevoir des nouvelles, mais rien ne se produisit. En rentrant chez elle, elle s'attarda en faisant un détour dans les rues avoisinantes, mais en pure perte. Et quand elle arriva chez elle, une nouvelle fois : pas de lettre d'Étienne. Son seul appui, désormais, c'étaient M. et Mme Barnède chez qui elle se réfugia pour tenter de se libérer du poids qui l'oppressait. En vain. Ils furent incapables de trouver des mots susceptibles de la rassurer, et quand elle redescendit chez elle, Jean se mit à lui poser les questions qu'elle redoutait.

— Tu m'avais dit qu'elle serait là ce soir. Où est-elle ?

Elle n'eut pas le cœur de lui dire la vérité et inventa un mensonge : Henri était malade et Marie était restée près de lui pour le soigner. L'enfant ne la crut qu'à moitié et demeura hostile toute la soirée, ce qui accrut encore la détresse de Mélina. Devinant que quelque chose de grave s'était produit, il refusa de se coucher et elle dut le prendre dans son lit pour, enfin, après cette éprouvante journée, se réchauffer à la chaleur de ce petit corps qui lui rappelait celui qui lui manquait tant.

Depuis qu'il croupissait dans le cachot du stalag de Bremervörde, Étienne se désespérait surtout de n'être pas autorisé à écrire. Plus que du manque de nourriture ou de la présence d'un rat qui lui disputait la boule quotidienne de pain bis, c'était de cette interdiction qu'il se morfondait, s'imaginant parfaitement quelle devait être l'angoisse de Mélina et de Marie. Sa solitude, aussi, lui pesait, au cours des interminables journées qui se succédaient dans la pénombre de sa cellule où il effectuait la peine de soixante jours de cachot à laquelle il avait été condamné.

Pas de lettres, pas de colis non plus, pas la moindre sortie pour se dégourdir les jambes – c'était le feldgrau affecté à sa surveillance qui se chargeait de vider le pot d'aisances, de lui donner son pain et de renouveler l'eau de son bidon. La truculence de Doussain lui manquait également, et pourtant Étienne songeait parfois que sans lui, il aurait traversé l'Ems sans attirer l'attention du poste de police qui surveillait le bac. Quel manque de chance ils avaient eu, de dériver jusqu'à cet endroit-là, précisément, alors qu'ils étaient entrés dans l'eau cent mètres en amont !

Il n'en voulait pas au charpentier toulousain, mais il était persuadé que seul, il aurait réussi à passer à la fois le fleuve et la frontière voisine.

C'était la deuxième fois qu'il était repris et il ne doutait pas que, passé les soixante jours d'enfermement, il serait expédié dans un kommando encore plus sévère que celui de Wilhelmshaven. La seule chose qu'il ne regrettait pas, c'était le travail éreintant sur les quais qui le laissait épuisé chaque soir, avec la seule satisfaction de pouvoir s'allonger et dormir. Qu'est-ce qui l'attendait, désormais ? Il l'ignorait, mais il ne se faisait pas d'illusions : il allait devoir payer au prix fort ses deux tentatives d'évasion.

Sa seule obsession, cependant, demeurait celle d'écrire à Mélina le plus vite possible. Il en faisait régulièrement la demande au feldgrau qui le surveillait, mais n'obtenait que cette réponse du gros homme aux cheveux roux, et aux bras aussi épais que ses cuisses de bûcheron :

— *Ruhe ! Schweinkopf !*

« Silence ! Tête de cochon ! » On eût dit que le feldgrau se complaisait dans ces deux mots, car il n'en avait pas varié un seul jour. Aussi Étienne fut-il surpris quand, un soir, son gardien lui lança, avec une sorte de jubilation dans la voix :

— *Morgen früh, Schweinkopf !*

« Demain de bonne heure ! » Qu'est-ce que cela pouvait bien signifier ? Est-ce qu'il allait enfin sortir de ce trou à rat ? Étienne eut du mal à trouver le sommeil, ce soir-là, mais, s'il avait eu le choix, il aurait accepté n'importe quelle issue plutôt que de se consumer dans cette cellule dont il connaissait tous les recoins, toutes les planches, le moindre rayon de lumière accompagnant la course du soleil. Et quand le feldgrau ouvrit la porte, à quatre heures, en jetant son invective favorite, Étienne en ressentit comme un soulagement :

— *Raus ! Schweinerei !*

Oui ! Dehors ! Enfin ! Il tituba, fut poussé sans ménagement vers une baraque où un *Gefreiter* lui remit son paquetage, puis vers la large porte d'entrée du stalag devant laquelle étaient alignés une douzaine de prisonniers, dont Doussain, qui le reconnut et voulut se précipiter vers lui, ce qui lui valut des coups de crosse du feldgrau qui les gardait.

— Vive les vacances ! lança quand même le charpentier, à l'instant où Étienne passa près de lui pour aller se ranger à l'autre extrémité.

Ils ne purent pas communiquer jusqu'à la gare où leurs gardiens les conduisirent à pied, mais une fois dans le wagon, Doussain devint intarissable, comme pour compenser ces deux mois de mutisme et de solitude, dont lui aussi avait souffert.

— On est bons pour le bagne, conclut-il, non sans éclater de rire, ce qui indisposa les prisonniers assis dans la paille du wagon.

— Quoi ! s'exclama-t-il devant les protestations. Profitez-en, les gars, vous ne savez pas ce qui vous attend à l'arrivée !

Comme d'habitude, lors de ces convois qui avançaient avec lenteur, les conversations concernaient toujours la question de savoir vers où l'on se dirigeait. Le train avait pris la direction de l'est, et un homme prétendit qu'on allait en Pologne. Étienne, de fait, en se hissant vers la petite fenêtre qui éclairait à peine le wagon, crut reconnaître la région qu'il avait traversée en venant de Schiltberg et, dès le premier soir, lors d'une longue halte, il constata que le convoi était arrêté en gare de Potsdam. Le train ne repartit qu'à minuit et les hommes qui s'étaient endormis, épuisés, ne s'aperçurent pas qu'ils dépassaient Berlin, entraient en Pologne, effectivement, et continuaient vers l'est. Ils découvrirent à l'aube une immense plaine avec quelques bosquets de bouleaux et de sapins, et commencèrent à s'inquiéter de s'enfoncer ainsi de plus en plus vers l'orient.

— Ils nous envoient en Prusse-Orientale ! décréta un prisonnier qui était professeur d'histoire et de géographie avant la guerre, et dont les avis catégoriques agaçaient Doussain depuis la veille.

— Comment tu sais ça, toi, le malin ? demanda-t-il avec sa morgue habituelle.

Le professeur, qui était blond, calme, et portait de fines lunettes d'intellectuel, répondit sans se formaliser de l'agressivité du Toulousain :

— Le corridor de Dantzig ? T'en as pas entendu parler ? Eh bien, l'Allemagne l'a annexé, et la Prusse-Orientale se trouve au-delà, sur la mer Baltique.

— La mer Baltique ? s'exclama Doussain.

— Oui, la Baltique.

— Oh ! Con ! On n'est pas près de rentrer chez nous !

La plupart des prisonniers demeurèrent incrédules, mais il s'avéra au cours de la journée que le convoi obliquait vers le nord, traversant des plaines de moins en moins boisées, de plus en plus marécageuses, d'où s'envolaient des oiseaux inconnus. Il s'immobilisait dans chaque gare, puis repartait toujours dans cette même direction.

— Je crois que tu as raison, dit Étienne le deuxième soir au professeur qui s'appelait Montanier et était originaire de Lyon.

De fait, le lendemain soir, après une interminable troisième journée de voyage, le train arriva en gare de Gdańsk et ne s'arrêta que quelques minutes avant de repartir.

— On se dirige vers Königsberg, dit Montanier. C'est la principale ville de Prusse-Orientale.

Le feldwebel confirma cette affirmation mais en la précisant : la destination finale était le camp de représailles de Baltdorf, à l'extrémité ouest de la péninsule de Königsberg, à proximité de la mer Baltique. Il prévint les prisonniers qu'ils auraient à marcher sur dix kilomètres, à partir de cinq heures du matin, depuis la gare jusqu'au camp.

C'est effectivement ce qui se produisit, alors que la nuit recouvrait la ville et que les hommes, réveillés brusquement par les hurlements du feldwebel, tentaient de s'aligner sur le quai de Königsberg, se frottant les yeux, se bousculant involontairement, provoquant la colère des feldgraus. Après quoi il fallut sortir de la gare, s'engager dans une immense avenue en ligne droite que le vent du nord, heureusement pas encore très froid, prenait en enfilade, faisant frissonner les prisonniers surpris par sa violence. Ce fut pis, une heure plus tard, quand la petite colonne surveillée par quatre feldgraus sortit de l'abri des murs de la ville et se retrouva sur un étroit ruban de route balayé par le sable.

Les hommes n'avaient pas mangé depuis la veille à midi. Ils avançaient difficilement, le visage fouetté par les tourbillons de sable, harangués par leurs gardiens aussi épuisés qu'eux, tandis qu'une pâle lueur naissait vers l'est, annonçant le jour. Bientôt le sentier devint un couloir creusé entre les dunes du littoral, et les hommes comprirent à une sorte de respiration profonde et régulière que la mer était proche. Étienne eut l'impression de se trouver au bout du monde, encore plus loin de Mélina qu'il ne l'avait jamais été, et un sentiment d'accablement s'empara de lui quand il pénétra dans le camp constitué de quatre baraques en planches entourées d'épais fils de fer barbelés entrelacés. Les prisonniers durent rester immobiles pendant un quart d'heure sur une petite esplanade avant que ne s'avance un officier allemand qui boitait et portait une casquette à visière vernie, une longue pèlerine verte rejetée en arrière et un sabre dans un fourreau, à son côté droit :

— Je suis le capitaine Stammer, le commandant de ce camp ! lança-t-il d'une voix métallique.

Il reprit, un ton plus haut encore, avec une violence à peine contenue :

— Le feldwebel va vous indiquer la baraque où vous serez logés. Vous avez une demi-heure pour vous y installer, et vous reviendrez vous présenter ici avant d'aller travailler.

Il poursuivit, après un silence :

— N'en doutez pas ! Vous êtes ici pour travailler, et vous allez apprendre ce que veut dire le mot « *Arbeit* » chez nous !

Il devait avoir une cinquantaine d'années, parlait un français correct, presque sans accent, et une cicatrice partait de son front, traversait sa joue droite jusqu'à la commissure des lèvres.

— Vous êtes ici dans un camp de représailles, ajouta-t-il. Et vous allez comprendre ce que cela signifie pour un pays comme l'Allemagne. Rompez !

Un feldwebel et les feldgraus poussèrent les prisonniers vers la baraque du fond, à l'opposé de l'entrée. Elle contenait une quarantaine de lits, son sol était en terre battue et Étienne remarqua tout de suite que les planches mal jointes laissaient passer le vent froid du matin. Doussain l'entraîna vers deux lits inoccupés et lui lança, avant de s'affaler sur la banquette :

— Apporte les musettes ! On va déjà casser la croûte !

Étienne lui tendit son barda et s'écroula sur le lit sans couverture. Il fallut que le Toulousain lui mette dans la main un morceau de pain de seigle qui restait du voyage pour qu'il consente à manger, couché sur le dos, les yeux errant sur les minces tôles du plafond dont l'une se soulevait en grinçant lugubrement.

Mélina avait pris sa décision la nuit précédente : elle allait voler au secours de Marie et pour cela, elle savait ce qu'elle devait faire. Elle mûrissait ce projet depuis qu'elle avait appris où se trouvait sa belle-mère : enfermée dans la prison Saint-Michel de

Toulouse où elle était interrogée par la Gestapo. Il fallait agir, et vite : la femme qui l'avait renseignée à l'hospice même où elle s'était fait transporter, feignant d'être malade, ne lui avait laissé aucun espoir :

— Si vous pouvez faire quelque chose, lui avait-elle murmuré tandis que Mélina était penchée sur elle, faites-le vite. Nous, on a essayé, mais ça n'a pas marché.

Mélina s'était rendue dans le quartier Saint-Michel, à pied, pour voir où se trouvait exactement cette prison, et devant l'édifice monstrueux qui ressemblait à une forteresse médiévale, elle avait fait demi-tour, épouvantée. Sur le chemin du retour, songeant qu'elle n'avait plus aucun contact avec la Résistance, ni avec le milieu des cheminots, elle s'était persuadée qu'elle ne risquait de trahir personne, et que donc elle pouvait sans crainte aller demander l'aide des époux Ponthier pour tenter de sauver Marie.

Sans elle, sans lettre d'Étienne, sans aucune nouvelle d'Henri, elle se sentait si seule qu'elle était prête à tout. Quelque chose de confus lui soufflait, au fond de sa conscience, qu'elle s'engageait dans une voie périlleuse, mais elle n'avait plus rien à perdre, se disait-elle, et surtout elle s'était convaincue de devoir tout tenter pour la mère d'Étienne. Quand elle imaginait leurs retrouvailles – car Étienne reviendrait, il ne pouvait en être autrement –, devoir lui annoncer que sa mère avait disparu et qu'elle, Mélina, n'avait rien fait pour la secourir, lui paraissait inenvisageable.

Elle partit donc le dimanche matin qui suivit sa résolution pour Ramonville où elle arriva vers dix heures, toujours avec la même appréhension à l'approche de la grande villa aux murs roses. Elle avait décidé de ne pas emmener son fils avec elle, car il risquait de parler, d'autant plus qu'il s'inquiétait de plus en plus de l'absence de sa grand-mère. Comme chaque fois qu'elle avait besoin d'être seule, elle le confia aux Barnède, toujours fidèles et secourables, qui ne lui posèrent aucune question.

Une fois devant le grand portail qui ouvrait sur le parc, Mélina s'arrêta, le cœur affolé, en se demandant si elle ne s'engageait pas dans un engrenage infernal. Qu'allaient-ils exiger d'elle en échange ? Elle n'avait rien à donner, rien à vendre, elle était seule et ne possédait rien. Elle fit demi-tour, mais le visage de Marie et celui d'Étienne s'imposèrent à elle avec une telle présence, une telle insistance, qu'elle retourna aussitôt sur ses pas et franchit le portail.

Elle parcourut l'allée gravillonnée escortée de pins et de tilleuls, frappa à la porte d'entrée d'une main ferme, mais ses jambes tremblaient quand une jeune servante en tablier blanc, qu'elle ne connaissait pas, ouvrit en lui demandant ce qu'elle désirait :

— Voir Mme Ponthier, répondit-elle.

— Vous avez rendez-vous ?

— Non ! Mais elle sait qui je suis. J'ai travaillé ici, il y a quelques années. Je m'appelle Mélina Combanel.

— Attendez ! Je vais voir !

Une fois de plus, tandis qu'elle se trouvait seule sur le seuil de la porte demeurée à moitié ouverte, elle eut la tentation de s'enfuir, mais la servante revint rapidement et lui dit d'entrer.

— Madame va venir. Attendez là, dans le petit salon.

Mélina pénétra dans la pièce où, souvent, elle avait aidé les filles de la famille Ponthier à faire leurs devoirs, mais ce temps lui parut terriblement lointain. Le pas qu'elle reconnut dans le couloir lui glaça le dos, car ce n'était pas celui de Mme Ponthier, mais celui de son mari. Il apparut en costume gris, l'œil noir, toujours aussi sévère et inquiétant, et la jaugea d'un regard si chargé de mépris qu'elle esquissa un pas de retrait.

— Mon épouse s'apprête pour la grand-messe, dit-il. Nous sommes en retard. Que voulez-vous ?

Mélina, qui n'était pas préparée à se confronter à un homme si redoutable, hésita.

— Allons ! Ne me faites pas perdre de temps. C'est pour votre mari ?

— Non. C'est au sujet de ma belle-mère.

— Tiens donc ! Votre belle-mère ?

— Oui. Mme Combanel.

— Elle cherche du travail ?

— Non.

— Alors ?

Les mots ne purent sortir de la bouche de Mélina.

— Dépêchez-vous, ma petite, nous devons être partis dans cinq minutes.

— Elle est en prison.

— En prison ! Et pourquoi donc, s'il vous plaît ?

— Je ne sais pas.

— Comment ça, vous ne savez pas ?

Mélina se troubla et ne put répondre.

— Quelle prison ?

— La prison Saint-Michel.

M. Ponthier eut une sorte de suffocation qui le fit devenir écarlate.

— À Saint-Michel, il n'y a aujourd'hui que des terroristes !

— Ma belle-mère n'est pas une terroriste, fit Mélina du bout des lèvres.

— Alors pourquoi se trouve-t-elle là-bas ?

Mélina baissa la tête.

— Je ne sais pas, répéta-t-elle.

— Et en plus, vous vous moquez de moi ! Vous croyez que les représentants de l'ordre nouveau enferment les honnêtes gens ?

— Non, souffla Mélina, je ne le crois pas.

— Alors ?

À cet instant, Mme Ponthier arriva, toujours aussi élégante dans un magnifique tailleur noir et coiffée d'un chapeau à fleurs roses.

— Tiens ! s'exclama-t-elle. La petite Mélina…

— Bonjour, madame !

— Qu'est-ce qui vous amène, aujourd'hui ?

Et, sans laisser à Mélina le temps de répondre :

— Il est bien temps de vous soucier de votre mari !

Elle ajouta, se tournant vers son époux :

— Il est même trop tard, n'est-ce pas ?

Celui-ci eut un haussement d'épaules excédé.

— Sa belle-mère est en prison, dit-il.

— En prison ? fit Mme Ponthier avec une incrédulité feinte mais que trahit un pincement des lèvres indigné.

— Elle est enfermée à Saint-Michel, reprit M. Ponthier.

— À Saint-Michel ! Et pourquoi donc ?

— Je ne sais pas, fit Mélina.

— Elle ne sait pas ! Voyez-vous ça !

M. Ponthier consulta sa montre, soupira, puis trancha subitement, comme s'il avait mis à profit l'arrivée de son épouse pour réfléchir :

— Je vais voir ce que je peux faire. En attendant, allez trouver Émile et il vous expliquera.

Il prit son épouse par le bras et l'entraîna sans un mot de plus dans le couloir, puis dans la cour où il lui ouvrit la portière de sa magnifique De Dion-Bouton. Mélina, stupéfaite, les suivit pour demander de plus amples explications, et elle aperçut Émile le chauffeur qui s'avançait. M. Ponthier lui désigna Mélina de la main, lui glissa quelques mots, puis il le renvoya et s'installa lui-même au volant de sa De Dion-Bouton, car il avait la passion de conduire. Émile ne servait de chauffeur qu'à Mme Ponthier et à ses filles.

Il s'approcha de Mélina, un grand sourire aux lèvres :

— Ça fait plaisir de te revoir, ma belle. On va bien s'entendre, tu vas voir.

Elle avait tellement peur de cet homme qu'elle faillit fuir, mais il se fit rassurant et lui dit simplement :

— Attends-moi, je reviens !

Il disparut dans le garage, revint en portant un rouleau de papier de couleur rouge et noir qu'il tendit à Mélina en disant :

— Prends !

— Qu'est-ce que c'est ?

— Tu le vois bien : des affiches.

Et, sans qu'elle ait eu le temps de l'interroger davantage :

— Pour la première fois, je vais te conduire. Après, tu connaîtras l'adresse et tu livreras toute seule.

Elle comprit qu'elle avait eu raison de redouter cette démarche qu'elle effectuait pour Marie, mais elle ne put refuser quoi que ce soit, car déjà Émile lui ouvrait la portière de la deuxième voiture de la maison, une Hispano-Suiza de couleur crème, en disant d'un ton qui n'autorisait aucun refus :

— Monte !

Elle obéit et se laissa conduire, son rouleau dans les mains, se demandant ce qu'il contenait. Le chauffeur ne lui adressa pas la parole durant tout le trajet vers Toulouse. De temps en temps, il lui décochait un regard qui en disait long sur ses intentions vis-à-vis d'elle à l'avenir, mais il tenait à ne pas l'effrayer ce premier jour. La voiture roula longtemps, dépassa le centre-ville, prit la direction du quartier Croix-de-Pierre, s'arrêta dans une petite rue dont Mélina ne put voir le nom, puis le chauffeur lui montra, de l'autre côté, la façade de ce qui lui parut être une ancienne épicerie.

— C'est là, dit-il. Porte les affiches et reviens ! Je te ramènerai.

— Qu'est-ce que c'est, cette boutique ? fit Mélina.

— Ça ne te regarde pas ! Tu n'as pas à poser de questions.

Elle eut la conviction de s'être jetée dans la gueule du loup avec une imprudence coupable, et un sursaut de refus la fit se rebeller :

— Je veux voir ces affiches, fit-elle.

Émile eut un sourire sardonique et répondit :

— Ne défais pas le paquet. Il y en a une sur le siège arrière.

Elle se retourna, se saisit de l'affiche roulée elle aussi, et la déplia. Une peur atroce la submergea alors devant les deux photographies que soulignait le slogan écrit en lettres noires : « Alerte au terrorisme stalinien. » L'une des photographies était celle d'Henri, parfaitement reconnaissable malgré la mauvaise qualité de l'encre trop grasse. Avant que le chauffeur ne puisse esquisser le moindre geste pour la retenir, elle jeta à ses pieds l'affiche comme si elle la brûlait, puis elle jaillit de la voiture et se mit à courir comme une folle vers l'extrémité de la rue où elle prit une impasse perpendiculaire et pénétra dans un immeuble au fond duquel elle se réfugia, tremblant de honte autant que de terreur, sous l'escalier de bois, convaincue d'avoir trahi la confiance des siens.

Étienne avait reçu l'autorisation d'écrire trois jours après son arrivée au camp de Baltdorf et il s'était empressé de donner de ses nouvelles à Mélina. Cependant, en cette fin septembre, il n'avait reçu aucune réponse ni aucun colis de Toulouse, et il se rongeait d'inquiétude, malgré l'optimisme et les encouragements manifestés par Doussain qui, pourtant, n'en avait pas reçu davantage. Ils s'habituaient avec difficulté au travail très pénible et à la discipline spartiate du camp : lever à six heures, départ à six heures et demie pour l'un des deux chantiers affectés aux prisonniers. Le premier au bord de la mer, pour protéger un hameau de pêcheurs du sable projeté par le vent sur leurs maisonnettes en plantant des haies d'arbustes fabriquées avec des piquets et des roseaux préalablement coupés dans les étangs. Le second était consacré au chargement de billes de bois dans la petite gare située à trois kilomètres de Baltdorf. Dans les deux cas il fallait marcher matin et soir dans le sable, ce qui était épuisant, surtout à la tombée de la nuit, après une interminable journée de travail.

Malgré les feldgraus qui usaient volontiers de leur matraque pour se faire bien voir du capitaine Stammer à l'intérieur du kommando, les prisonniers préféraient être affectés, à tour de rôle, aux corvées de nettoyage des latrines et de protection des baraques avec les mêmes claies qu'au village de pêcheurs, car ils n'avaient pas à crapahuter dans les tourbillons du vent incessant qui criblait le visage de multiples piqûres et s'infiltrait jusque sous les vêtements. De temps en temps, certains partaient pour une semaine travailler dans une usine d'armement de Königsberg, mais ils n'y restaient pas longtemps : il s'agissait seulement de remplacer des ouvriers malades.

Les nouvelles de la guerre, ici, arrivaient mal, et les avions alliés ne pénétraient pas si loin en territoire ennemi, si bien que le moral des prisonniers n'était pas au beau fixe.

— Ça ne veut rien dire, affirmait Montanier, le professeur que ne pouvait pas supporter Doussain à cause de ses jugements péremptoires. S'ils continuent de bombarder Brême ou Dresde, c'est déjà bien. Ça signifie qu'ils ont toujours la maîtrise de l'air.

Étienne, lui, appréciait la compagnie de Montanier qui ne versait jamais dans un pur optimisme ni dans le pessimisme le plus noir. Au contraire, il faisait toujours la part des choses et avançait des idées le plus souvent judicieuses.

— Toi qui es ouvrier, disait-il à Étienne, porte-toi volontaire pour l'usine d'armement de Königsberg. Tu auras plus chaud qu'ici. M'est avis que l'hiver, sur les chantiers en plein vent, doit être terrible. Il va falloir être solide pour résister.

— Et tu crois qu'ils te demanderont ton avis ? ricanait Doussain. Tu vois pas comment ils agissent, ces gonzes ? Ce sont eux qui décident et puis c'est tout.

— Qu'est-ce que tu risques à en parler au feldwebel ? insistait Montanier en s'adressant à Étienne. Les frisés ont le sens de l'efficacité.

— Oui, c'est ça, reprenait Doussain, pour nous faire crever de froid ou de faim.

Un matin qu'ils étaient tous les trois requis au déblaiement du sable dans les allées entre les baraques, Montanier, qui tirait au flanc, fut assailli par un feldgrau qui se mit à le matraquer furieusement. Étienne, lâchant sa pelle, se précipita à son secours, et Doussain se crut obligé d'en faire autant, si bien que les feldgraus de garde, alertés par les hurlements de celui qui surveillait les prisonniers, surgirent d'un seul élan et se mirent à les frapper en hurlant des insultes qui attirèrent l'attention du capitaine Stammer. Celui-ci, furieux de cette indiscipline coupable, les fit venir dans son bureau après leur avoir fait lier les bras dans le dos, et il se lança dans une violente diatribe au terme de laquelle il conclut que si les Français avaient perdu la guerre, c'était parce qu'ils étaient tous des fainéants.

— En Allemagne, on travaille ! rugit-il. Et on gagne les guerres.

— Pas toutes, mon capitaine, insinua Montanier. Le wagon de Rethondes, ça ne vous dit rien ?

— Silence ! Vous êtes des prisonniers dans un camp disciplinaire et vous allez comprendre ce que ça signifie !

Il fit un signe au feldwebel qui se trouvait au garde-à-vous derrière les trois hommes et lança avec jubilation :

— Chantier numéro quatre !

Ils furent brutalement entraînés au-dehors, puis il leur fut ordonné de prendre leur paquetage et, aussitôt qu'ils ressortirent de leur baraque, quatre feldgraus les encadrèrent pour prendre la direction opposée à la mer, d'abord entre les dunes, puis le long d'une sente à peine dessinée que le sable recouvrait par plaques.

— Où nous conduisent-ils, ces cons ? demanda Doussain à voix basse, ce qui lui valut un coup de matraque qu'il tenta vainement de parer.

Étienne, lui, ne disait rien, mais réfléchissait aux conséquences de cette ultime sanction. Est-ce que les lettres de Mélina allaient suivre ? Est-ce que lui-même allait pouvoir écrire ? Ses conditions de détention s'aggravaient de jour en jour et il se demandait comment tout cela allait se terminer. Toulouse et la Garonne lui semblaient terriblement loin, mais il ne se sentait pourtant pas assez de forces pour se rebeller. Surtout au terme de cette marche épuisante qui, ce jour-là, dura quatre heures. Combien de kilomètres avaient-ils parcourus ? Six ? Sept, peut-être ; il ne put en juger.

Quand ils arrivèrent à destination, en milieu d'après-midi, une douzaine d'hommes travaillaient sur ce chantier, squelettiques, le visage dévoré par la barbe. Ils ne levèrent même pas la tête vers les nouveaux venus, surveillés qu'ils étaient par des gardiens aussi patibulaires qu'eux, mais armés de mausers. Étienne comprit aussitôt de quoi il s'agissait : empierrer un chemin pour en faire une véritable route entre les landes et les marécages. Mais il n'y avait aucune baraque à l'horizon. Où donc couchaient les hommes, la nuit ?

Il n'eut pas le loisir de s'interroger davantage, car les trois Français durent se mettre au travail sans même manger. Les pierres étaient apportées depuis l'intérieur des terres par des camions qui les déversaient n'importe où, et les prisonniers devaient aller les chercher à mains nues, afin de les acheminer vers la route. Ce que firent les trois nouveaux arrivants, sur l'ordre de leurs feldgraus qui, après les avoir confiés aux gardiens du chantier, s'en retournèrent sans plus attendre.

— J'ai la dalle, moi, s'insurgea Doussain. Ils nous ont rien donné à becter, ces cons !

Étienne, l'estomac vide lui aussi, n'avait même pas la force de parler. Quant à Montanier, peu habitué aux efforts physiques, il était proche de l'évanouissement, mais il s'efforçait de n'en rien montrer. Heureusement, ils étaient arrivés vers quatre heures de l'après-midi et la nuit tombait tôt en cette fin septembre. Quand le signal de la fin du travail retentit, Doussain demanda :

— Où sont les baraques ?

— Il n'y a pas de baraques, fit Montanier.

— Où on va roupiller alors ?

— J'en sais rien.

Ils durent se mettre en rang au milieu des prisonniers inconnus qui, une fois en marche, commencèrent à parler entre eux à voix basse.

— Ce sont des Russes, dit Montanier.

— Des Russes, ici ?

— Des prisonniers, comme nous.

— Putain ! Des Russes, fit Doussain. Où c'est qu'on est tombés ?

Ils ne marchèrent pas longtemps : une demi-heure seulement en direction d'un îlot de quelques sapins où des bâches avaient été tendues entre les branches sous lesquelles reposaient les bardas misérables des prisonniers russes.

— On va pas pioncer là ? gémit Doussain. On va crever de froid !

Mais l'un des gardiens leur désigna un espace vide sous l'une des tentes sommairement aménagées en lisière des sapins, et il les laissa là, désemparés, avant de revenir et de leur lancer une bâche, puis une boule de pain qu'ils se partagèrent aussitôt pour la dévorer en quelques minutes. Aucun des trois hommes n'avait plus le courage de parler. Quand ils eurent terminé leur maigre repas, ils ouvrirent à moitié la bâche sur le sable, s'y allongèrent et, serrés l'un contre l'autre, ils se recouvrirent comme ils le purent avec l'autre moitié pour se protéger du froid. Avant de plonger dans un sommeil épais et lourd de menaces, Étienne eut à peine le temps de se demander si le capitaine Stammer serait assez clément pour les rapatrier vers les baraques de Baltdorf avant l'arrivée du véritable hiver.

8

Mélina n'avait reçu qu'une seule lettre d'Étienne au début du mois d'octobre. Une seule lettre dans laquelle il lui apprenait qu'il se trouvait en Prusse-Orientale et tentait de la rassurer sur son sort. Vainement : quand elle s'était penchée sur la carte de l'Allemagne et qu'elle s'était rendu compte que Königsberg se situait au-delà de la Pologne, elle en avait été accablée. Mais à qui se confier ? Auprès de qui trouver du réconfort ? Ses voisins du dessus, toujours fidèles et attentifs, ne parvenaient plus à lui communiquer leur confiance en l'avenir, une confiance pourtant journellement entretenue par l'écoute de l'émission de la radio de Londres : « Les Français parlent aux Français ».

Elle n'avait pas davantage de nouvelles de Marie et elle savait qu'elle n'en obtiendrait pas du côté des Ponthier, après sa fuite, le jour de la livraison des affiches. Elle redoutait au contraire des représailles de ce côté-là, et elle se consumait de honte à l'idée qu'elle avait failli travailler pour ceux contre qui luttaient Henri et Marie. Comment avait-elle pu croire à une aide sans contrepartie ? Elle avait été folle et ne se consolait pas de ce moment de faiblesse dans lequel elle avait sombré.

Elle ne cessait de s'inquiéter à ce sujet, à la fois au travail et sur le chemin de l'hospice, à l'aller comme au retour. Il lui avait semblé apercevoir au bout de la rue Réclusane l'Hispano-Suiza conduite par Émile, le chauffeur des Ponthier, mais elle n'en était pas vraiment certaine. Elle avait peur, se sentait suivie, surveillée, s'efforçait de ne pas s'isoler, courait entre l'hospice et son logis, redoutait d'avoir à rendre des comptes, car elle avait sans doute vu ce qu'il ne fallait pas voir : cette ancienne épicerie était un local de la Milice ou de la Gestapo. Elle aurait voulu l'oublier, mais chaque jour, la vitrine recouverte de peinture bleue revenait dans son esprit et l'obsédait.

Ce ne fut pas l'Hispano-Suiza qui l'arrêta un soir à l'angle de la rue Réclusane, mais deux hommes en costume noir et chapeau mou qui l'encadrèrent subitement et la forcèrent à monter dans une Traction Avant stationnée à proximité. Paralysée par la peur, elle ne put articuler le moindre mot durant tout le trajet, mais elle s'efforça de se persuader qu'on n'avait rien à lui reprocher, puisqu'elle n'avait plus aucune activité clandestine depuis trois mois, sinon sa fuite le jour de la livraison des affiches.

En descendant de la Traction, toujours maintenue par les bras, elle ne reconnut rien du quartier ni de la rue, pas davantage la maison à deux étages dans laquelle les deux hommes la contraignirent à entrer, avant de la faire asseoir devant un bureau derrière lequel était assis un troisième, en costume marron, tête nue, aux fines lunettes rondes. Il la dévisageait de ses yeux gris acier, et fumait une cigarette à l'odeur étrange, inconnue. Mélina fut soulagée de constater qu'elle ne l'avait jamais vu, pas même le jour de l'arrestation de Georges à l'hospice.

Il la considéra un long moment en silence, tandis qu'elle baissait la tête, ne sachant ce qu'ils lui voulaient exactement, et surtout qui ils étaient. Ses deux ravisseurs étaient ressortis, la laissant seule avec l'homme aux yeux gris, qui murmura d'une voix à peine audible :

— Marie Combanel, vous connaissez ?

Et, avant même qu'elle n'ait eu le temps de répondre, frappant du poing sur la table en hurlant :

— Vous la connaissez ?

— Oui. C'est ma belle-mère.

— Où est-elle ?

— À la prison Saint-Michel.

— Ne vous moquez pas de moi, madame, ou vous allez le regretter.

Affolée, Mélina ne sut que répondre :

— Je vous le jure, elle est en prison.

L'homme se leva brusquement et dit d'une voix où perçait une colère sourde :

— Elle était en prison !

Le regard de Mélina, incrédule, croisa furtivement celui de son tourmenteur, mais elle n'y lut qu'une insoutenable froideur et elle ne sut s'il disait la vérité ou pas.

— Des terroristes l'ont fait évader entre Toulouse et le camp de regroupement d'Eysses, dans le Lot-et-Garonne.

Elle étouffa avec peine un sanglot de joie, ne put dissimuler la larme qui roula sur sa joue droite.

— Vous l'ignoriez ?

— Oui.

L'homme s'assit, continua de la dévisager sans un mot, frappant régulièrement son bureau avec une règle en bois.

— Je suis sûr que vous le saviez. Il ne peut pas en être autrement, puisque vous aussi vous avez travaillé pour les terroristes.

— Non, fit Mélina. Jamais.

— Vous mentez mal. Vous savez que c'est la vérité. Georges, ça ne vous dit rien ?

Le cœur de Mélina s'emballa, mais elle s'efforça de n'en rien montrer.

— C'était mon supérieur à l'hospice de la Grave.

— Il a parlé ! lança l'homme aux yeux gris en frappant cette fois plus fort sur l'angle de son bureau. Et il a donné votre nom.

Elle se souvint des paroles d'Henri qui lui avait certifié que Georges était mort sans parler, se sentit un peu mieux assurée pour répondre :

— J'étais là quand il a été arrêté. Il était très aimable avec les infirmières et les aides-soignantes.

— Précisément, dit l'homme, vous êtes infirmière ou aide-soignante ?

— Je ne suis qu'aide-soignante, répondit Mélina en se demandant quelle importance pouvait représenter une telle précision.

L'homme parut satisfait de cette réponse et elle songea qu'une infirmière, sans doute, avait été dénoncée. Mais par qui ? Comment ? Et pourquoi ? Elle n'eut pas le temps d'approfondir ces questions, car l'homme changea brusquement de sujet :

— Oural, vous connaissez ?

— Non.

— Et Henri Castagnède ?

— Oui, je le connais. C'est l'oncle de mon mari.

— Vous l'avez revu quand ?

Elle sentit un étau se refermer sur elle et se troubla :

— Je ne l'ai pas vu depuis... deux ans.

— C'est-à-dire depuis qu'il est entré dans la clandestinité sous le pseudonyme d'Oural.

Elle hésita un peu, répondit :

— Je ne savais pas.

— Bien sûr que si vous le savez ! hurla l'homme une nouvelle fois en se levant brusquement.

— Non, répéta Mélina, je ne savais pas.

Il fit le tour du bureau, passa dans son dos et elle crut qu'il allait la frapper, mais il n'en fit rien et retourna s'asseoir.

— Votre époux se trouve en Allemagne, n'est-ce pas ?

— À Königsberg, en Prusse-Orientale.

— Deux tentatives d'évasion, et donc condamné à un camp de représailles. Ça m'étonnerait qu'il s'en sorte.

Mélina réprima un sanglot, mais elle fit face une nouvelle fois :

— Je ne savais pas.

— Décidément, vous ne savez rien.

— Pour les évasions, je ne savais pas.

— Il n'en reviendra pas, madame, n'en doutez pas, sauf si nous le tirons de là-bas.

Il se leva de nouveau, fit une deuxième fois le tour du bureau, murmura :

— Vous savez que nous avons ce pouvoir.

Elle comprit tout à coup que cet interrogatoire de la police découlait directement de sa démarche auprès des Ponthier, qui ne l'avaient pas oubliée.

— Il suffit de vous montrer accommodante, par exemple en disant tout ce que vous savez au sujet de cet Henri Castagnède, alias Oural, et de sa sœur, Marie Combanel, qu'il a fait évader.

Il s'arrêta devant Mélina, lui souleva le menton avec son index, planta son regard froid dans le sien et reprit :

— Dites-moi où ils se cachent.

— Je ne sais pas.

— C'est dommage, bien dommage pour votre mari. Mourir si jeune…

Elle ferma les yeux, d'où débordèrent une nouvelle fois des larmes qui glissèrent sur ses joues.

— Vous êtes trop belle pour ne plus goûter aux joies de la vie. Mais il est vrai qu'un mari, ça se remplace, n'est-ce pas ?

Un lourd silence s'installa, au terme duquel elle finit par murmurer :

— Je ne sais pas où ils se trouvent. Je ne les ai pas vus depuis des mois.

L'homme revint s'asseoir, réfléchit un long moment et dit d'une voix doucereuse :

— Je vais vous faire libérer, madame.

Et, aussitôt, avec un rire sarcastique :

— Ça vous étonne, n'est-ce pas ?

Mélina ne répondit pas.

— Ils pourront ainsi prendre contact avec vous.

Un immense soulagement s'empara d'elle, mais en même temps la peur de servir d'appât.

Son seul vrai souci, en ce début novembre, était Étienne qui n'écrivait plus et vers lequel allaient toutes ses pensées, également assombries par le remords inexorable de ne lui être d'aucun secours. Elle aurait eu besoin d'entendre sa voix, de sentir ses mains, son corps, sa présence enfin, mais il s'était éloigné avec le temps, et de cet éloignement elle souffrait comme d'une plaie à vif. Elle en pleurait de rage en se cachant, serrait les poings, travaillait avec cette obsession coupable dans la tête : elle avait abandonné Étienne, elle ne pouvait plus rien pour lui.

Un jour, en début d'après-midi, dans la pièce où étaient rangés les pansements, elle croisa une femme de ménage qui ne la regarda même pas, mais qui, au passage, en sortant, lui glissa une enveloppe dans la poche de sa blouse et disparut sans lui adresser la parole. Mélina se garda bien de la lire avant d'être rentrée chez elle, le soir, dans la solitude de l'appartement où seul son fils lui tenait compagnie. Elle attendit de l'avoir couché, puis elle ouvrit l'enveloppe en tremblant, comme si elle s'imaginait épiée à travers ses volets pourtant soigneusement clos. Le message ne comportait que quelques lignes, mais elles étaient lourdes de sens et de conséquences, elle le comprit tout de suite :

« Demain, 18 heures 30, à la nuit, derrière l'hospice, descendez l'escalier qui donne sur la Garonne. Une barque vous attendra. Mot de passe : Oural. N'emmenez pas votre fils. Il est en sécurité. »

Se séparer de Jean ? Elle s'y refusa farouchement une partie de la nuit, mais, en même temps, la perspective d'échapper à cette surveillance qui pesait sur elle quotidiennement l'ébranla dans son refus de s'éloigner de son fils. Au matin, quand elle le conduisit chez les Barnède, elle le vit si content de retrouver ces deux êtres qu'il considérait comme ses grands-parents qu'elle n'eut pas un mot, pas un geste susceptible d'alerter Jean. Elle prit seulement M. Barnède à part et lui dit qu'elle allait devoir s'absenter quelque temps.

— Si mon absence durait plus que je ne le pense, vous vous occuperiez quand même de lui ? demanda-t-elle à cet homme qui avait toujours fait preuve, comme son épouse, d'une véritable affection pour l'enfant.

— Mais bien sûr ! Vous savez bien que vous pouvez compter sur nous. C'est comme si vous étiez devenue notre fille et lui, notre petit-fils, maintenant. La seule chose que je vous demande, c'est d'être prudente.

Ils avaient tellement écouté la radio de Londres ensemble qu'elle connaissait les idées du couple, tout comme M. et Mme Barnède devinaient à quelle activité elle se consacrait.

— Comptez sur nous, mais ne prenez pas trop de risques, s'il vous plaît, ajouta le vieil homme en l'embrassant.

Elle hésita encore, pourtant, pendant son travail, dévastée à l'idée d'abandonner son fils, mais ce qui emporta sa décision, ce fut sa certitude de représenter un danger, surveillée comme elle l'était, pour Henri et pour Marie s'ils tentaient de l'approcher. À la nuit tombée, sans sortir dans la rue, en empruntant l'escalier qui, derrière l'hospice, descendait vers la Garonne à l'abri de tout regard, elle ne risquait pas d'être suivie. Et puis n'était-ce pas pour elle l'occasion de reprendre le combat pour Étienne ? Elle n'en pouvait plus de son impuissance et de sa soumission. C'est ainsi que sa résolution ne fit que croître jusqu'à la fin de son service, et que, malgré le danger, elle sortit par une petite porte sur l'arrière et suivit l'escalier qu'elle avait repéré au cours de la journée.

Il faisait noir, elle y voyait à peine à cause des larmes dans ses yeux à l'idée qu'elle ne reverrait peut-être jamais son fils, et elle s'arrêta, prête à faire demi-tour. L'eau, en contrebas, jetait par moments des éclairs de lumière très vite absorbés par l'ombre de la nuit. C'était comme un appel secret qui lui donna la force de franchir les quelques mètres qui allaient décider de sa vie et de celle de son enfant.

Une fois sur le quai sommairement aménagé, elle se demanda s'il fallait se diriger vers la gauche ou vers la droite, mais une lampe s'alluma puis s'éteignit aussitôt à quelques pas d'elle. Sans la moindre hésitation, comme pressée d'être fixée sur son sort, elle marcha vers la lampe qui ne se ralluma pas. Oppressée, le cœur battant, elle s'arrêta devant une ombre mouvante et dit, dans un souffle :

— Oural.

— Montez ! répondit une voix d'homme, qu'elle ne connaissait pas.

La barque était disposée latéralement au quai, mais un peu en contrebas, si bien qu'elle faillit tomber en posant le pied sur le plancher de bois, et elle se rétablit difficilement.

— Asseyez-vous ! dit l'homme qui avait un fort accent du Midi.

Et, comme de nouveau la barque oscillait à cause du manque d'équilibre de sa passagère :

— Ne bougez plus. On n'en a pas pour longtemps.

Il se tut et commença à manœuvrer avec une adresse qui fit progresser la barque presque sans bruit vers le milieu de la Garonne. Mélina regarda sur la rive d'en face les rares lumières qui clignotaient, en se demandant si elle n'avait pas commis une terrible imprudence, et elle hésita à questionner l'homme sur leur destination, mais elle y renonça. La barque filait sans à-coups, portée par le courant vers l'aval, et la paix qui régnait sur le fleuve la rasséréna. Finalement, l'homme acheva de traverser en obliquant progressivement vers la rive opposée, puis il accosta dans ce qui sembla à Mélina être un accès à un gué, et il immobilisa sa barque en disant :

— Descendez ! On vous attend sous les arbres.

Il l'aida à prendre pied sur la rive en lui tenant le bras, et elle monta sur la berge qui débouchait sur un chemin de halage. Les arbres étaient des platanes, sous lesquels une ombre remua puis vint vers elle qui s'était arrêtée, avec une envie subite de s'enfuir.

— Véné ! dit une voix à fort accent espagnol. Yé souis Ramon.

Elle obéit, se rapprocha de l'homme qui, aussitôt après avoir incliné fugacement la tête vers elle, fit demi-tour, et se mit à marcher vers un talus où étaient accotées deux bicyclettes.

— On va pas loin. Dix minoutes, pas plous, dit-il en lui désignant de la main celle qui était la plus petite, et sans barre de cadre.

Il enfourcha la sienne, se mit à pédaler après s'être retourné rapidement pour vérifier qu'elle le suivait. La lune éclairait à peine le chemin de terre sur lequel ils roulèrent pendant une dizaine de minutes, avant de parvenir face à un canal dont Mélina pensa qu'il devait être le canal latéral à la Garonne, car elle l'avait longé, plus haut, en se rendant à Saint-Alban, plusieurs mois auparavant. Elle se dit qu'elle allait peut-être vers le même lieu de rendez-vous, mais ils le traversèrent sur une passerelle et prirent une rue goudronnée perpendiculairement au canal. Encore dix minutes, et ils arrivèrent dans une impasse, au fond de laquelle Ramon descendit de machine en lui faisant signe de l'imiter.

Il ouvrit un portillon, fit le tour de la maison basse, sans étage, et appuya sa bicyclette contre le mur, l'invitant à faire de même. Enfin, il frappa trois coups à la porte en donnant un mot de passe que Mélina ne comprit pas, et celle-ci s'ouvrit sur une femme brune, à chignon, qui s'effaça pour les laisser entrer.

— Dolorès ! fit Ramon. Ma femme.

Dolorès invita Mélina à s'asseoir, ce qu'elle fit, tandis que Ramon restait debout en disant :

— Yé m'en vais.

Et, comme sa femme s'asseyait à son tour :

— Il viendra vous voir oune nouit. En attendant, bougez pas d'ici.

— Qui ? fit Mélina.

— Vous savez bien.

Il caressa d'un doigt la joue de son épouse, et il ouvrit la porte vivement avant de disparaître dans la nuit. Les deux femmes restèrent face à face, un moment silencieuses, puis Mélina murmura :

— Où sommes-nous ?

— Pas trop parler, fit Dolorès.

— Loin du centre ? insista Mélina.

— Après la Barrière-de-Paris, vers le nord.

À ce moment, on entendit un sourd ébranlement dans le silence de la nuit.

— Le train, fit Dolorès. Toulouse-Paris.

Elle était brune, pas très grande, avec une peau très mate. Une énergie farouche se dégageait de ses yeux noirs aux reflets violets. Aucune peur, aucune angoisse ne s'y lisait.

— Vous avez faim ? demanda-t-elle.

— Non.

— Vous inquiétez pas. Il viendra, puisqu'il l'a dit.

Et, se levant brusquement :

— Je vais vous montrer la chambre.

— Je n'ai pas sommeil, fit Mélina.

— Alors on va boire quelque chose de chaud. Vous avez dû avoir froid.

La bonne odeur de café fit remonter chez Mélina le souvenir de la rue Réclusane, de Marie et de Jean. Ses yeux s'embuèrent de nouveau, ce que remarqua Dolorès en versant le café.

— Ça va pas ? dit-elle.

— Je pensais à mon fils.

— Moi aussi, j'en ai un, dit-elle. Il s'appelle Jésus. Il a dix-sept ans.

— Il n'est pas là ?

— Au maquis. Avec les hommes.

Et, comme si elle en avait trop dit :

— Plus vite ce sera fini, et plus vite on sera heureux ! Non ?

Elle souriait, et ce sourire emplit Mélina d'un bonheur aussi fugace que merveilleux.

Trois jours passèrent, durant lesquels elle fit connaissance avec son hôtesse qui accepta de se livrer un peu : elle avait gagné la France, avec son fils, après la chute de Teruel, et Ramon l'avait rejointe à la fin de la guerre civile en s'évadant du camp de Septfonds où plus d'une centaine de Républicains espagnols avaient été regroupés. Avec la défaite de la France contre l'Allemagne nazie, en mai 1940, Ramon était entré dans la clandestinité, comme beaucoup de Républicains qui redoutaient d'être renvoyés chez Franco. Ils étaient nombreux à Toulouse, et les résistants de la région avaient fait appel à eux, qui étaient habitués au combat et n'avaient pas le choix : il fallait chasser les Allemands pour retrouver la liberté et ne plus craindre d'être expédiés dans un pays où il ne leur serait fait aucun quartier. C'est la mort qui les attendait de l'autre côté des Pyrénées, ils en étaient certains. Ils se battaient donc aux côtés de ceux qui, en France, s'étaient juré de chasser les nazis.

— J'ai pas peur, disait Dolorès. Et je me bats aussi.

Sans qu'elle lui en ait fait la confidence, Mélina avait compris qu'elle servait d'agent de liaison entre les maquisards des départements limitrophes et ceux qui œuvraient dans la clandestinité à Toulouse.

— On gagnera, ma belle, répétait Dolorès. J'ai confiance en Ramon et en Jésus.

En trois jours, Mélina aussi avait repris confiance : elle n'était plus seule, et ce combat que menaient Dolorès et Ramon, elle allait le rejoindre, le faire sien, comme au temps où elle livrait les messages dans Toulouse et se sentait fière, utile, malgré le danger. Ses seuls véritables soucis étaient de ne plus recevoir de nouvelles d'Étienne et de ne plus voir son fils. C'est ce qu'elle expliqua à Dolorès qui répondit avec cette assurance souriante dont elle ne se départait jamais :

— Bientôt, ma belle. Bientôt.

Et ce fut au cours de la nuit qui suivit son troisième jour dans ce refuge que Dolorès vint la réveiller, à trois heures du matin, alors que Mélina dormait à poings fermés :

— Lève-toi, ma belle. Il est là.

Elle se vêtit rapidement, passa dans la cuisine à peine éclairée, mais suffisamment, cependant, pour qu'elle reconnaisse Henri. Il lui sembla moins épuisé que la première fois, et surtout moins soucieux, quand il l'embrassa, la retenant un instant dans ses bras.

— Il le fallait, petite, dit-il en se rasseyant face à elle. Tu étais trop surveillée.

Et, aussitôt, pour la rassurer :

— Ne t'en fais pas pour ton fils. Il ne risque rien chez les Barnède. Ils ne sont soupçonnés de rien. Ils sortent à peine de chez eux, simplement elle pour les courses. Lui, il est trop fatigué, il a trop travaillé dans son fournil. De toute façon, je fais surveiller l'immeuble. S'il y avait du danger, je sortirais le petit de là-bas.

Mélina remercia, puis l'interrogea au sujet de Marie.

— Elle est en sécurité. Je ne peux pas te dire où. Il vaut mieux que tu en saches le moins possible.

Il ajouta, dans un reproche à moitié déguisé :

— Tu n'as pas été prudente.

Elle baissa la tête, consciente de sa culpabilité pour s'être approchée des Ponthier, et tenta de se justifier en disant :

— Je m'inquiétais beaucoup pour Étienne. Je n'avais aucune nouvelle.

— Il reviendra ! fit Henri avec une assurance semblable à celle de Dolorès.

Mélina esquissa un pâle sourire.

— Il reviendra ! reprit-il. Parce que nous gagnerons.

Il saisit les mains de Mélina, les serra, ajouta :

— Mais pour ça, il faut se battre.

Il se redressa, planta son regard noir dans le sien, demanda :

— Est-ce que tu seras forte ? Est-ce que tu ne recommettras pas une pareille imprudence ?

— Oui, fit-elle, je serai forte.

— Jure-le-moi !

— Je te le jure.

— Alors tu écouteras Dolorès. Elle te dira ce qu'il faut faire.

Mélina hocha la tête, mais ne put s'empêcher d'interroger Henri sur ce que vivaient les prisonniers en Allemagne.

— Ils travaillent dans les champs ou dans des usines d'armement, répondit-il.

— On m'a parlé d'un camp disciplinaire.

— Ça prouve seulement qu'il lutte lui aussi à sa manière. Tu vois ? Il n'a pas renoncé. Fais comme lui.

Il se leva, ajouta :

— Je ne peux pas rester longtemps. Je ne reviendrai pas, ce serait trop dangereux.

Il sortit de sa poche des documents qu'il posa devant Mélina en disant :

— Je t'ai fait faire des faux papiers : tu t'appelles Éliane Carrière et tu es née le 2 octobre 1921 à Montauban. Tu travailles comme couturière dans un petit atelier de la rue des Peupliers, chez Mme Destrel. En cas de problème, elle confirmera. Ton nom de code change aussi : ce sera Madeleine.

Et, comme Mélina se saisissait des papiers sans bien comprendre :

— C'est M. Barnède qui nous a fourni ta photo. Il en a trouvé une chez toi, rue Réclusane. Tu sais bien que tu lui as laissé des clefs.

— Oui, je sais.

Ils se dévisagèrent un instant, puis Henri l'attira contre lui et l'embrassa :

— Quand on se reverra, on aura gagné, et ton mari reviendra.

Il la repoussa doucement, la tint à bout de bras, murmura :

— Je te le promets.

Elle le considéra en silence, songea qu'elle ne l'avait jamais trouvé aussi grand, le visage émacié, dur, déterminé. Il lui sembla revoir Étienne quand il avait pris une décision et s'y tenait farouchement. Et cette ressemblance qu'elle n'avait jamais autant ressentie qu'aujourd'hui lui fit du bien. Henri embrassa aussi Dolorès, puis il sortit par la porte de derrière qui donnait sur un terrain vague, lequel communiquait avec une petite route où Mélina, derrière la fenêtre, vit s'allumer des phares qui s'éloignèrent dans la nuit, en direction de la nationale 20.

— Viens, ma belle ! fit Dolorès. Il faut aller dormir.

Elle ferma les volets, puis regagna sa chambre en disant :

— Tu vas pouvoir m'aider. Mais je te dirai seulement la semaine prochaine ce qu'il faut faire.

Mélina retrouva sa chambre où elle se coucha aussitôt, quoique certaine de ne pouvoir trouver le sommeil. De fait, jusqu'au matin elle se demanda en quoi pouvaient consister ces missions que Dolorès voulait lui confier. Mais elle n'envisagea pas d'y renoncer une seule seconde : au contact de ceux qui désormais l'entouraient, elle avait retrouvé les forces qui lui avaient manqué, à sa grande honte, quelques semaines auparavant.

TROISIÈME PARTIE

Les lueurs de l'aube

9

L'hiver avait été rude à Königsberg, et les prisonniers avaient vécu un nouveau Noël loin de leurs familles, réconfortés seulement par un colis de l'État français assez bien fourni : trois plaques de chocolat, du tabac, des biscuits, du sucre, trois boîtes de conserve et des friandises. Janvier avait été glacial, balayé par les rafales de vent du nord qui soufflait en tempête et, en ce mois de février 1944, il soufflait toujours, faisant dériver dans le ciel des pétrels qui fuyaient vers l'intérieur des terres pour s'éloigner de la Baltique, en poussant des cris affolés.

Heureusement, Étienne avait passé ces deux mois à l'abri, la journée dans l'usine d'armement qui fabriquait des culasses pour les mausers, et la nuit dans un dortoir aménagé au fond d'un hangar qui servait aussi de réfectoire pour les prisonniers. Doussain et Montanier se trouvaient toujours avec lui, et leur principale préoccupation était de ne pas être renvoyés sur les chantiers à découvert de Baltdorf.

— Tu imagines ce que ça doit être ? Travailler dehors par moins vingt degrés ! s'indignait Doussain.

— Et ces pauvres Russes ! ajoutait Montanier. Combien vont résister sous leurs toiles de tente ?

— Tu penses bien qu'ils vont les rapatrier au camp de base ! disait Étienne. On peut pas condamner des hommes à la mort comme ça. C'est pas possible !

— Tiens ! Compte là-dessus ! ironisait Doussain. On dirait que tu les connais pas encore, les schleus ! Ils sont pas du genre à se gêner, tu peux me croire !

Au fur et à mesure que les jours passaient, le charpentier avait un peu repris confiance et il avait trouvé le moyen de saboter les culasses, de manière à ce qu'elles ne résistent pas à un coup de feu.

— Sûr qu'elles vont leur exploser à la figure ! Je voudrais bien voir leurs têtes après la fusillade ! À mon avis, ils seront bons pour aller se faire voir chez Borniol !

— Et si tu te fais prendre ? disait Montanier.

— T'inquiète pas ! Je fais gaffe !

Étienne, lui, ne songeait pas à prendre de tels risques, au moins pour le moment. Il avait d'autres préoccupations, après une lettre reçue de Mélina en janvier, postée de Montauban : il se demandait ce qui pouvait bien se passer, là-bas, si loin, et pourquoi la lettre provenait de cette ville. Qu'était-il arrivé ? Est-ce que Lina avait quitté Toulouse ? Et pourquoi ne lui parlait-elle pas de Marie ? Toutes ces questions tournaient inlassablement dans sa tête, et Montanier, à qui il se confiait volontiers, avait du mal à avancer des arguments susceptibles de le rassurer. Du reste, que savait-il réellement de ce qui se passait là-bas, sinon par les bruits qui couraient dans l'usine, parmi les prisonniers, selon lesquels les bombardements alliés se poursuivaient jour et nuit sur Berlin, Kiel, Hanovre et Brême ?

— Ils dégustent, les schleus ! se réjouissait Doussain. On va pas tarder à voir arriver les tommies. Et alors là, les gars, croyez-moi, ils auront fini de rire, les frisés !

Il ajoutait, pas tout à fait convaincu cependant :

— Il vaudrait mieux qu'on ait regagné le camp. Les tommies doivent savoir qu'il y a une usine d'armement ici, à Königsberg.

— Attends au moins le printemps ! disait Montanier. Il doit neiger jusqu'à la fin avril dans ce pays perdu.

Contrairement à ce qu'ils espéraient, l'ordre de retourner au camp leur parvint dès le début du mois de mars, et ils partirent à pied, un matin à l'aube, complètement frigorifiés, avec six de leurs compagnons, surveillés par des feldgraus de très mauvaise humeur. Ils marchèrent d'abord à l'abri des murs de la ville, mais dès qu'ils eurent dépassé les dernières maisons aux façades grisâtres, il se mit à neiger sur l'étroite route qui s'enfonçait entre les plages de sable et les marécages d'où s'élevèrent des cris stridents. Levant la tête malgré les griffures des grains de sable dispersés par le vent, Étienne aperçut des oiseaux énormes qui volaient en file indienne, le cou tendu, le pelage sombre, ressemblant à des oies sauvages mais plus gros qu'elles, lugubres, effrayants.

— Des cygnes noirs, fit Montanier. Ça veut dire que la neige va durer !

Au bout de deux heures de marche, ils ne distinguèrent plus la route et ils se perdirent, sous l'œil furieux des feldgraus aussi pressés qu'eux de trouver l'abri des baraques du camp. Quelques coups de matraque s'abattirent sur les prisonniers, qui n'avaient plus assez de forces pour les éviter. Des injures partirent, vite ravalées pour ne pas provoquer des représailles supplémentaires à l'arrivée. Étienne et Doussain aidaient Montanier à marcher, le tenant chacun par un bras, car il s'était beaucoup affaibli à l'usine, où, comme il n'était pas très adroit de ses mains, il avait été affecté au transport des caisses de munitions vers les camions qui attendaient devant la porte de livraison.

À un moment donné, l'homme qui marchait en tête chuta dans l'eau d'un marécage qu'il n'avait pas deviné, à cause de la neige qui recouvrait la glace. Il fallut le tirer sur la rive alors que ses vêtements gelaient déjà sur lui. Les feldgraus, de plus en plus furieux, ne cessaient de hurler, jetant au hasard des coups de matraque qui, heureusement, n'atteignaient pas souvent leur but. Enfin les baraques du camp apparurent, alors qu'Étienne se demandait si le misérable convoi des prisonniers épuisés les retrouverait avant la nuit. Il était trois heures de l'après-midi. Cela faisait neuf heures que les hommes marchaient, sans avoir avalé la moindre nourriture.

Ils durent encore attendre immobiles sous la neige et le vent pendant un quart d'heure, avant que le commandant Stammer ne daigne venir les accueillir, en leur assurant d'un ton satisfait qu'ils en avaient fini avec le confort de Königsberg.

— Dès demain à l'aube, ordonna-t-il, coupes de bois dans la forêt. Rompez !

Délivrés des morsures du vent, ils purent prendre un peu de repos dans la baraque où ils avaient retrouvé les mêmes places qu'à leur arrivée, mais ils durent patienter jusqu'au soir avant de manger, enfin, une boule de pain pour trois, avec de la margarine.

— Stammer a parlé de la forêt, remarqua Étienne. Vous croyez qu'on va y dormir, comme avant l'hiver ?

— Je ne crois pas, répondit Montanier. Il aurait mentionné le kommando numéro 4.

Une équipe de prisonniers arriva sur ces entrefaites et les rassura : ils venaient de la forêt et rentraient chaque soir.

— Et les Russes du kommando numéro 4 ? demanda Étienne.

— On ne les voit jamais ici. On pense qu'ils leur ont fait construire des cabanes en dur entre les arbres, à la place des toiles de tente, mais on n'en est pas sûrs.

Étienne, ce soir-là, s'endormit un peu rassuré : sans doute avait-il échappé au pire. Mais le lendemain, avant de partir au chantier, il reçut un colis de Toulouse qui n'était envoyé ni par Lina ni par Marie : l'expéditrice s'appelait Mme Lespinasse, et il n'en avait jamais entendu parler. Là-bas, les événements lui devenaient de plus en plus incompréhensibles, et leur ressassement noircissait chaque jour un peu plus sa vie déjà bien difficile à supporter.

Cela faisait trois mois que Mélina n'avait pas vu son fils, et elle en souffrait bien plus que de l'absence d'Étienne à laquelle, par la force des choses, elle avait dû s'habituer. Elle lui avait fait expédier un colis par une voisine dont Dolorès était sûre et qui se nommait Jeanne Lespinasse. Son mari était au maquis avec Ramon, mais elle-même n'avait pas d'activité dans la Résistance. Certes, Mélina savait Jean en sécurité, mais la clandestinité à laquelle elle était contrainte lui pesait un peu plus chaque jour. Sous sa nouvelle identité – qui lui donnait la désagréable impression d'avoir renié tout son passé –, elle avait aidé Dolorès dans ses missions qui consistaient principalement à établir la liaison entre les différents maquis de la région, en portant des messages destinés aux responsables que leurs agents venaient récupérer à Toulouse. À cet effet, Dolorès lui avait donné des vêtements usagés très différents de ceux que Mélina portait avant leur rencontre : un vieux manteau de couleur brune, des bas épais, de grosses chaussures de paysanne, et un fichu noir qui dissimulait entièrement ses cheveux soigneusement attachés en chignon.

Ainsi Mélina redoutait un peu moins d'être reconnue au hasard des rues par ceux qu'elle avait fuis, mais elle s'efforçait de marcher tête baissée, ne prenait jamais les grandes avenues où patrouillaient la Milice ou la Gestapo, ne s'approchait jamais du quartier de l'hospice, encore moins de la rue Réclusane qui, elle n'en doutait pas, devait être encore surveillée.

Ramon venait de temps en temps aux nouvelles la nuit, toujours aussi confiant, toujours aussi déterminé, et donnait à Dolorès les messages à distribuer, puis il repartait sans s'attarder dans la nuit complice et mystérieuse. Selon lui, les attentats se multipliaient dans tout le pays, comme au Creusot, par exemple, où, en décembre, les résistants avaient fait sauter la centrale électrique des usines Schneider où l'on fabriquait des plaques de blindage et des aciers spéciaux pour les Allemands.

— Bientôt, cé séra à Toulouse, assurait-il. Ça va sauter dé partout ! Un vrai feu d'artifice !

Et, quand Mélina lui demandait des nouvelles d'Henri :

— Il a reçou les armes. Tout va bien.

Il ajoutait avant de repartir, embrassant les deux femmes :

— Patience ! Y en a plous pour longtemps.

Dolorès confiait à Mélina les messages à remettre loin du centre-ville, ce qui la conduisit un jour dans les parages de Ramonville, près de la maison des Ponthier. Elle se sentit très mal à l'aise, car elle redoutait de croiser la voiture conduite par Émile, le chauffeur, qui risquait de la reconnaître. Mais comment refuser ? Et surtout comment avouer à Dolorès qu'elle s'était rapprochée des Ponthier qui travaillaient pour les Allemands ? Elle ne s'y résolut pas et partit, résignée, vers ces lieux maudits où elle avait failli se perdre.

Le lieu de remise était une boîte aux lettres dans le hall d'un petit immeuble situé au bas de la colline, mais le long de cette route de Narbonne qu'elle avait empruntée si souvent. Dès qu'elle eut déposé l'enveloppe, Mélina se hâta de quitter le quartier, avec en elle la désagréable sensation d'être suivie. Ce n'était pas le cas, mais elle garda de cette mission l'habitude de se retourner continuellement avec, chaque fois, un frisson glacé qui courait dans son dos.

Une semaine plus tard, un matin de la fin février, comme elle ne passait pas très loin du quartier Saint-Cyprien, elle ne put résister à l'envie de revoir son fils, et elle s'approcha de la halle avec le fol espoir que Mme Barnède viendrait faire des courses au marché en emmenant Jean avec elle. Il y avait du monde, ce matin-là, place Saint-Cyprien, car les gens manquaient de tout et ils espéraient trouver sur les rares étals de quoi apaiser leur faim. Mélina se posta dans un angle de la halle, mais à proximité d'une sortie, pour mieux s'enfuir si c'était nécessaire. Elle ne put y demeurer longtemps, car le propriétaire de l'étal, qui vendait quelques bas morceaux de triperie, lui jeta à plusieurs reprises des regards soupçonneux, et elle dut changer de place, non sans feindre de chercher de la nourriture en s'arrêtant devant les étals presque vides.

Elle était sur le point de s'en aller quand elle reconnut, venant de la rue du Pont-Saint-Pierre, Mme Barnède qui approchait en tenant Jean par la main. Elle faillit s'élancer vers eux, mais un instinct de prudence la retint au dernier moment, et heureusement : derrière eux, à une vingtaine de mètres, deux miliciens, avec leur béret incliné sur le côté, leur uniforme noir, leur large ceinture de cuir à boucle d'acier, apparurent soudain. Il lui sembla alors que Jean l'avait aperçue et, effectivement, l'enfant attira l'attention de Mme Barnède qui se pencha vers lui. Mélina eut heureusement le réflexe de se rejeter en arrière et, quand Mme Barnède releva la tête, elle ne lui était plus visible. Elle entendit pourtant distinctement l'appel de son fils qui résonna en elle douloureusement :

— Maman !

Désespérée, regrettant amèrement de se trouver si près de lui sans même pouvoir le serrer dans ses bras, elle se mit à courir dans la direction opposée, empruntant les allées Charles-de-Fitte et, au-delà, contournant l'hospice, le long de la Garonne, comme si son fils s'était lancé à ses trousses, entraînant avec lui les miliciens qui la recherchaient.

Bouleversée, elle mit plus d'une heure à regagner son refuge auprès de Dolorès, car elle s'attarda le long du canal du Midi pour sécher ses larmes. Mais Dolorès comprit que quelque chose n'allait pas et elle l'interrogea, afin de savoir s'il y avait eu un problème dans la livraison du message. Mélina ne put s'empêcher de lui expliquer ce qui s'était passé place Saint-Cyprien, et Dolorès n'eut pas le cœur de lui reprocher son imprudence.

— Moi aussi, il me manque, mon Jésus, avoua-t-elle.

Et Dolorès se laissa aller à raconter à Mélina la naissance de son fils, là-bas, en Aragon, au pied des montagnes, la vie qu'ils avaient menée dans les champs où ils travaillaient, Ramon et elle, pendant que sa belle-mère s'occupait de l'enfant.

— C'était pas facile. On mangeait pas toujours à notre faim, mais le petit, il n'a jamais manqué de rien.

Elle ajouta, avec un soupir :

— Après, avec la guerre, il n'y avait plus de travail dans les champs, et Ramon a rejoint les troupes de la République. Je suis restée seule avec mon fils, et les règlements de comptes ont commencé entre les franquistes et les Républicains. Alors je suis partie, à pied, vers les Pyrénées, et j'ai réussi à passer.

Elle sourit, reprit :

— J'ai attendu Ramon deux ans. Je savais qu'on ne pourrait plus vivre là-bas, et qu'il me rejoindrait.

— Tu n'as jamais craint qu'il disparaisse loin de toi ?

— Non ! Jamais ! J'ai toujours eu confiance ! Comme aujourd'hui.

Cette confiance, cette force que Mélina constatait chaque jour lui restituèrent le courage qui l'avait un moment abandonnée. Malgré le danger, malgré les risques encourus, jamais l'idée de renoncer ne vint s'imposer à elle, même lorsqu'il y eut une arrestation, début mars, qui mit en péril le réseau tout entier.

— Ne t'inquiète pas, lui dit Dolorès. Ils savent tous qu'ils ne doivent rien lâcher avant vingt-quatre heures, le temps que toutes les boîtes soient changées et que ceux qui attendent les messages aient quitté Toulouse.

Mélina, ce soir-là, eut la conviction d'être un maillon d'une immense chaîne qui ne se briserait jamais.

Il faisait un peu moins froid, en cette fin février, à Baltdorf, mais la neige ne cessait de tomber, rendant l'accès au chantier beaucoup plus difficile. Il fallait deux heures le matin aux prisonniers pour aller du camp vers la forêt et plus de deux heures le soir pour rentrer, à cause de la nuit qui, parfois, les faisait se perdre en noyant les repères autour de la piste. À deux reprises, seulement, le commandant Stammer avait concédé une journée de repos à l'équipe d'Étienne, mais c'était uniquement parce qu'un homme était mort d'épuisement dans l'infirmerie où il avait été transporté trop tard. Épuisé, Montanier l'était lui aussi, malgré l'aide de Doussain et d'Étienne qui le soutenaient par le bras lors des trajets en direction du chantier et ne l'abandonnaient jamais à son sort.

Par l'intermédiaire du feldwebel, Étienne demanda une entrevue au capitaine Stammer, afin d'obtenir l'hospitalisation de Montanier, mais elle ne lui fut accordée que deux jours plus tard. Doussain ne fut pas autorisé à l'accompagner, ce soir-là, malgré son insistance, et il eut droit à deux coups de crosse du feldgrau qui était venu chercher Étienne.

Le capitaine l'attendait debout derrière son bureau, toujours aussi raide dans son uniforme vert à liserés rouges, toujours aussi glacial, toujours aussi implacable. La faible lumière de deux bougies éclairait la pièce d'aspect aussi spartiate que les baraques des prisonniers, à part deux fauteuils de bois brut placés face au bureau, mais dans lesquels Étienne ne fut pas invité à s'asseoir. Il n'eut du reste pas le temps de formuler la requête qu'il avait préparée concernant Montanier, car Stammer lui lança aussitôt, d'une voix où perçait une vive contrariété :

— Vous allez regagner Königsberg. Le contremaître a été très content de votre travail et il a demandé à ce que vous reveniez.

— Si je dois bénéficier d'une faveur, dit Étienne en sautant sur l'occasion, je me désiste en faveur de mon ami Montanier.

Et, comme le commandant avait eu un mouvement indigné, en redressant vivement son buste couvert de décorations :

— Il est épuisé et il ne supporte plus le froid.

— Ce n'est pas un bon ouvrier, rétorqua le commandant. Vous, vous l'êtes.

— Alors, faites-le entrer à l'infirmerie.

— C'est moi qui décide ! Vous n'avez pas à demander quoi que ce soit ! Vous êtes ici le prisonnier d'un pays vaincu, et de surcroît dans un camp de représailles après deux tentatives d'évasion ! Vous devez obéir aux ordres ou en subir les conséquences.

La voix avait claqué, n'autorisant aucune contestation. Pourtant Étienne ne put se résoudre à s'incliner si vite.

— Montanier ne tiendra pas plus d'une semaine, reprit-il. Il va mourir. Vous ne pouvez pas laisser faire ça.

— C'est le sort de ceux qui défient mon autorité. Je vous rappelle qu'il a été condamné au kommando numéro 4 pour m'avoir gravement manqué de respect. Il en paye le prix, c'est tout.

Étienne demeura un bref instant silencieux, puis il murmura :

— Dans ce cas, je refuse de regagner l'usine pour rester auprès de lui.

— Vous n'avez rien à refuser et vous n'avez rien à exiger ! hurla Stammer. Dès demain vous serez conduit à Königsberg ! Rompez !

Étienne ne bougea pas. Il ne pouvait pas renoncer, car il savait qu'il tenait la vie de son ami entre ses mains.

— Je n'irai à l'usine que s'il vient avec moi.

— Ce qui signifie que vous refusez d'obéir ? Ça ne vous a pas suffi un mois au kommando numéro 4 ?

— Vous ne pouvez pas condamner à mort un prisonnier qui travaille pour l'Allemagne. Elle en a besoin.

— Je n'ai pas de comptes à vous rendre ! Je fais ce qui me semble bon pour mon pays qui, je vous le rappelle, a gagné la guerre.

Stammer fit le tour du bureau, s'arrêta à un pas d'Étienne, et conclut d'une voix glaciale :

— Vous aurez toute la nuit pour réfléchir. Soit vous regagnez Königsberg comme je vous le demande, soit vous repartez pour le kommando numéro 4.

Et il cria, frappant légèrement de sa badine l'épaule droite d'Étienne :

— Vous m'avez bien compris ?

Étienne claqua des talons, fit demi-tour, et rejoignit la baraque où l'attendaient anxieusement Montanier et Doussain, à qui il fit aussitôt le récit de ce qui s'était passé.

— Je te remercie, dit Montanier. Mais tu dois penser à ta femme et à ton fils.

— Et toi ? Tu es marié, non ?

— Je n'ai pas d'enfants.

— C'est pas une raison.

— Fais pas le con ! intervint Doussain, s'adressant à Étienne. Il est capable de nous envoyer tous les trois au kommando numéro 4.

Il ajouta, avec une furieuse indignation :

— C'est qu'il l'a déjà fait, cet abruti !

— Et puis tu sais, reprit Montanier, bientôt je ne pourrai plus me lever. Il faudra bien qu'ils m'envoient à l'infirmerie.

Il embrassa Étienne, le remercia une nouvelle fois, mais ils durent éteindre la bougie et mettre fin à leur conversation, car les autres prisonniers, qui voulaient dormir, réclamaient le silence. Étienne se retrouva seul dans le noir, les yeux grands ouverts, en proie à ce dilemme : sauver Montanier ou se sauver lui-même. Il finit par sombrer dans le sommeil, poursuivi par Mélina qui dansait seule, sur la place Saint-Cyprien, en jetant autour d'elle des regards effrayés, comme si elle redoutait de ne pas le voir arriver à l'occasion d'une de ces fêtes où ils avaient été si heureux.

Le lendemain matin, il se résignait à quitter ses deux camarades quand un feldgrau vint le chercher sur l'esplanade où les hommes se tenaient immobiles pour l'appel, devant le commandant Stammer qui surveillait les opérations. Avec Doussain et Montanier, ils s'étaient auparavant donné une accolade fraternelle en se disant adieu, ne sachant s'ils se reverraient ou non. Après le « *Stimmt !* » du feldwebel, dès qu'Étienne eut quitté les rangs, obéissant aux ordres donnés par le commandant la veille, il entendit claquer la voix de Stammer dans son dos :

— Montanier ! À l'infirmerie !

Il se retourna, son regard croisa furtivement celui du commandant, et il comprit qu'il avait été entendu. Ainsi, cet homme était capable de faire preuve d'une certaine humanité. Ou peut-être avait-il seulement apprécié qu'Étienne eût offert d'abandonner une place protégée à un ami en difficulté. Il n'eut pas le loisir de s'interroger davantage, car deux feldgraus lui intimèrent l'ordre de se mettre en route pour la gare. Il se retourna une dernière fois pour apercevoir Montanier qui marchait vers l'infirmerie, puis Doussain qui lui adressait un signe de la main, seul, désormais, et désemparé, lui qui avait tellement besoin de parler, de se réchauffer auprès d'amis sûrs.

Rongé par le remords, Étienne se promit tout au long du trajet de faire regretter au contremaître de l'usine de l'avoir rappelé seul à Königsberg. Être considéré comme un bon ouvrier au service de l'Allemagne était finalement, au terme de ces deux jours, ce qui l'indignait le plus. Or, Doussain lui avait expliqué comment il agissait pour saboter les culasses des mausers : il suffisait de les sortir du four avant le temps exigé par les ingénieurs. Quelques minutes de retrait anticipé leur infligeaient une fragilité qui les ferait éclater au premier coup de feu. Jusqu'à présent, lors de son premier séjour à l'usine, Étienne ne s'y était jamais résolu, malgré les réflexions acerbes de Doussain qui, lui, ne se privait pas de jouer à ce jeu dangereux.

Or ce n'était pas la peur qui avait retenu Étienne : c'était une sorte de conscience pour le travail bien fait. Et la conscience professionnelle de l'ouvrier qu'il était n'avait pas échappé au contremaître de l'usine d'armement. Dans le petit train qui le ramenait vers Königsberg, Étienne s'en voulait de ce sérieux dans le travail qu'il avait manifesté et il se promettait de l'oublier s'il était affecté à la surveillance des deux fours dans lesquels étaient moulées les culasses destinées aux fusils qui, un jour, peut-être, tireraient sur des Français.

À Toulouse, l'étau se resserrait autour des résistants, à cause des sabotages de plus en plus nombreux, notamment ceux de février, au cours desquels vingt ailes d'avion prêtes au montage des chasseurs

Focke-Wulf avaient été détruites dans les ateliers d'aviation, tandis qu'étaient sabotées les machines nécessaires à la fabrication des D. 520. En outre, la cartoucherie qui était censée produire neuf millions de cartouches par mois n'en produisait que trois millions, malgré l'arrivée sur place de plusieurs ingénieurs allemands qui s'arrachaient les cheveux devant l'inexplicable constat déficitaire des stocks comptabilisés. En fait, les résistants avaient infiltré tous les milieux industriels et les Allemands devenaient de plus en plus furieux, reprochant aux miliciens et à la police française une incompétence qui les mettait sous pression et les faisait redoubler d'activité.

Dolorès avait failli se faire prendre au cours des journées qui avaient suivi les sabotages, car les patrouilles s'étaient multipliées, notamment dans les quartiers proches des chantiers d'aviation, de la cartoucherie et de la poudrerie.

Elle n'avait dû son salut qu'à la fuite, après avoir entraperçu, du coin de la rue où elle s'était postée, un uniforme qui achevait de se dissimuler derrière la porte d'entrée d'un immeuble. Si elle n'était pas arrivée à l'avance pour surveiller les lieux, elle aurait été arrêtée.

C'est ce qu'elle expliqua à Mélina en rentrant de sa mission, encore sous le choc du danger qu'elle avait couru. Quelqu'un avait trahi ou avait parlé sous la torture. Il fallait attendre de nouvelles instructions avant de reprendre la livraison des messages. Aussi Dolorès et Mélina s'étaient-elles « mises en sommeil » en espérant que Ramon, ou un émissaire envoyé par lui, viendrait les renseigner sur la conduite à adopter. De fait, il vint trois jours après l'incident qui avait failli perdre Dolorès. Et ce n'était pas Ramon, ce qui déçut Dolorès, qui ne l'avait pas vu depuis deux semaines. Mais c'était aussi un Espagnol que Mélina eut l'impression de reconnaître. Cherchant dans sa mémoire, elle revit l'homme qui les avait accueillies, Marie et elle, sous le pont de chemin de fer, le jour où elles étaient allées à la rencontre d'Henri à Montalens.

L'Espagnol ne s'attarda pas, mais il leur demanda de se tenir prêtes la nuit prochaine, leur maison ayant été désignée pour être le lieu de rencontre entre Henri et l'homme qui était censé rassembler les mouvements de résistance dans la région toulousaine, afin de coordonner leurs actions. Il parla un long moment en espagnol avec Dolorès qui, après son départ, expliqua à Mélina de quoi il s'agissait : Henri représentait les FTP, et l'homme en question le commandement régional FFI. L'heure de rendez-vous était deux heures du matin. Le colonel FFI viendrait seul. Henri et ses hommes devaient sécuriser le secteur avant son arrivée.

Les deux femmes passèrent la journée à inspecter les environs de la petite rue où se trouvait la maison, et jusqu'à la voie ferrée de la ligne Toulouse-Paris qui, à l'est, délimitait des terrains vagues propices à une fuite si elle se révélait nécessaire. De l'autre côté, le départ de la nationale 20 qui succédait au boulevard des Minimes permettait aussi de prendre du champ en cas de danger. Elles rentrèrent rassurées, n'ayant aperçu aucune voiture de police, ni aucune silhouette suspecte à proximité. Puis, avec la tombée de la nuit, elles se hâtèrent de dîner et se mirent à attendre, toutes lumières éteintes, derrière la fenêtre de la salle à manger, en essayant de percer l'ombre épaisse qui recouvrait les alentours, car il n'y avait pas de lune.

Une heure avant le rendez-vous, Ramon apparut en compagnie de l'homme qui les avait prévenues, et il s'isola un instant avec Dolorès, avant de ressortir pour surveiller les accès du petit pavillon.

— Ils ne sont pas deux, dit Dolorès, ils sont quatre. Tout se passera bien.

Mélina n'était pas inquiète, du fait de la présence de tous ces hommes en armes autour de la maison, et quand Henri se manifesta le premier, elle fut heureuse de pouvoir s'entretenir avec lui pendant quelques minutes. Il lui apprit que Marie allait bien, qu'elle était en sécurité et pensait beaucoup à elle ainsi qu'à Jean et à Étienne qui lui manquaient énormément. Mélina n'avait aucune nouvelle de lui, puisqu'elle avait quitté la rue Réclusane, mais elle était certaine que les Barnède gardaient précieusement ses lettres.

— Si seulement quelqu'un pouvait les récupérer, soupira-t-elle. Je saurais au moins où il se trouve, comment il va, s'il ne souffre pas trop du froid...

— C'est trop risqué, répondit Henri. Ne t'en fais pas, petite, il reviendra.

Le colonel FFI arriva à l'heure précise qui avait été convenue, par la nationale 20 où il avait été réceptionné par les Espagnols. C'était un homme jeune, très beau, les yeux clairs, un sourire éclatant, qui donnait confiance et, en même temps, malgré ce jeune âge, inspirait le respect grâce à une politesse exquise servie par une voix d'une grande fermeté.

Mélina et Dolorès le laissèrent seul avec Henri dans la salle à manger et passèrent dans la cuisine pour faire du café. Ramon rentra leur tenir compagnie, tandis que les trois autres, dehors, surveillaient les alentours. La conversation entre les deux responsables dura longtemps – presque une heure –, puis Henri appela Mélina qui rejoignit les deux hommes en se demandant ce qu'ils lui voulaient.

— Voilà, dit Henri, il nous faut quelqu'un de confiance pour assurer le lien entre les FTP et le commandement des FFI.

Il ajouta, comme Mélina craignait d'avoir déjà compris :

— Ce sera toi.

Elle croisa alors le regard clair de l'homme qui s'était levé à son arrivée, et qui dit aussitôt, tendant une main franche et sûre :

— Il m'a parlé de vous. Nous sommes d'accord. Asseyez-vous, s'il vous plaît.

Elle se rendit compte qu'elle ne protestait même pas, alors qu'ils ne lui laissaient pas le choix. Mais dans le même temps, elle se sentait fière de cette confiance qu'ils lui manifestaient, oubliant les risques, refusant d'écouter cette petite voix qui, dans sa tête, lui soufflait qu'elle se mettait en danger une fois de plus.

— Je vais vous donner un contact et un mot de passe, reprit le colonel FFI. Vous lui communiquerez les messages que votre oncle vous fera parvenir ici même, comme d'habitude.

Il s'arrêta un instant, dévisagea Mélina qui se troubla sous le regard d'acier, puis il reprit :

— Vous contacterez Siméon, à cette adresse.

Et il tendit à Mélina un morceau de papier en ajoutant :

— Apprenez l'adresse par cœur et détruisez-la.

Elle n'eut pas le temps de lire, car il poursuivit aussitôt, comme s'il était pressé, maintenant, de mettre fin à ce rendez-vous qui, sans doute, de son point de vue, durait trop longtemps :

— Vous lui direz : « J'ai plus de souvenirs... », et il vous répondra : « ... que si j'avais mille ans ». Répétez, s'il vous plaît.

Mélina répéta en ayant l'impression de connaître ces vers qu'elle avait dû apprendre pendant le peu de temps qu'elle avait passé à l'EPS.

— C'est de Baudelaire, fit l'homme en se levant.

Mais il précisa encore, se tournant vers Henri qui s'était levé lui aussi :

— Soyez tranquille : l'adresse du rendez-vous changera chaque fois. C'est Siméon qui lui donnera la nouvelle.

Et, faisant face de nouveau à Mélina :

— En cas de problème, vous connaissez la consigne : ne pas parler avant vingt-quatre heures.

Il tendit la main à Mélina, ajouta :

— J'ai confiance en vous.

Puis il serra celle d'Henri, salua Dolorès avant de sortir et disparut dans la nuit aussi mystérieusement qu'il était arrivé.

Mélina se retrouva seule avec Henri, qui lui dit :

— Merci, petite !

Il ajouta, baissant la voix comme s'il risquait d'être entendu de l'extérieur :

— Tu as le droit de savoir pour qui tu vas travailler : c'est un colonel FFI, nommé par de Gaulle.

Et il reprit aussitôt :

— Surtout n'oublie pas de détruire le papier qu'il t'a donné.

Puis il embrassa Mélina et Dolorès, appela Ramon qui avait escorté le colonel à sa sortie, et qui vint aussi faire de rapides adieux. Les deux hommes disparurent dans la nuit, tandis que seules, à présent, les deux femmes tendaient l'oreille, anxieusement, en espérant que tout se passait bien.

— Il faut aller dormir, maintenant, fit Dolorès.

Mélina hocha la tête, mais elle ne bougea pas et lut l'adresse indiquée sur le morceau de papier : 13, rue Saint-Luc, dans le quartier du Busca.

Ce n'était pas très loin de la rue Réclusane.

En brûlant le message, Mélina eut la conviction qu'elle ne pourrait plus jamais faire marche arrière, et qu'elle était condamnée à franchir les obstacles qui se dresseraient devant elle jusqu'à la fin de la guerre. C'est avec cette sensation qu'elle s'endormit, plongeant dans un sommeil peuplé de cauchemars.

10

En ce début avril, Étienne se trouvait encore dans l'usine de Königsberg, bien à l'abri du froid, et il avait reçu un colis de Marie qui avait été posté à Carcassonne. C'était incompréhensible : des colis arrivaient de Montauban ou de Carcassonne, jamais de Toulouse. Certes, il savait que la censure régnait en France et que la population était surveillée, mais en quoi cela pouvait-il concerner Marie et Mélina ? Jamais l'idée qu'elles avaient dû entrer dans la clandestinité n'était venue l'effleurer. Comment aurait-il imaginé, de si loin, que sa mère et sa femme prenaient tant de risques, alors qu'elles avaient en charge un enfant en bas âge ? Les bruits colportés par les prisonniers à Königsberg évoquaient une résistance souterraine dont les membres sabotaient les voies ferrées ou les usines qui travaillaient pour les Allemands – et elles étaient nombreuses à Toulouse –, mais de là à penser que Marie et Mélina y participaient activement, c'était, pour Étienne, inimaginable.

Et pourtant lui aussi prenait part à sa manière à cette résistance, en sabotant les armes destinées aux soldats allemands. Mais ce qu'il ignorait, c'était que les responsables de l'usine de Königsberg avaient été alertés sur la fragilité des mausers déjà livrés, et qu'ils exerçaient une surveillance discrète des ouvriers français. C'est ainsi qu'il fut surpris, un matin, à retirer trop tôt du four des culasses destinées aux mausers. Il ne put même pas protester : la couleur des culasses indiquait assez qu'elles n'y étaient pas restées le temps nécessaire. Deux soldats de la Gestapo vinrent s'emparer de lui sur l'injonction du contremaître qui s'étranglait de fureur devant sa confiance trahie, et ils le conduisirent directement au siège de la police, à quelques centaines de mètres de l'usine.

Il était cinq heures du soir. La nuit tombait, portée par des rafales de vent du nord qui faisaient dériver dans le ciel bas des oiseaux venus de la Baltique qu'on entendait crier, mais qu'on ne voyait pas. C'était une nuit lugubre, pleine de périls, d'ombres menaçantes, de rumeurs et d'appels inquiétants qu'Étienne percevait intensément en marchant sous la menace des armes braquées sur lui.

Une fois dans l'immeuble massif et imposant, aux colonnes monumentales, qui se trouvait au milieu de la seule rue éclairée, il fut rudement introduit dans un bureau derrière lequel était assis un officier à lunettes, à l'uniforme noir impeccablement ajusté sur un corps pourtant d'une extrême maigreur, qui ne l'invita pas à s'asseoir et qui lui dit, d'emblée, d'une voix calme, doucereuse :

— Vous savez, bien sûr, à quoi vous expose une action de sabotage en temps de guerre ?

Étienne ne répondit pas.

— Chez nous, on fusille les traîtres. Cela me paraît justifié, non ? Qu'en pensez-vous ?

Étienne sentit qu'il devait au moins tenter de se défendre, ne pas avouer, semer le doute.

— J'ai fait une erreur, concéda-t-il. Je n'ai pas regardé le cadran de l'horloge et j'ai retiré les culasses trop tôt.

Il ajouta aussitôt, exprimant la première idée qui lui venait à l'esprit :

— J'avais la tête ailleurs et je pensais à mon pays, si loin, à ma famille qui me manquent tant.

— À votre pays, si loin, à votre famille ? reprit l'officier, de la même voix inquiétante où ne perçait nulle colère.

Il se leva alors brusquement, contourna le bureau, s'approcha d'Étienne, murmura :

— C'est normal de rêver à son pays quand on l'a quitté depuis si longtemps. Je peux comprendre ça.

— Oui, fit Étienne.

— Et d'autant plus normal, poursuivit l'officier, qu'on sait qu'en sabotant les armes, on ne le reverra jamais.

Un lourd silence tomba, de plus en plus inquiétant.

— En agissant comme vous l'avez fait, vous saviez ce que vous risquiez, n'est-ce pas ?

Il s'arrêta un instant, ajouta :

— Vous étiez pourtant un bon ouvrier.

Il agita une sonnette, fit entrer deux soldats qui encadrèrent Étienne et attendirent un ordre :

— Ce prisonnier français sera fusillé demain à l'aube, fit l'officier sans changer de ton. Conduisez-le dans la cellule destinée à ceux qui vont mourir et laissez-le seul pour sa dernière nuit.

Il soupira, sourit.

— Il pourra ainsi méditer sur sa traîtrise à l'égard d'un pays qui lui a fait confiance en mettant entre ses mains des fusils destinés à ses soldats.

Puis, avec un geste impérieux de la main :

— Demain, à l'aube ! Rompez !

Étienne n'eut ni le temps ni la force de protester, tellement la froideur implacable de l'officier l'avait saisi. Il se laissa entraîner dans un couloir sombre au bout duquel il fut poussé dans un escalier qui aboutissait dans une sorte de cave où avait été aménagée une cellule sans lumière.

— *Schweinerei !* fit l'un des soldats en le projetant d'un coup de crosse à l'intérieur.

La lourde porte se referma derrière lui, et il se retrouva dans une obscurité profonde, froide, sans le moindre bruit venant de l'extérieur, réalisant brusquement qu'il ne reverrait jamais Mélina, son fils, sa mère, Toulouse et la Garonne. Tout cela, il allait le perdre définitivement et jamais plus il ne danserait les jours de fête, jamais plus il ne serrerait dans ses bras celle qu'il connaissait depuis l'enfance, là-bas, à Montalens, et qu'il accompagnait vers l'école du village, entre les vignes et les vergers, sous le soleil dont les rayons doraient les feuilles au murmure si doux.

Il ne fut alors que colère et révolte, il se leva, se mit à frapper la porte à coups de poing et en hurlant, mais nul ne répondit. Il continua cependant un long moment, cognant de sa tête la porte qui demeurait désespérément close, jusqu'à ce que le sang coule de son front et que la douleur le contraigne à s'arrêter. Alors il se laissa glisser jusqu'au sol de ciment froid, il se recroquevilla et ne bougea plus, ne sachant plus soudain où il se trouvait ni pourquoi.

La conscience lui revint un quart d'heure plus tard, alors qu'il émergeait d'un court sommeil comateux, et la certitude de devoir mourir, de nouveau, s'insinua en lui, mais il n'avait plus assez de forces, à présent, pour se révolter. Il s'assit, le dos appuyé contre le mur très froid qui lui glaçait le sang, et il tenta de raisonner, cherchant des indices susceptibles de le rassurer : ce n'était pas possible de mourir ainsi, éloigné de tous, en Prusse-Orientale, dans la solitude d'un matin d'avril, sans que personne n'en sache rien, sans le moindre recours, par la seule volonté d'un officier allemand. Pas même un juge, pas même un tribunal, rien, personne à qui parler, devant qui se justifier, et d'ailleurs comment se justifier ? Il devait être surveillé depuis longtemps et il était tombé tout seul dans le piège qu'on lui avait tendu.

Quelques mots, dans un souffle, sortirent de sa bouche :

— Lina... Lina.

Que faisait-elle à cette heure ? Pouvait-elle deviner ce qui se passait à plus de deux mille kilomètres d'elle ? Si encore il avait pu lui écrire une lettre ! Lui dire une dernière fois à quel point il avait été heureux près d'elle et combien l'idée de ne plus la revoir le submergeait de douleur. Mais non, il n'allait pas mourir ! C'était impensable, impossible : les Allemands ne fusillaient pas les prisonniers, sans quoi il l'aurait appris, il se serait méfié. Il oscilla ainsi entre un menu espoir et la certitude de vivre ses dernières heures, et puis il s'endormit dans l'oubli provisoire de ce qui l'attendait.

Il se réveilla en sursaut à plusieurs reprises, appela Lina faiblement, puis il cria de désespoir et enfin retomba dans une hébétude que la somnolence rendait un peu moins douloureuse. Il se demanda quelle heure il pouvait bien être, mais pas la moindre lueur ne filtrait dans cette cave pour lui en donner une idée. Il pensa à Montanier et à Doussain, les appela à son secours, eux qui ne se trouvaient pas très loin de lui, puis, de nouveau, il s'endormit, l'esprit peuplé de cauchemars où erraient des hommes en armes qui tiraient sur lui et dont les balles traversaient son corps sans qu'il en ressente la blessure mortelle.

La porte s'ouvrit brusquement à six heures du matin, alors qu'il n'avait même pas entendu le bruit des bottes dans le couloir.

— *Raus ! Schnell !* hurla une voix, tandis que la lumière l'aveuglait, et qu'il réalisait que c'était bien à lui qu'elle s'adressait.

Comme il tardait à se lever, des coups de pied lui firent comprendre ce qu'on exigeait de lui, il se redressa péniblement, tituba, puis il fut poussé dans le couloir à coups de crosse et, sans qu'il ait pu esquisser un geste de refus ou prononcer le moindre mot, il se retrouva dans une petite cour entourée de hauts murs, devina la lueur rose qui s'élargissait à l'horizon, là-bas, au-dessus de la Baltique, et il comprit qu'il n'avait pas seulement fait de mauvais rêves, mais que sa vie allait s'achever là, misérablement, dans cette extrême solitude qui le glaçait autant que le froid pénétrant du matin.

D'abord les sirènes, puis le bombardement des avions alliés réveillèrent Mélina en sursaut au cours de la nuit du 5 au 6 avril. Elle se leva aussitôt, rejoignit Dolorès qui avait entendu aussi, et qui, déjà, sortait dans le jardin, derrière la maison, pour tenter de deviner quelles étaient les cibles visées par l'aviation alliée. Immobiles côte à côte, les deux femmes regardèrent un long moment les obus traçants de la DCA qui partaient dans le ciel illuminé par les projecteurs à la recherche des bombardiers ennemis : spectacle grandiose mais angoissant, digne d'un immense feu d'artifice qui dura une quinzaine de minutes puis s'éteignit aussi soudainement qu'il s'était allumé.

Frissonnantes, elles rentrèrent dans la maison où, incapables de se recoucher, elles s'assirent dans la cuisine en s'interrogeant sur les cibles qui avaient été visées. Elles ne l'apprirent précisément que le surlendemain dans *La Dépêche* : les bombes étaient tombées sur l'usine d'aviation Dewoitine, sur les bâtiments de la Société nationale de la construction aéronautique, sur ceux de Latécoère, et des Ateliers industriels de l'air. L'artillerie antiaérienne allemande avait obligé les bombardiers à larguer leur chargement à haute altitude, avec peu de précision, si bien que les victimes civiles étaient nombreuses : quatorze morts, soixante blessés, deux avions anglais abattus.

Des photos montraient les zones détruites, et la propagande de Vichy dénonçait « la sauvagerie des Alliés », en présentant ses condoléances attristées aux familles de victimes. La population, elle, était révoltée par ces bombardements meurtriers car elle n'admettait pas que les Alliés eussent recours aux bombardements des usines situées en pleine ville. Rien ne trouvait grâce à ses yeux : les civils n'avaient pas à subir les conséquences d'une situation dont ils n'étaient pas responsables.

Mélina et Dolorès, au contraire, s'en félicitaient : l'action des avions alliés à Toulouse démontrait que les Allemands ne maîtrisaient plus la situation, et que le combat engagé contre eux avait pris une nouvelle dimension. C'est à peine si Mélina songea aux Ponthier dont l'usine travaillait en sous-traitance pour la Société nationale de la construction aéronautique, mais elle en conçut une satisfaction qui avait le goût d'une délicieuse revanche.

Elle n'eut pourtant pas le loisir de s'attarder sur cet événement, car elle dut porter les messages de convocation à une réunion qui devait se tenir dans une maison située sur le quai du canal de Brienne, dans le quartier des Ponts-Jumeaux. L'homme qui lui remettait ces messages changeait chaque fois de lieu de rencontre, précisant si c'était urgent ou si elle avait un peu de temps devant elle. Il lui paraissait très prudent, et elle avait confiance en lui, mais en même temps elle se sentait de plus en plus investie d'une responsabilité qui l'oppressait. Dolorès la rassurait de son mieux, mais Mélina se demandait si elle allait être longtemps capable d'assurer les missions, de plus en plus périlleuses, que son contact lui confiait.

En allant à un nouveau rendez-vous, à la fin avril, en milieu d'après-midi, elle passa devant le 25, rue d'Alsace où se trouvait le bureau de recrutement de la Waffen-SS, qui invitait les jeunes Français à s'engager « pour combattre le bolchevisme sous l'uniforme allemand ». Elle eut une pensée pour Étienne qui, lui, n'avait pas hésité à s'engager au début de la guerre pour combattre ces mêmes Allemands, et deux larmes de rage coulèrent sur ses joues. Où était-il, Étienne, à cette heure ? Après tant de mois de séparation, est-ce qu'il pensait à elle chaque jour ? Oui, bien sûr, comment aurait-elle pu en douter ? Et cependant tout ce temps passé sans lui creusait comme un gouffre sous ses pieds, qu'il lui était de plus en plus difficile de combler. Elle en était aussi furieuse que désespérée, et elle ne trouvait de réconfort que dans son action de résistante.

Siméon l'attendait dans un petit square voisin de la gare Saint-Sernin, assis sur un banc, et elle passa devant lui sans s'arrêter, comme à chaque rendez-vous à l'extérieur, puis elle ralentit l'allure et il la dépassa en sortant du square, sans lui faire le moindre signe. Mais elle savait qu'elle devait le suivre, ce qu'elle fit en inspectant du regard les alentours, jusqu'au hall d'un immeuble où il disparut sans se retourner. Elle y pénétra à son tour, l'aperçut devant une porte du rez-de-chaussée. Il ouvrit précipitamment et la fit passer devant lui pour entrer dans un petit appartement meublé de seulement deux chaises et une table. Il lui parut tout de suite plus inquiet qu'à l'ordinaire et il ne tergiversa pas avant de lui confier :

— Nous avons un gros problème : les Anglais ont exigé le sabotage de la poudrerie de Toulouse et ils ont fixé une date butoir ; il faut qu'il soit réalisé avant le 28, faute de quoi ils bombarderont de nouveau.

Il soupira, puis ajouta d'une voix méconnaissable :

— Vous savez ce que cela signifie : des centaines de victimes civiles, comme chaque fois.

Mélina était surprise de voir cet homme d'habitude si sûr de lui, si intimidant, s'interroger sur la conduite à tenir.

— Nous sommes le 25, reprit-il. Un de nos agents doit arriver de Paris pour réaliser l'opération. Il faudrait aller l'attendre à la gare Matabiau en début de soirée et le conduire ici, où je le prendrai en charge.

Mélina se retint de demander pourquoi il n'allait pas le réceptionner lui-même : il était évident qu'il ne pouvait prendre ce risque.

— Je me charge des contacts avec les ingénieurs de l'usine, poursuivit Siméon. C'est une opération compliquée : il faut éviter de faire sauter le quartier tout entier et ne pas détruire les matériels lourds dont nous aurons sans doute besoin un jour.

Il se redressa sur sa chaise, poursuivit :

— Est-ce que vous pouvez être à la gare à six heures ? Il faut retrouver ce contact sur le quai et le faire sortir par l'entrepôt, surtout pas par le hall, où les patrouilles sont de plus en plus nombreuses. L'agent FTP de la Compagnie est prévenu. Il vous attendra à l'extrémité du quai numéro 1, cinquante mètres à gauche après le hall.

Il s'arrêta un instant et, craignant peut-être un refus de Mélina, reprit :

— C'est important. Il s'agit de sauver des centaines de vies.

— J'irai, dit Mélina, sans une hésitation.

Elle ajouta, surprise de sa propre détermination :

— Je vous l'amènerai.

— Merci. Je savais que je pouvais compter sur vous. C'est un homme d'une cinquantaine d'années, très grand, il aura un pardessus vert, un chapeau de la même couleur et il portera sous son bras, devant sa poitrine, un cartable en cuir jaune. Vous lui direz : « Il est amer et doux… », et il vous répondra : « … pendant les nuits d'hiver ».

Il parut réfléchir, demanda encore :

— Vous savez où nous sommes ici ?

— Oui. J'ai eu le temps de voir le nom de la rue.

— C'est le numéro 26. Il ne figure pas sur la porte d'entrée, mais vous auriez reconnu l'immeuble, je pense ?

— Oui.

— Le mieux est que vous partiez dès maintenant. Vous n'avez plus qu'une heure devant vous.

Il se leva, l'invitant à faire de même :

— Merci encore. Soyez prudente.

Il lui serra la main et elle s'en alla, inquiète de se trouver dans cette rue du centre-ville où elle se rendait rarement, et où tous les passants qui la croisaient paraissaient, lui semblait-il, la dévisager comme si elle était coupable des pires méfaits. Fidèle à son habitude, elle se retourna à plusieurs reprises, fit plusieurs fois l'aller-retour entre la rue Bayard et la rue Denfert-Rochereau et, comme l'heure approchait, elle se dirigea vers la gare Matabiau toujours avec beaucoup de précautions.

Quand elle se décida enfin à entrer dans le hall, elle remarqua une patrouille de deux policiers français qu'elle évita soigneusement, avant de se faufiler vers le quai numéro 1 où, à son grand soulagement, elle n'aperçut aucun soldat ni aucun milicien. En revanche, une trentaine d'hommes et de femmes patientaient, faisant les cent pas en attendant l'arrivée du train de Paris.

Celui-ci s'annonça dans un grincement de mâchoires d'acier, avant de s'immobiliser dans un nuage de vapeur libéré par le mécanicien. Des portes s'ouvrirent et laissèrent couler sur le quai des voyageurs encombrés de bagages divers, cherchant du regard un proche ou une connaissance. D'abord Mélina n'aperçut pas l'homme décrit par Siméon, puis elle le reconnut derrière deux jeunes femmes, agissant comme s'il les connaissait et avait voyagé en leur compagnie. Elle n'eut pas une hésitation et se précipita : il ne fallait surtout pas qu'il pénètre dans le hall. Aussi s'empressa-t-elle de mettre ses pas dans les siens et, une fois à sa hauteur de dire, assez fort pour qu'il l'entende malgré le bruit :

— Il est amer et doux…

Il s'arrêta, la dévisagea un court instant, comme s'il était surpris, murmura :

— Pendant les nuits d'hiver…

— Venez ! fit-elle. Suivez-moi !

Elle se remit à marcher sans plus s'occuper de lui, mais il la rejoignit et, d'une manière naturelle, lui prit le bras.

— Excusez-moi, dit-il, mais c'est mieux ainsi.

À hauteur du hall, il esquissa un pas vers la gauche, mais elle le retint en soufflant :

— Non. Pas par là. Plus loin.

Elle marchait de plus en plus vite sans s'en rendre compte, et ce fut lui qui la retint légèrement, mais sans prononcer un mot. Alors qu'elle se demandait où se trouvait l'entrée du dépôt, une porte s'ouvrit à vingt mètres devant elle, et un cheminot vêtu de bleu, avec sa casquette à visière, apparut brusquement et fit un signe de la main. Il salua de la tête quand Mélina et l'homme venu de Paris le rejoignirent, et il s'effaça vers l'intérieur d'un couloir pour les inviter à entrer. Trois minutes plus tard, ils ressortaient dans la rue Matabiau, bien au-delà de la rue Bayard qui faisait face à l'entrée de la gare. Ils s'étaient ainsi rapprochés du quartier de la basilique Saint-Sernin et donc du 26 de la rue des Quêteurs où aurait lieu le rendez-vous.

— Merci ! dit l'homme une fois qu'ils se furent éloignés de la gare.

Et il demanda, mais sans la moindre inquiétude dans la voix :

— Nous allons loin ?

— Non ! Nous y serons dans dix minutes.

L'homme lui lâcha le bras, et elle en conçut comme un regret : cette force contre elle la rassurait, car elle devinait que cet homme-là n'avait peur de rien. Il devait être habitué à la clandestinité et à l'action. C'est ce que lui confirmèrent leurs retrouvailles avec Siméon, une fois qu'ils eurent gagné la rue des Quêteurs sans encombre, car les deux hommes se donnèrent une accolade fraternelle, comme s'ils se connaissaient depuis longtemps. Puis Siméon remercia Mélina en disant :

— Ne vous attardez pas. Ce n'est pas la peine.

Il lui serra la main, puis le voyageur de Paris fit de même.

— Merci, dit-il. Soyez prudente.

Elle ressortit, prit la direction des Minimes en s'efforçant de marcher doucement, jusqu'à la station de tramway. La rue était paisible, il faisait beau, en cette fin avril, et les arbres du canal du Midi commençaient à mettre leurs bourgeons du printemps. Il sembla alors à Mélina que, malgré les dangers qu'elle courait, les menaces s'étaient éloignées d'elle, et qu'il ne pouvait rien lui arriver de grave, protégée comme elle l'était par ces hommes dont la force et le courage l'impressionnaient chaque jour davantage.

Chaque nuit avant de s'endormir, Étienne revivait son entrée dans la petite cour où il allait être fusillé, et il ressentait la même impression d'anéantissement, de désespoir sans fond dans lesquels il avait sombré, ce matin-là, devant les soldats alignés, l'arme à la main, avant que ne surgisse l'officier qui l'avait interrogé la veille, s'interposant entre lui et les feldgraus prêts à faire feu :

— Le commandant Stammer, qui a été prévenu de vos agissements, a exigé que je vous remette à lui. Réglementairement, c'est de lui que vous dépendez. Je ne peux donc que m'incliner, avec regret, soyez-en sûr.

Il avait ajouté, s'approchant d'Étienne que ses jambes portaient à peine :

— Je pense que cette dernière nuit vous servira de leçon !

Étienne n'avait pas répondu.

— Quant au commandant Stammer, il s'est engagé devant moi à exercer à votre égard les représailles les plus appropriées à votre crime, et je suis certain qu'il tiendra parole.

Son regard s'était figé dans celui d'Étienne avec insistance, puis il avait levé un bras, donné un ordre en allemand, appelant deux soldats qui avaient dû soutenir Étienne pour retraverser la cour qu'il avait cru être le dernier endroit qu'il aurait connu dans sa vie. Après quoi, sans même lui donner à manger, ils l'avaient conduit vers la gare, puis ils l'avaient escorté jusqu'au camp dirigé par le commandant Stammer. Celui-ci s'était montré si furieux qu'Étienne avait cru qu'il allait le faire abattre sur place.

— Quelques mois avec les prisonniers russes vous feront réfléchir sur la gravité de vos agissements, avait-il décrété au terme de trente secondes qui avaient duré pour Étienne une éternité. Eux sont habitués au froid et à la neige. Vous un peu moins, je suppose.

Il avait ajouté, avec un rictus de satisfaction :

— Vous partez sur-le-champ !

Et, avant que son prisonnier ne disparaisse :

— J'espère bien ne jamais vous revoir !

Étienne se demandait encore, en cette fin avril, comment il avait trouvé la force de franchir les kilomètres qui le séparaient du kommando numéro 4, alors qu'il n'avait pas mangé depuis la veille à midi et que les rafales de neige mêlée de sable semblaient vouloir interdire le passage aux deux feldgraus et à lui-même, courbés presque jusqu'à terre pour ne pas être aveuglés. Comment ne s'étaient-ils pas perdus, dans cette immensité marécageuse que, seuls, de loin en loin, des bouquets de bouleaux paraissaient surveiller, pareils à des sentinelles fantomatiques et inquiétantes ?

Ils étaient heureusement arrivés peu avant la nuit, l'un des feldgraus étant habitué à ces trajets entre le camp et le kommando numéro 4. Là, à la lisière de la forêt, les tentes qu'Étienne avait connues avec Doussain et Montanier avaient été remplacées par des cabanes en bois qui servaient d'abris aux prisonniers russes pendant la nuit. Étienne avait reçu une boule de pain avant d'être dirigé vers la plus proche, où quatre prisonniers ne s'attendaient pas à voir arriver un cinquième homme. Il avait partagé avec eux le pain précieux, ce qui avait augmenté la part qui leur était destinée chaque soir, et l'avait fait accepter par ces hommes squelettiques, durs au mal, aux yeux fiévreux, parmi lesquels se trouvait Vladimir, celui qu'Étienne avait côtoyé lors de son premier séjour.

Puis, sans un mot, les prisonniers s'étaient allongés les uns contre les autres pour se tenir chaud le plus possible, et Étienne les avait rejoints sur la bâche qui était étendue à même le sol. Le vent, le sable et la neige crépitaient au-dehors contre les planches, mais les hommes, épuisés, ne les entendaient même pas : ils avaient sombré dans un lourd sommeil où leur fatigue continuait de peser dans leurs membres perclus de douleur.

Ainsi avait commencé pour Étienne une nouvelle vie qui s'apparentait plutôt à de la survie. Dès six heures, en effet, les prisonniers étaient réveillés pour marcher jusqu'au chantier de coupe dans la forêt, et là, il fallait abattre les troncs, les ébrancher, les scier en rondins, puis les acheminer vers une laie éloignée d'un kilomètre où des camions viendraient les chercher au printemps, quand la neige aurait fondu.

Heureusement, début mai, le froid déclina subitement en quelques jours, et malgré son immense fatigue, Étienne reprit espoir : en hiver, il serait sans doute mort, mais avec les beaux jours il allait peut-être en réchapper. Ce qui l'étonnait le plus, c'était la résistance des Russes qui n'ébauchaient jamais aucun geste inutile, ne parlaient pas, paraissaient mobiliser leurs plus extrêmes forces pour survivre. Et ils y parvenaient, bien qu'ils eussent passé tous les mois d'hiver dans ce kommando mortel.

Le 10 mai, alors qu'Étienne rentrait au camp, il eut l'agréable surprise de découvrir Doussain qui l'étreignit en disant :

— J'étais sûr que tu étais là. Mais je ne suis pas fou : j'ai attendu que la neige fonde pour te rejoindre.

— Et Montanier ? l'interrogea Étienne.

— Il est mort.

Aussi émus l'un que l'autre, ils demeurèrent silencieux un moment, puis Étienne demanda :

— À l'infirmerie ?

— Oui. Ils l'y ont laissé, mais il était trop faible. Une pneumonie l'a emporté avant-hier. Alors j'ai insulté Stammer le lendemain matin, à l'appel, dans la cour, devant tous les prisonniers.

Il ajouta, comme s'il s'agissait là d'une évidence :

— C'était le seul moyen de te retrouver.

— C'est dur, ici, fit Étienne.

— Je m'en fous ! Le froid s'en va et je ne pouvais plus rester seul.

Et, comme Étienne ne savait comment le remercier :

— T'inquiète pas ! On va s'en sortir. Comme les Ivans !

Durant les heures qui suivirent, Doussain fit part à Étienne des nouvelles venues de France : selon lui, les schleus étaient au bout du rouleau, ils reculaient même en URSS, et les Alliés bombardaient de plus en plus les villes allemandes.

— On arrive au fond du tunnel, mon pote, conclut-il, il faut serrer les dents et tenir le coup !

C'était plus facile à dire qu'à faire : Doussain s'en aperçut dès le premier jour, quand il voulut discuter avec Étienne en travaillant et qu'il reçut des coups de matraque qui le laissèrent assommé, incapable de se relever pendant de longues minutes, malgré les coups de pied qui l'y exhortaient. Ensuite, ils furent affectés à la tâche la plus épuisante : transporter les rondins vers la laie, au seul moyen d'un brancard fabriqué avec deux grosses branches que tenait chacun d'eux à une extrémité, et cela sans pouvoir s'adresser la parole. Doussain avait compris que le silence était la règle, qu'il ne fallait surtout pas se faire remarquer, que leur survie dépendait d'une soumission de tous les instants, chaque minute gagnée les rapprochant des beaux jours et, espéraient-ils, d'un retour au camp de base si le commandant Stammer décidait que les représailles avaient assez duré. Ils n'y croyaient pas beaucoup, mais ils se disaient qu'une nouvelle inspection des camps de prisonniers l'y contraindrait peut-être. En attendant, le printemps qui s'installait chaque jour davantage les aidait à espérer : ils avaient au moins cinq mois devant eux avant que les froidures ne viennent de nouveau balayer par leurs rafales de sable et de neige ces rivages inhospitaliers.

Réveillée en sursaut par les bombes dans la nuit du 1er au 2 mai, Mélina ne comprit pas pourquoi les Anglais bombardaient la poudrerie alors qu'elle savait par Siméon, rencontré le 30 avril, que le sabotage avait été effectué dans la nuit du 27 au 28. En compagnie de Dolorès, elle regarda un long moment, comme en avril, les obus traçants de la DCA chercher les bombardiers dans le ciel illuminé par le faisceau des projecteurs, puis elles rentrèrent en se demandant ce qui n'avait pas fonctionné entre la Résistance et les Anglais.

— Ils ont sans doute été prévenus trop tard, conclut Dolorès.

— Ou alors ils n'ont pas cru que le sabotage avait réussi, soupira Mélina avec amertume.

Le résultat, constaté dans *La Dépêche* le surlendemain, fut de quarante-sept morts et soixante-cinq blessés parmi la population civile : bien plus que la première fois. Et pourtant Siméon avait été formel : l'équipe de sabotage avait ligoté les gardiens avec des fils de téléphone, puis elle avait gagné l'atelier où se trouvaient les filières de platine indispensables à la fabrication des fibres de nitrocellulose et les avait détruites avec des charges d'explosifs soigneusement dosées. La production avait été rendue impossible, mais aucune machine n'avait été endommagée. Une réussite parfaite.

Siméon, lui non plus, ne décolérait pas. Il avait questionné le saboteur venu de Paris que Mélina était allée chercher à la gare, mais il n'avait pas d'explications lui non plus. Il se cachait à Toulouse, car il n'était pas question de reprendre un train, la gare étant surveillée en permanence par des patrouilles de plus en plus nombreuses.

— Soyez très prudente, avait recommandé Siméon à Mélina le 3 mai. Ce sabotage les a rendus fous.

Et il avait ajouté, avant qu'elle ne reparte :

— Nous ne nous reverrons pas avant huit jours, le temps que tout cela se calme un peu. Venez le 11, à dix heures, à l'adresse que vous connaissez. Ce n'est pas la peine de se retrouver au square. Moins on se voit à l'extérieur et mieux ça vaut. Vérifiez que vous n'êtes pas suivie en faisant deux fois le tour par la rue des Quêteurs et la rue d'Embarthe.

Mélina n'était pas inquiète, ce matin-là, en se dirigeant vers le quartier Saint-Sernin où le soleil éclairait la ville d'une lumière neuve, donnant aux passants qui circulaient sur les trottoirs l'illusion d'un bonheur possible. Elle-même se sentait légère, presque heureuse, touchée par le bien-être dispensé par ce printemps qui, lui semblait-il, annonçait une autre victoire que celle d'un magnifique soleil.

On eût dit que la guerre s'était éloignée, que les soldats et les miliciens avaient disparu, et une sorte de trêve paraissait régner dans les rues apparemment désertées par la peur. Au point que Mélina, sans la moindre appréhension, fit seulement un tour des rues avoisinantes, avant de s'engager dans la rue des Quêteurs, déserte, elle aussi, et inondée d'une lumière de premier jour du monde. Elle approcha sans crainte du 26, regarda encore une fois derrière elle, poussa la porte du hall, suivit le couloir du rez-de-chaussée jusqu'à l'appartement où elle frappa deux coups, puis un troisième après quelques secondes, comme convenu avec Siméon, et quand la porte s'ouvrit brusquement, elle ne comprit pas sur l'instant, dans son effarement, pourquoi Siméon était assis sur une chaise et ne se levait pas pour l'accueillir. Ce fut seulement à l'intérieur, après avoir été violemment poussée dans le dos, face aux uniformes de la Gestapo, qu'elle réalisa ce qui se passait.

Ils étaient quatre : deux miliciens et deux membres de la Gestapo qui la dévisageaient avec une sorte de mépris haineux, tandis que, immobile, près de tomber tellement ses jambes s'étaient mises à trembler, elle découvrait le sang sur la chemise de Siméon qui gardait la tête baissée. Que s'était-il passé ? Par qui avaient-ils été trahis ? Elle n'eut pas le temps de s'interroger davantage, car l'un des miliciens lui rabattit les bras dans le dos et la fit s'approcher de Siméon, qu'un des Allemands forçait à relever la tête en lui tirant les cheveux en arrière.

— Vous la connaissez ? Comment s'appelle-t-elle ?

Siméon fit un signe négatif, murmura :

— Je ne la connais pas. Je ne l'ai jamais vue.

Il reçut une violente gifle du revers de la main, mais ne laissa pas échapper le moindre gémissement. L'officier allemand fit alors face à Mélina et demanda :

— Depuis combien de temps travaillez-vous avec ce terroriste ?

Elle avala difficilement sa salive, souffla d'une voix à peine perceptible :

— Je ne le connais pas.

— Alors que veniez-vous faire ici ?

— Je... je venais chercher des légumes qu'un ami de la campagne livre pour moi.

— Comment s'appelle-t-il ?

— Étienne, dit-elle sans réfléchir, utilisant le premier nom qui lui venait à l'esprit.

Elle se retrouva à terre, à moitié assommée, sans comprendre qu'elle venait d'être frappée. L'un des miliciens l'aida à se relever et la maintint debout, les bras toujours repliés dans le dos. L'officier de la Gestapo se retourna vers Siméon et demanda, après avoir consulté un carnet que Mélina n'avait d'abord pas remarqué :

— C'est Madeleine ?

Siméon laissa passer quelques secondes avant de répondre :

— Je ne sais pas. Je ne la connais pas.

L'officier se pencha de nouveau sur lui, répéta sa question :

— C'est bien Madeleine ?

— Je ne l'ai jamais vue.

Alors que Mélina s'attendait à voir Siméon être frappé de nouveau, l'officier revint vers elle, approcha son visage du sien, et dit, d'une voix vibrant d'une colère contenue :

— De toute façon, vous parlerez l'un et l'autre. Un peu plus tôt, un peu plus tard, vous parlerez.

Et il hurla brusquement, tout contre Mélina qui sursauta :

— Vous m'entendez ? Vous parlerez !

Puis il s'écarta, donna un ordre en allemand et, paraissant se désintéresser des prisonniers, il disparut dans le couloir. Siméon et Mélina, contraints de se lever, le retrouvèrent dans le hall où il discutait avec des Waffen-SS qui venaient de perquisitionner dans les étages. Mélina se reprocha de ne pas s'être rendu compte, avant d'entrer dans l'immeuble, à quel point il était surveillé. Le piège avait été soigneusement tendu, ce qui prouvait que la Gestapo possédait tous les renseignements nécessaires. Mais par qui ? Quel était ce carnet que l'officier tenait toujours dans sa main droite, l'agitant devant lui comme une preuve incontestable de leur culpabilité ? Qui les avait trahis ?

Sa réflexion fut brusquement interrompue par l'arrivée de deux Tractions, qui ne devaient pas être stationnées très loin, et dont elle se demanda pourquoi elle ne les avait pas remarquées en arrivant. Toutes ces questions tournèrent dans sa tête, tandis que, séparée de Siméon, elle regardait à travers la vitre de la voiture le monde qui n'était déjà plus le sien : c'était cette sensation-là qui l'effrayait le plus, les passants lui demeuraient étrangers, lointains, et même le soleil de ce matin de mai ne lui était plus secourable.

Elle était assise entre deux soldats et ne bougeait pas, cherchant à deviner ce qui l'attendait et repoussant la pensée des siens : Étienne, Marie, son fils, comme pour les éloigner d'elle qui se trouvait en danger. La Traction roula un moment et elle reconnut la place Wilson, le café où ils s'étaient retrouvés quelquefois avec Étienne, puis elle emprunta les larges avenues qui menaient vers le quartier de la prison Saint-Michel que Mélina connaissait pour y être allée lors de l'arrestation de Marie. La voiture longea un long mur gris, tourna à droite, pénétra sous une voûte et s'arrêta dans la cour.

Elle fut poussée hors de la Traction par ses deux gardiens, puis conduite à l'intérieur d'un hall immense au tapis couleur bordeaux, enfin dans un large couloir qui courait entre des portes à guichet et, alors qu'elle s'attendait à être interrogée, elle fut introduite dans la dernière cellule à l'extrémité du couloir, où se trouvaient six prisonnières qui la regardèrent entrer sans se lever de leur paillasse, à part une, qui lui serra la main en disant :

— Je m'appelle Hélène. Je vais te faire une petite place.

Pour Mélina, c'était comme si elle demeurait extérieure à ce qu'elle vivait. Les événements qui s'étaient précipités depuis une heure la laissaient incrédule, vaguement consciente de la réalité, pas du tout certaine de se trouver prisonnière de la Gestapo, ce qu'elle avait pourtant tellement redouté.

— Je suis la responsable de la chambrée, dit Hélène. La consigne est de ne pas trop parler de ce qu'on a fait.

Puis elle présenta en les désignant de la main celles qui étaient présentes : Lucienne, Yvonne, Laure, Aline, et la dernière, appelée Mariette, qui demeurait allongée et gémissante.

— Elle a été interrogée cet après-midi, souffla Hélène.

Mélina se pencha vers la gisante, vit le sang sur son visage, sur ses mains, ses jambes, et un grand froid pénétra en elle, la faisant trembler de tous ses membres.

— Viens ! dit Hélène. Ne t'inquiète pas : tu ne risques rien avant plusieurs jours. Ils prennent toujours le temps de recouper leurs informations.

Mélina s'allongea sur la paillasse désignée par Hélène et se recroquevilla en chien de fusil, comme lorsqu'elle était enfant et que la peur venait la saisir dans sa chambre à l'idée qu'un jour la Garonne allait monter et dévaster les terres et sa maison.

11

Une semaine avait passé dans la cellule où Mélina partageait la vie des six prisonnières, et elle avait été interrogée une fois, trois jours après son arrestation. Elle ne pouvait se délivrer de ce souvenir qui la hantait jour et nuit, depuis le moment où un gardien était passé dans l'après-midi et avait annoncé : « Combanel, six heures ! », jusqu'à son retour dans la cellule où Hélène s'était précipitée vers elle pour l'aider à s'allonger. Six heures, toutes les détenues le savaient, c'était l'heure de l'interrogatoire de la Gestapo.

— Si tu ne peux pas tenir, lui avait dit Hélène, lâche quelques informations, mais l'une après l'autre, jamais toutes à la fois.

Elle avait ajouté, tandis que Mélina la dévisageait, déjà horrifiée à l'idée de ce qui l'attendait :

— Il faut leur faire croire qu'ils ont tout obtenu de toi, que tu ne sais plus rien. Si ça dure longtemps, ils en seront convaincus.

Puis Hélène lui avait expliqué de quelle manière se comporter, se protéger, mais comment imaginer l'inimaginable ? Et comment savoir ce que l'on est capable de supporter avant de l'avoir vécu ? Déjà, quand la porte s'était ouverte, ses jambes la portaient à peine, et il avait fallu qu'Hélène lui prenne la main pour la faire se lever. Le gardien l'avait violemment saisie par le bras, tandis que la pensée d'Étienne venait accaparer son esprit mais, une nouvelle fois, Mélina l'avait repoussée, comme pour l'éloigner du danger qu'elle courait. Elle préféra s'en remettre à celle d'Henri, qui lui, peut-être, était capable de voler à son secours comme il l'avait fait pour Marie en pareilles circonstances : Henri personnifiait la force, le courage et la victoire, il ne la laisserait pas seule, il l'aiderait – du moins elle l'espérait.

C'est avec cette sensation de présence secourable qu'elle avait pénétré dans une immense pièce où régnait un tintamarre assourdissant provoqué par un soldat qui frappait régulièrement avec un marteau sur une tôle en fer-blanc, afin de couvrir les hurlements de ceux qui étaient interrogés. Mélina l'avait compris quand, par une porte ouverte, d'un bref regard elle avait aperçu un homme, le visage en sang, qui criait chaque fois qu'il recevait les coups savamment dosés de ses tourmenteurs. À côté de lui, une femme assise sur une chaise, les bras emprisonnés, les yeux clos, gémissait en balançant sa tête blonde de droite à gauche, mécaniquement. Mélina avait senti ses jambes fléchir, cru qu'elle allait tomber, mais le gardien qui la maintenait avait l'habitude, et sa poigne s'était affermie sur son bras.

Une porte s'était ouverte sur une pièce très petite à l'intérieur de laquelle un homme était assis, les bras ramenés dans le dos, du sang coulant de sa bouche, le visage tuméfié. Mélina avait reconnu avec stupeur le résistant venu de Paris pour le sabotage et qui, alors, lui avait paru si fort, assurément invincible. Elle avait été forcée de s'arrêter devant lui, qui n'avait pas croisé son regard, pas même quand l'officier de la Gestapo qui menait l'interrogatoire avait demandé, après avoir feuilleté un carnet de couleur ocre :

— Vous la connaissez ?

Le regard sombre et dur du Parisien était passé sur elle, mais sans s'y arrêter.

— Non !

— Allons donc ! Elle figure sur votre carnet sous le nom de code Madeleine.

— Je ne l'ai jamais vue.

L'officier, un homme grand et sec, aux pommettes saillantes, aux yeux gris-bleu, s'était tourné vers Mélina et lui avait posé la même question :

— Vous le connaissez, n'est-ce pas, puisque vous travaillez pour lui ?

Un faible « non » était sorti de la bouche de Mélina, provoquant l'exaspération de l'officier qui avait fait un signe de la main à destination de son adjoint. Celui-ci avait forcé Mélina à se lever, et l'avait conduite devant une baignoire qu'elle avait découverte juste à ce moment-là, prenant conscience du fait qu'elle se trouvait dans une sorte de salle de bains. Prise de panique, elle s'était débattue, mais l'homme la tenait bien et, déjà, l'obligeait à s'incliner vers l'eau de la baignoire remplie à ras bord. C'est alors qu'une voix s'était élevée derrière elle :

— Je la connais. C'est Madeleine. Laissez-la ! Elle ne sait rien. Elle portait les messages, c'est tout.

Après un bref silence, l'officier avait fait un geste et son gardien avait ramené Mélina devant le Parisien en demandant une nouvelle fois :

— Vous savez qui il est ?

Elle avait cru deviner un signe de tête du saboteur et s'était sentie autorisée à répondre « oui ».

— Combien de fois l'avez-vous vu ?

Elle avait hésité, repris :

— Deux fois.

— Où ?

— Là où j'ai été arrêtée. Au 26, rue des Quêteurs.

L'officier s'était approché de Mélina et avait demandé de nouveau :

— Et Siméon ?

Mélina avait cherché le regard du Parisien, et il ne s'était pas dérobé.

— Elle le connaît, avait-il dit. C'est lui qui lui remettait les messages.

Elle avait alors compris que ce résistant avait mesuré les aveux qu'il devait faire, mais qu'il avait aussi décidé de la protéger, sans doute parce qu'il se sentait coupable d'avoir consigné tant d'informations dans son carnet, au mépris de toutes les recommandations de prudence. Savait-il qu'elle avait aussi côtoyé Henri, alias Oural, et le colonel FFI responsable de toute la région du Sud-Ouest ? Sans doute pas, mais il s'était probablement fixé une limite à ne pas franchir, et pour le moment il était resté en deçà. Au-delà de cette concession, que se passerait-il ?

— C'est à elle que je pose les questions ! avait hurlé le gestapiste. Pas à vous.

Et il s'était de nouveau tourné vers Mélina :

— Siméon, vous le connaissez ?

— Oui. Il me remettait les messages au 26, rue des Quêteurs.

— Ces messages, vous les portiez où ?

Elle avait paniqué puis, comme l'officier faisait un signe en direction de la baignoire, elle avait donné des adresses de rues connues d'elle, au hasard de sa mémoire, très vite : route de Narbonne, rue Saint-Joseph dans le quartier du Busca, rue du cimetière de Terre-Cabade et, dans une illumination soudaine : avenue Latécoère, à Ramonville, où elle avait été gouvernante chez la famille Ponthier, qui travaillait pour les chantiers de l'aviation.

Cette révélation avait fait sursauter l'officier qui avait froncé les sourcils, comme si ce nom évoquait pour lui quelque chose, puis il avait dit d'une voix un peu moins menaçante :

— Nous allons vérifier tout ça.

Et, son regard glacé traversant Mélina :

— Ramenez-la dans sa cellule.

Puis, avec un rictus haineux :

— Je n'ai pas encore fini avec l'autre.

Elle n'avait pas osé lever les yeux vers le Parisien, en songeant que ses dernières révélations étaient peut-être venues jeter le trouble dans son esprit. Elle s'était retrouvée dans le couloir toujours maintenue par son gardien, en se demandant si elle n'avait pas fait preuve de lâcheté, mais elle s'était rassurée en pensant aux mouvements de tête approbateurs du saboteur, et elle avait retraversé la grande salle où un soldat tapait toujours furieusement sur sa plaque de tôle, avant de remonter l'escalier en direction de sa cellule où Hélène l'avait serrée dans ses bras, en murmurant :

— C'est fini... C'est fini...

Personne ne lui avait posé de questions, mais, pendant les jours qui avaient suivi, elle s'était aperçue que les prisonnières se méfiaient d'elle et avait fini par comprendre pourquoi : ni son visage ni son corps ne portaient la moindre plaie ni la moindre blessure. C'est donc qu'elle avait parlé ou alors qu'elle avait été retournée, afin d'espionner ses compagnes d'infortune. Seule Hélène ne se comportait pas différemment vis-à-vis d'elle, mais les regards de ses compagnes, parfois, mettaient Mélina si mal à l'aise qu'elle en vint à souhaiter un deuxième interrogatoire qui montrerait à toutes à quel point elle demeurait suspecte et partageait leur sort.

Avec le mois de mai, le grand froid avait quitté définitivement le camp de représailles où Étienne et Doussain travaillaient en compagnie des Russes dans des conditions devenues supportables. Les bouleaux commençaient à se couvrir de feuilles minuscules et l'air, par moments, charriait des souffles presque tièdes venus du sud, et non plus de la Baltique, dont les canaux dégelaient. Les hommes ne souffraient plus que du manque de nourriture, car les colis n'arrivaient pas dans ce camp où les contacts avec le kommando de base n'existaient pas.

Étienne et Doussain furent donc très étonnés quand, le 18 mai, deux feldgraus vinrent les chercher en début d'après-midi pour les ramener au camp, sur les instructions du capitaine Stammer. À peine y furent-ils arrivés que celui-ci les convoqua pour leur apprendre, avec une contrariété évidente, qu'ils étaient provisoirement réaffectés au camp numéro 1.

— Ne vous croyez pas quittes pour autant ! ajouta-t-il. La neige retombera un jour.

Ils comprirent à quoi ils devaient cette mansuétude dès le lendemain, quand le commandant rassembla tous les prisonniers sur l'esplanade pour leur annoncer qu'une nouvelle commission d'inspection des camps arriverait avant trois jours et qu'il convenait, comme à chacune de ses visites, de nettoyer les latrines, les baraques, la cuisine et les allées souillées par la neige.

Étienne, qui avait maigri de cinq kilos, comptait bien profiter de cette occasion pour révéler l'existence du camp numéro 4 aux membres de la commission, ainsi que le sort qui était réservé par Stammer aux prisonniers russes. Doussain tenta de l'en dissuader en disant :

— Pense d'abord à toi. Tu es maigre comme un piquet et tu as les mains couvertes de plaies.

— Il faut à tout prix les alerter sur ce qui se passe là-bas. Personne ne peut être traité comme le sont ces malheureux.

— Ces malheureux dont nous sommes, je te le rappelle. Si tu parles, tu peux être sûr que Stammer nous y renverra l'hiver prochain.

— L'hiver prochain, l'Allemagne aura perdu la guerre.

— Compte là-dessus ! On n'entend même plus parler des avions des tommies depuis quelque temps. Et je tiens pas du tout à passer un autre hiver dans la toundra avec les Ivans. Tu sais aussi bien que moi que nous n'y survivrons pas.

— De toute façon, quoi qu'on fasse, Stammer nous y renverra. J'en suis certain.

— C'est pas la peine de le provoquer une nouvelle fois. Il est assez remonté comme ça !

Ils restèrent sur ce différend, si bien qu'Étienne hésita, le moment venu, devant le médecin-major allemand et le vieux Norvégien de plus en plus décati qui dirigeait la commission, à dévoiler ce qu'il avait envisagé. Mais il y avait une telle différence entre son état de santé et celui des autres prisonniers que le médecin-major lui en demanda les raisons. Alors, autant pour se protéger que pour sauver ces prisonniers russes qui l'avaient accepté, réchauffé, aidé, encouragé pendant les longs jours de son calvaire en hiver, il parla, révélant l'existence du camp numéro 4, devant le major et le Norvégien stupéfaits.

Les conséquences de cette imprudence furent bien différentes de ce qu'il avait espéré : rendu furieux par les demandes d'explications des membres de la commission, Stammer, d'abord, leur déclara qu'Étienne et Doussain étaient des prisonniers qui avaient saboté les armes destinées aux soldats allemands – d'où leurs conditions d'existence plus rudes que celles des autres –, et qu'on ne pouvait donc accorder aucun crédit à leurs paroles. Puis, comme le major et le Norvégien insistaient, il leur avait proposé de leur faire visiter la région pour leur démontrer que ce camp n'existait pas. Les deux hommes avaient accepté et, conduits par deux feldgraus qui s'étaient volontairement égarés à plusieurs reprises, ils avaient fini par renoncer à leur inspection, épuisés, d'autant que d'autres camps requéraient leur visite.

Ils repartirent donc trois jours plus tard, si bien qu'Étienne et Doussain se retrouvèrent seuls face à la colère de Stammer, qui ne tarda pas à les convoquer pour leur annoncer que leur châtiment serait à la mesure de leur trahison.

— Profitez bien de ce printemps ! leur dit-il. Vous ne reverrez pas le prochain.

Il ajouta, souriant :

— Vous repartez demain voir vos amis russes.

Le soir même, Doussain déclara à Étienne :

— On ne va pas attendre d'être congelés par ce fou furieux. Il faut s'évader.

— J'ai déjà essayé plusieurs fois, et chaque fois j'ai été repris, observa Étienne, sceptique.

— Tu préfères attendre de mourir de froid ?

— Non.

— Alors ? Profitons des beaux jours, après il sera trop tard.

— Mais où aller ? On n'a aucune carte, on ne connaît pas la région.

Doussain réfléchit un instant et reprit :

— La seule solution, c'est Königsberg. On sait comment s'y rendre. Et puis la ville est grande.

— Tu as raison, fit Étienne. Il faut essayer.

— On s'enfuira dès qu'on sera revenus chez les Ivans. Il n'y a pas de barbelés, et les deux sentinelles de nuit dorment le plus souvent, tellement elles se saoulent à la vodka.

— Oui, approuva Étienne, il ne faut pas attendre. Les beaux jours ne durent pas longtemps et on ne sait jamais ce que Stammer peut imaginer.

Doussain lui tendit sa main, qu'Étienne serra afin de sceller ce nouveau pacte qui allait les unir une fois de plus malgré le danger.

Les nouvelles allaient vite dans la prison Saint-Michel, grâce au « téléphone mural » qui permettait aux prisonnières de communiquer entre elles. Hélène tapait contre le mur, ouvrait entre deux briques l'orifice qui avait été colmaté avec du papier, y collait son oreille, et discutait avec la responsable de la cellule voisine de ce qu'elles avaient appris depuis la veille au sujet de la guerre mais surtout du convoi qui, chaque mois, conduisait des prisonnières vers une destination inconnue. C'était le sort de celles qui avaient parlé, et dont la Gestapo n'avait plus rien à apprendre.

Mélina avait été interrogée une deuxième fois et s'était trouvée face à Siméon, ou plutôt face au fantôme de Siméon qui avait été terriblement torturé et dont le visage, méconnaissable, n'était plus qu'une plaie. Elle avait avoué le connaître : c'était lui qui lui remettait les messages, rue des Quêteurs. Elle n'avait pas eu en cela l'impression de trahir qui que ce soit, puisqu'elle avait déjà avoué lors de l'interrogatoire précédent, avec l'acquiescement du Parisien.

— Nous nous reverrons dans quelques jours, lui avait dit l'officier de la Gestapo en la faisant reconduire dans sa cellule.

Depuis lors, elle redoutait de se voir rappeler par le gardien qui, chaque jour en début d'après-midi, passait pour annoncer quelle serait la prochaine victime des interrogatoires. Le pire était de voir revenir celles qui venaient de les subir. Couvertes de sang, tremblant de la tête aux pieds, esquissant encore des gestes puérils et inutiles de défense en agitant leurs mains, elles se laissaient allonger sur leurs paillasses et, entourées de leurs compagnes d'infortune, elles gémissaient doucement, incapables d'évoquer ce qu'elles avaient vécu. Hélène caressait leurs cheveux, nettoyait leurs plaies, murmurait des mots de réconfort, mais ce fut elle qui revint un soir défigurée, les jambes et le buste en sang, et Mélina la prit dans ses bras.

Elle sentait que l'étau se refermait peu à peu sur elle et songeait aux dernières menaces qu'avait proférées l'officier. Elle savait qu'il n'allait pas se contenter des aveux au sujet de la rue des Quêteurs mais qu'au contraire il allait suivre davantage la piste qu'elle représentait. Et quand le gardien lança, en début d'après-midi, l'annonce redoutée : « Combanel, six heures ! », elle rassembla ses forces en appelant mentalement à son secours ceux qui pouvaient l'aider : Henri, Dolorès, Ramon, ceux qui se battaient et dont la présence aujourd'hui lui manquait tellement.

Elle se leva difficilement et, entourée de ses compagnes, elle marcha vers la porte que le gardien referma violemment derrière elle en la faisant sursauter. Elle descendit les escaliers jusqu'à la cour entourée d'arcades où des soldats hurlaient en s'acharnant sur des prisonniers entravés, puis elle entra dans le grand hall qu'elle avait déjà vu par deux fois et, enfin, alors qu'elle s'attendait à se retrouver dans la salle de bains où, elle en était sûre, on lui réservait le calvaire qu'elle redoutait, elle fut poussée jusqu'à l'extrémité du couloir qui s'arrêtait devant une porte différente des autres, et contre laquelle le gardien frappa deux coups brefs.

— Entrez ! cria à l'intérieur la voix du gestapiste qui menait les interrogatoires.

Le gardien ouvrit, la fit pénétrer dans ce qui semblait être un grand bureau, et referma la porte dans son dos. L'officier enquêteur était debout derrière un bureau couvert de dossiers, mais une personne – une femme, sembla-t-il à Mélina – était assise face à lui et ne se retournait pas. L'officier fit le tour du bureau, prit Mélina par le bras, vint se placer face à cette femme que Mélina, stupéfaite, reconnut soudain.

— Est-ce bien celle que vous connaissez ? demanda l'officier.

Mme Ponthier se leva, toujours aussi élégante dans sa robe de soie grise à taille basse et son chapeau soulier, elle dévisagea Mélina un instant et, sans la moindre hésitation, répondit :

— Oui. C'est bien elle.

— Elle a donc travaillé chez vous ?

— Oui.

— Et vous ne saviez pas qu'elle était en contact avec des terroristes ?

— Je savais, et mon mari aussi, qu'elle fréquentait un milieu qui la pousserait vers eux.

L'officier lâcha Mélina qui demeura debout, puis il regagna son bureau et s'assit. Elle n'osait pas croiser le regard de son ancienne patronne, gardait les yeux fixés droit devant elle en se demandant seulement si cette présence lui permettrait d'échapper à la torture.

— Qu'allez-vous faire d'elle ? interrogea Mme Ponthier, sans une once d'émotion dans la voix.

L'officier ne répondit pas sur l'instant et alluma une cigarette au parfum d'épices, puis :

— Cela dépend de vous, madame, fit-il avec un sourire inquiétant.

Et il reprit, soufflant la fumée en direction du plafond, fixant de ses yeux gris Mélina qui ne savait plus que penser :

— Est-ce que vous pouvez m'assurer que cette jeune femme n'a jamais participé à une action terroriste contre nos soldats ?

Il ajouta, revenant vers Mme Ponthier, avec une politesse glacée :

— Dites-moi, s'il vous plaît.

Mme Ponthier dévisagea Mélina toujours sans émotion apparente, puis l'officier, puis, de nouveau, Mélina.

— Malgré ses fréquentations coupables, dit Mme Ponthier, je l'en crois totalement incapable.

Un long silence succéda à ces mots qui venaient subitement de réchauffer le cœur de Mélina.

— Vous pensez donc qu'elle peut bénéficier de ma mansuétude au motif qu'elle a été entraînée à son corps défendant dans une activité dont elle ne mesurait pas la gravité ?

Il s'interrompit, ajouta :

— Ou qu'elle a peut-être été contrainte d'y participer ?

— Je le crois, dit Mme Ponthier.

— Vous croyez quoi, madame ? Que cette jeune femme a simplement été imprudente ou qu'elle a été contrainte de participer à une activité clandestine qu'elle n'approuvait pas ?

— Je crois qu'elle y a été obligée, dit Mme Ponthier.

— Bien ! Bien ! répéta l'officier en agitant une sonnette pour appeler un gardien qui apparut aussitôt. Cellule 24 ! ordonna le gestapiste en faisant un geste de la main.

Mélina n'eut même pas le temps de remercier son ancienne patronne : déjà le gardien l'entraînait vers sa nouvelle cellule d'emprisonnement, dans l'aile droite de la prison qu'elle ne connaissait pas. Là se trouvaient des prisonnières qui l'accueillirent avec empressement pour savoir si elle venait de l'extérieur et pouvait leur donner des nouvelles. Elles étaient six, paraissaient n'avoir pas connu la torture, et Mélina comprit très rapidement qu'elles n'avaient pas été arrêtées pour faits de résistance mais pour des délits de droit commun : petits vols, marché noir ou trafic de tickets de rationnement.

— Tu as eu de la chance, lui dit la chef de cellule. Après-demain part un nouveau convoi.

Elle s'appelait Valentine, était brune, forte, frisée, la peau mate, et semblait tout savoir du fonctionnement de Saint-Michel.

— Un convoi pour où ? demanda Mélina.

— Devine !

Et, comme Mélina ne répondait pas :

— D'abord Paris, et ensuite la Bochie, probablement !

Mélina se demandait ce qui avait poussé Mme Ponthier à lui venir en aide : un élan de générosité ? De la reconnaissance pour avoir veillé sur ses filles pendant leur enfance et leur adolescence ? De la pitié ? La conviction avancée devant l'officier qu'elle avait été contrainte de travailler pour ceux qu'ils appelaient des « terroristes » ? Elle ne savait pas vraiment, mais elle en conçut un malaise vis-à-vis de celles qu'elle vit monter dans des camions le surlendemain, parmi lesquelles elle reconnut Hélène et trois autres de ses anciennes compagnes de détention.

Le mois de mai s'acheva pour elle dans le soulagement de n'être plus menacée par la torture, mais aussi dans l'incertitude des questions qu'elle ne cessait de se poser au sujet de son ancienne patronne et du sort qui l'attendait. Ses compagnes ne paraissaient pas trop inquiètes : les Allemands avaient d'autres chats à fouetter que de s'occuper d'elles. Par ailleurs, le « téléphone mural » fonctionnait aussi dans cette cellule et les bruits les plus fous couraient sur des attentats perpétrés à Toulouse et dans ses environs, des bombardements sur Bordeaux, et même sur Paris.

Si bien que le 6 juin, quand la nouvelle se répandit d'un débarquement allié en Normandie, Mélina, d'abord, ne fut pas convaincue. Il fallut qu'elle soit confirmée à plusieurs reprises pendant l'après-midi pour que Mélina accepte enfin de croire qu'il s'agissait là d'une première étape vers la libération du pays et la défaite de l'Allemagne. Mais où se trouvait Étienne à cette heure ? Était-il vivant, si loin d'elle ? Et Jean ? Comment vivait-il son absence ? Est-ce que les Barnède parvenaient à le rassurer et à lui donner tout ce qu'un enfant était en droit d'attendre ? Pour la première fois depuis très longtemps, il lui sembla qu'elle pouvait se tourner vers eux, c'est-à-dire vers la vie et non plus vers la torture et la mort. Elle pleura de soulagement toute la nuit, en silence, songeant à des retrouvailles possibles, bientôt, aux jours de fête qui les attendaient, quand cesserait enfin ce cauchemar qui durait depuis plus de quatre ans.

Cela faisait trois semaines qu'Étienne et Doussain s'étaient enfuis du camp numéro 4, dès la tombée de la nuit, et qu'ils avaient pu gagner Königsberg à travers les dunes, les canaux et les marais, et ils s'étaient réfugiés dans la soupente d'un immeuble menaçant ruine, à la périphérie de la ville. Plus que d'être arrêtés, leur préoccupation était aujourd'hui d'obtenir de la nourriture, ce qui les obligeait à prendre de plus en plus de risques, même dans l'obscurité, quand les lumières s'éteignaient, que les rues se vidaient et que les habitants, malgré la belle saison, rentraient tôt chez eux à cause des sirènes qui, fréquemment, déchiraient le silence.

Aucun avion, pourtant, n'était venu bombarder Königsberg, mais il était évident qu'ils se rapprochaient : c'était ce que pensaient Étienne et Doussain qui les redoutaient autant qu'ils les espéraient. Au milieu des rues désertes, ils fouillaient les poubelles mais n'y trouvaient presque rien, tant la pénurie des aliments les plus essentiels frappait la Prusse-Orientale comme désormais la majorité des villes allemandes.

Car la situation sur le front de l'Est avait évolué : l'armée soviétique avait anéanti des bataillons ennemis entiers et s'apprêtait à entrer en Roumanie et en Bulgarie. Étienne et Doussain ne l'ignoraient pas, car ils l'avaient appris, avant d'être reconduits au kommando numéro 4, au camp de Baltdorf où les nouvelles se propageaient vite. Et même si elles étaient le plus souvent exagérées, elles permettaient aux prisonniers de ne pas désespérer. Mais est-ce que les Russes arriveraient en Prusse-Orientale avant l'hiver ?

— Il le faut, disait Doussain. Si on était repris, on y laisserait la peau.

— Comment savoir ? demandait Étienne. On n'a aucun contact avec qui que ce soit, ici, à Königsberg.

— On ne pourra pas prendre le risque d'attendre. Il faudra partir au plus tard à la fin août, avant les premiers froids.

Une nuit, ils furent surpris par des soldats en patrouille dans une ruelle près de la place du Marché, et ils ne durent leur salut qu'à l'ouverture d'une porte qui donnait sur un couloir au fond duquel démarrait un escalier de bois. Craignant que les soldats en patrouille n'entrent derrière eux, ils montèrent les marches tout en faisant le moins de bruit possible, et ils se retrouvèrent sur un palier désert, car il devait être une heure du matin. Là, ils écoutèrent les bruits venus d'en bas, ne sachant si la patrouille avait continué son chemin ou pas.

La porte d'entrée claqua et des bruits de bottes se firent entendre dans le couloir où une lumière s'alluma. Étienne et Doussain progressèrent le plus silencieusement possible vers le deuxième étage, alors que des cris retentissaient en bas, les feldgraus cognant aux portes pour inspecter les appartements.

— On est foutus, grogna Doussain.

Instinctivement, ils se dirigèrent vers l'extrémité du palier et s'appuyèrent contre une porte qui, aussitôt, comme sous leur poids, s'ouvrit brusquement, laissant apparaître une femme âgée, ronde, les cheveux blancs, vêtue d'une robe de chambre rose, qui murmura :

— *Was passiert ?*

— *Französisch ! Gefangener !* souffla Doussain, en la menaçant d'un couteau volé dans le camp avant leur départ.

Aussitôt, sans paraître avoir peur, elle s'effaça pour les laisser entrer dans une grande pièce éclairée par deux bougies, et ils furent abasourdis de l'entendre leur dire, avec son accent allemand :

— Suivez-moi !

Elle traversa la pièce, prit une bougie au passage, et les précéda vers un couloir qui menait vers ce qui leur parut être une chambre.

— Vous êtes française ? demanda Doussain.

— Non ! Mais j'ai vécu en France avant la guerre. Montparnasse. Les Grands Boulevards. Mon mari était peintre là-bas.

Elle ajouta, avant de refermer la porte :

— Ne bougez pas. Je reviendrai quand ils seront partis.

Étienne et Doussain s'assirent sur le lit, ne sachant s'ils pouvaient vraiment lui faire confiance, mais avaient-ils le choix ?

Un quart d'heure passa, durant lequel ils écoutèrent les soldats cogner aux portes, dont celle de leur hôtesse qu'ils entendirent répondre, sans comprendre ce qu'elle disait. Allait-elle les livrer ou avait-elle décidé de les cacher ? Quand la porte se referma, ils poussèrent un soupir de soulagement mais ne bougèrent pas. Deux ou trois minutes passèrent, qui les laissèrent encore dans le doute, puis des pas légers approchèrent et la lumière d'une bougie éclaira la pièce.

— Merci ! dit Étienne.

— Venez ! fit-elle.

Elle les reconduisit dans la grande pièce surchargée de meubles, de bibliothèques, de bibelots, de tableaux divers et leur dit en désignant deux lourds fauteuils de velours vert, protégés de têtières de cretonne blanche :

— Asseyez-vous ! Je vous en prie.

Un peu hésitants, ils obéirent, ne sachant à quoi ils devaient cette hospitalité, si dangereuse pour elle. Mais elle s'assit face à eux et, aussitôt, comme pour les rassurer, expliqua :

— Mon mari et moi avons quitté la France à la déclaration de guerre. Nous aurions bien voulu rester, mais ce n'était pas possible, bien sûr, car nous avions la nationalité allemande. Depuis, mon mari a été arrêté, mon fils est mort sur le front russe, et je suis seule.

Elle soupira, reprit :

— Je ne risque plus rien à mon âge, et puis j'ai tellement aimé la France. Vous m'en parlerez, n'est-ce pas ?

— Il y a longtemps que nous l'avons quittée, répondit Étienne. Je me suis engagé en septembre 1939.

— Nous sommes partis en mars de cette année-là. Nos amis nous suppliaient de rester, mais c'était impossible : nous pouvions être considérés comme des ennemis.

Elle ajouta, après un soupir :

— Et pourtant mon mari détestait Hitler et le fascisme. C'est après son accession au pouvoir que nous avons gagné la France : en janvier 1933. Faites le compte : nous avons vécu six ans à Paris… Les plus belles années de ma vie. Mais mon mari n'est pas mort à la guerre : il a été arrêté et déporté dans un camp, en Pologne.

— Nous ne connaissons pas Paris, dit Doussain, nous sommes de Toulouse.

— Un proverbe allemand dit : « Heureux comme Dieu en France »… Je suppose que Toulouse ou Paris, ça doit être pareil…

Elle sourit, s'ébroua comme si elle s'éveillait d'un rêve, puis elle reprit :

— Mais vous devez être fatigués. Vous pouvez dormir sur ce lit, nous aviserons demain.

— Merci ! dit Étienne. Mais on ne voudrait pas vous occasionner des ennuis : nous nous sommes évadés du camp de Baltdorf.

Elle haussa les épaules, répondit :

— Qu'est-ce que vous voulez qu'ils me fassent, à mon âge ?

— Vous envoyer dans un camp, comme votre mari.

Elle sourit, murmura :

— Si c'est le cas, j'aurai au moins vécu mes derniers jours de liberté en compagnie de deux Français. Croyez-moi, je ne m'attendais pas à un tel cadeau de la vie.

Elle sortit, referma la porte derrière elle, et Doussain et Étienne, sans un mot, n'osant encore croire à leur chance, s'allongèrent côte à côte sur le lit et s'endormirent en quelques minutes, comme s'ils étaient délivrés des menaces qui pesaient sur eux depuis de longs jours.

Dans la nuit du 19 août, Mélina fut brusquement réveillée par le bruit des camions qui passaient continuellement sur le boulevard devant la prison Saint-Michel. Elle s'assit sur sa paillasse, demanda à Valentine, dressée elle aussi à sa droite, ce que cela signifiait :

— Des convois, répondit-elle. Ou ce sont les Allemands ou les combattants des maquis. On ne peut pas savoir encore. Ne t'inquiète pas. Essaye de dormir.

Mais comment fermer l'œil avec ce tintamarre incessant et les questions qu'il suscitait ? La nuit parut interminable et pleine de danger à Mélina, car elle se demandait si les Allemands n'allaient pas fusiller tous leurs prisonniers avant de quitter la ville – si toutefois c'étaient bien leurs convois qu'on entendait au-dehors.

À l'aube, le grondement cessa et les prisonnières attendirent vainement la soupe du matin.

— On dirait qu'ils sont partis, murmura Valentine.

Des coups de feu retentirent, bientôt suivis par un martèlement différent de celui de la nuit.

— Des chars ! s'écria Valentine. Ils s'en vont ! Je suis sûre qu'ils s'en vont !

Mélina n'osait croire à ce qu'elle entendait, et pourtant ses compagnes se congratulaient, s'embrassaient, criaient, chantaient, jusqu'à ce qu'une explosion dans le lointain les fasse taire, en révélant des combats dont elles ne pouvaient connaître les protagonistes.

Le silence revint, seulement troublé par le « téléphone mural » qui n'annonçait rien de précis, sinon qu'on se battait à la périphérie de la ville. Et tout à coup, dans la cour, en bas : *La Marseillaise* chantée par des dizaines de voix inconnues, en majorité des femmes, semblait-il. Des coups sourds retentirent dans les cellules, les coups de boutoir des prisonniers qui tentaient d'enfoncer les portes. Des hommes passèrent en criant : « Sortez ! Sortez ! Ils sont partis ! »

Mais comment défoncer une porte avec des bras de femme, même galvanisées par l'énergie du sentiment de la vie sauve ? Elles se mirent à crier et à tambouriner toutes ensemble, Mélina cognant de ses poings refermés sur le bois épais sans même sentir la douleur. Et tout à coup la porte s'ouvrit, poussée par un homme en uniforme qui tenait des sortes de crochets en forme de clef à la main.

— Sortez ! Partez ! cria-t-il.

Mélina s'élança dans le couloir mais fut refoulée par les nouveaux arrivants qui cherchaient des parents ou des amis emprisonnés, et elle lutta contre le flot qui la retenait. Elle parvint quand même à se frayer un passage vers la cour, mais avec assez de retard, heureusement, pour éviter les rafales de mitrailleuse lancées par les derniers chars qui quittaient la ville et tiraient par la grande porte de la prison restée ouverte. Elle entendit crier ceux qui avaient été touchés au centre de la cour et sur les trottoirs où elle aperçut des corps allongés.

— Refermez ! Refermez ! hurla la voix d'un homme qui portait un uniforme.

La lourde porte fut manœuvrée aussitôt et reçut dans les minutes qui suivirent de nouvelles salves qui firent éclater son bois.

Mélina se trouvait sous les arcades, ne sachant que faire, ni où aller. Elle se précipita contre un pilier, à l'abri des tirs de la rue, se recroquevilla, ne bougea plus, observant autour d'elle l'agitation folle des prisonnières et des prisonniers qui étaient sur le point de retrouver la liberté et prenaient des risques insensés. Valentine surgit à côté d'elle, répétant :

— On est sauvées ! Ils sont partis !

Elle traversa la cour malgré le danger, se faufila entre les deux battants de la porte et disparut sur le boulevard. Des hommes et des femmes chantaient et criaient autour de Mélina :

— C'est fini ! C'est fini ! On est libres !

Ce dernier mot résonna en elle soudainement avec la force et la violence de ce que l'on a espéré trop longtemps. Alors, brusquement, elle pensa à son fils Jean qu'elle n'avait pas vu depuis des mois. Négligeant le danger, elle se dirigea vers la porte, sortit sur le boulevard où des résistants en armes lui firent signe de faire demi-tour, mais elle les ignora et se mit à courir vers le pont Saint-Michel où elle arriva à bout de souffle, les jambes coupées par l'effort après tant de jours d'immobilité. Elle dut alors s'appuyer contre le parapet, ivre de cette liberté retrouvée, le cœur fou, mais pas tout à fait persuadée, encore, qu'elle allait enfin revoir son fils.

Elle repartit en marchant, car elle n'avait pas mangé depuis la veille et les forces lui manquaient. Pourtant, une fois le pont franchi, surmontant son accès de faiblesse, elle reprit sa course en serrant son côté droit douloureux, murmurant entre deux sanglots :

— Jean ! Jean !

Tout entière tendue vers son fils si proche, elle ne voyait rien ni personne, continuait de courir aussi vite qu'elle pouvait, mais elle dut faire une halte une deuxième fois à l'angle de la rue des Teinturiers où elle avait habité avec Étienne avant la guerre. Devant l'immeuble, elle s'arrêta de nouveau pour examiner la fenêtre de la chambre qui les avait réunis dans le même lit, il y avait mille ans, lui semblait-il aujourd'hui.

Elle faillit se faire renverser en traversant la rue de la République, se retrouva à l'extrémité de la rue Réclusane où, de nouveau, elle dut s'immobiliser, son côté redevenant trop douloureux. Une somme de souvenirs heureux l'envahit alors et la submergea au point qu'elle ne vit plus rien, tout à coup, ses yeux étant inondés d'une humidité qui coula jusque dans sa bouche et lui parut savoureuse.

Il lui fallut plus de cinq minutes pour atteindre l'entrée de son immeuble, monter les escaliers jusqu'au dernier étage en s'accrochant à la rampe et frapper deux coups appuyés à la porte qui s'ouvrit sur Mme Barnède, interloquée :

— Mélina ! Mais d'où venez-vous ?

Elle ne répondit pas, cherchant déjà du regard son fils qui était assis dans la cuisine, à côté de M. Barnède.

— Maman !

Le cri qu'il poussa le fit jaillir de son siège et se précipiter vers elle si violemment qu'elle faillit tomber à la renverse sous le choc.

— Maman ! Maman !

Elle le souleva, le sentit lourd, très lourd, dans ses bras, répéta :

— Je suis là, je suis là…

Elle ne sut comment elle trouva la force de le tenir jusqu'à la chaise où elle s'assit enfin, caressant d'une main les cheveux bruns appuyés contre sa poitrine, alors qu'il demandait :

— Tu ne repartiras plus ?

— Non ! Jamais ! Plus jamais !

Elle riait et pleurait à la fois, remerciait M. et Mme Barnède qui l'entouraient, revenait vers son fils qui l'enserrait de ses petits bras avec une énergie farouche :

— N'aie pas peur. Je suis là, je suis là, répétait-elle, mais il ne desserrait pas son étreinte.

Quand enfin il leva la tête vers elle, ce qu'elle aperçut dans le regard de son fils, ce fut celui d'Étienne qui allait revenir, elle en était sûre, à présent, puisque tout était redevenu possible et que le monde, de nouveau, était plein de soleil et de lumière.

12

Les mois qui passèrent ne furent qu'attente et espoir, mais Étienne n'était toujours pas revenu et ne donnait aucune nouvelle. Pourtant, Mélina ne désespérait pas : tant que la guerre n'était pas terminée, on pouvait comprendre qu'il soit encore retenu dans un camp en Allemagne. Peut-être écrivait-il, mais le courrier ne fonctionnait plus, sans doute, depuis que l'Allemagne était envahie par les Alliés.

C'était ce qu'elle se disait tous les jours pour se rassurer, approuvée par Marie qui était revenue à Toulouse le surlendemain de la libération de la ville. Elle avait vieilli, Marie, après ces épreuves, et cette séparation dont elle avait souffert autant que Mélina. Elle lui avait raconté son périple depuis son arrestation jusqu'à son évasion organisée par Henri, sur la route de Seysses, puis sa vie à Carcassonne, chez des résistants : M. et Mme Albiès, songeant chaque jour à elle, Mélina, à Étienne et à Jean qui lui manquaient tant.

Henri aussi était réapparu à Toulouse dès le 19 août, cependant Mélina et Marie ne l'avaient revu que le 23, car il avait beaucoup à faire pour mettre de l'ordre dans la ville avec les résistants. Un soir, à la tombée de la nuit, il avait frappé à la porte de l'appartement de la rue Réclusane, et il était tombé dans les bras de sa sœur et de Mélina pour qui, avait-il avoué, il avait été très inquiet. Il avait les traits creusés, la voix cassée, et paraissait exténué. Il lui avait expliqué qu'elle avait été arrêtée parce que l'homme venu de Paris s'était montré très imprudent en notant dans un carnet tous ses rendez-vous, au mépris des recommandations les plus formelles.

— Si tu avais été transférée, j'aurais essayé d'intervenir, comme pour Marie, avait-il assuré à Mélina. Tu sais, on avait une antenne à l'intérieur de la prison.

Il avait ajouté, tout bas :

— J'espère que tu n'as pas eu trop à souffrir.

Elle n'avait pas répondu, mais pour la première fois de sa vie, elle l'avait senti très ému. Pourtant, ce n'était pas son propre sort qui la préoccupait aujourd'hui, mais celui d'Étienne.

— Ne t'inquiète pas, lui avait dit Henri, l'Allemagne va s'écrouler. Il reviendra bientôt.

Et, comme elle évoquait l'absence de lettres, ce silence si pesant, il avait répondu :

— C'est normal. Toutes les communications sont coupées. Et puis ils ont d'autres soucis que de s'occuper des prisonniers.

Il avait passé la nuit sur le divan et avait disparu au matin, avant même que les deux femmes ne se lèvent.

Elles ne l'avaient revu que le 17 septembre, lorsque le général de Gaulle, venu pour la circonstance à Toulouse, avait passé en revue les troupes de la Résistance, place du Capitole, sous les vivats et les acclamations d'une population enthousiaste. Marie et Mélina, qui tenait son fils dans ses bras afin qu'il puisse voir les héros malgré la foule, s'étaient senties très fières en apercevant Henri défiler en tête de son groupe de résistants aux uniformes dépareillés, parmi lesquels Mélina avait reconnu Ramon, Manuel et leurs amis espagnols. Elle avait aussi reconnu, à droite du Général, le colonel FFI qu'elle avait rencontré chez Dolorès, le jour de sa confrontation avec Henri, et elle avait été heureuse d'avoir pris sa part dans ce combat dont le triomphe, aujourd'hui, rejaillissait sur elle, même si, anonyme parmi la foule, elle en ressentait un petit pincement au cœur.

Le soir de ce défilé, Henri était venu dîner avec sa femme Alberte rue Réclusane et, alors que Mélina s'attendait à le voir heureux, il s'était montré furieux du peu de considération qu'avait manifesté de Gaulle pour les troupes rassemblées devant lui.

— La seule chose qu'il m'a demandée quand Ravanel – le colonel FFI que tu as rencontré chez Dolorès – m'a présenté, c'est quel était mon grade dans l'armée, regretta-t-il avec une profonde amertume dans la voix.

Et il avait ajouté, avec une moue de dépit :

— Quand je lui ai dit « deuxième classe », il m'a tourné le dos.

Il avait soupiré, repris avec une grande tristesse :

— Quand je pense à tous les risques que nous avons pris, vous, moi, tous ceux qui travaillaient avec nous !

Puis, souhaitant mettre fin à cette conversation douloureuse :

— Enfin ! Nous avons fait ce que nous avions à faire ! Et aujourd'hui la France est libre. Nos enfants aussi.

Peu après cette visite, un samedi matin, en sortant pour aller au marché de Saint-Cyprien, tenant la main de son fils, Mélina s'était trouvée face à Mme Ponthier qui, manifestement, l'attendait. Toujours aussi élégamment vêtue, elle avait pourtant perdu de sa superbe, le dos appuyé à sa voiture, quand elle avait demandé, avec une humilité peu habituelle :

— Je voudrais vous parler. Vous pouvez monter avec moi, s'il vous plaît ?

Au souvenir de ce qui s'était passé dans le bureau de l'officier allemand chargé des interrogatoires, Mélina n'avait pas hésité, à la grande satisfaction de Jean qui était fasciné par la De Dion-Bouton. Il n'y avait pas de chauffeur : Mme Ponthier avait conduit elle-même. À peine Mélina avait-elle été installée du côté droit, le petit Jean sur ses genoux, que Mme Ponthier avait expliqué avec une faille dans la voix :

— Émile, mon chauffeur, a été tué, et mon mari est en prison.

Mélina n'avait pas répondu, mais elle était réellement touchée par cette détresse soudaine, et si surprenante chez cette femme d'ordinaire si sûre d'elle.

— J'ai pensé, avait repris Mme Ponthier, que vous aviez des relations parmi les nouvelles autorités et qu'en souvenir de ce que j'ai fait pour vous, vous pourriez intervenir en sa faveur.

— Où se trouve-t-il ? avait demandé Mélina.

— À la prison Saint-Michel.

Décidément, avait songé Mélina, les choses avaient bien changé en peu de temps.

— Faites quelque chose, je vous en prie ! avait poursuivi Mme Ponthier en regardant droit devant elle, à travers les vitres de la voiture. Rappelez-vous : je vous ai toujours aidée, je vous ai donné du travail, je vous ai recommandée à une amie, je vous ai sauvé la vie devant l'officier allemand.

— Je vais essayer, avait répondu Mélina sans la moindre hésitation.

— Je vous remercie, avait murmuré Mme Ponthier en se tournant vers Mélina et en lui prenant les mains pour la première fois.

Puis, comme si elle avait encore besoin de se justifier :

— J'ai toujours essayé de vous protéger, à la fois contre vous-même et contre ceux que vous fréquentez. Je vous ai toujours beaucoup aimée. Vous le savez, n'est-ce pas ?

— Je vous promets d'essayer, avait répété Mélina.

— Merci ! J'attendrai de vos nouvelles.

— Revenez dans huit jours, avait proposé Mélina qui n'avait pas du tout envie de retourner à Ramonville où l'attendaient tant de mauvais souvenirs.

Elle était descendue de la voiture et, malgré les pleurs de Jean qui avait cru pouvoir faire une promenade dans la De Dion-Bouton, Mélina s'était éloignée rapidement, en se demandant comment elle allait pouvoir tenir sa promesse. Elle savait d'ores et déjà, cependant, que seul Henri disposait du pouvoir d'intervenir. Depuis son retour, il occupait un poste très important au sein du comité de libération qui administrait la ville. Il avait aussi trouvé une place dans les bureaux de la Compagnie, à Matabiau, pour Mélina qui n'avait pas souhaité reprendre son activité à l'hôpital de la Grave où elle avait tremblé pendant des mois en craignant d'être arrêtée. Elle était donc allée le voir, un soir, à la sortie de son travail, et elle lui avait exposé les raisons de sa visite tout en insistant sur l'aide précieuse que lui avait apportée Mme Ponthier à plusieurs reprises.

— Je m'étonne de ta démarche, petite, s'était rembruni Henri. Ces gens ont travaillé pour les Allemands pendant toute la durée de la guerre.

— Elle a témoigné en ma faveur lors d'un interrogatoire et elle m'a sauvée. Sans elle, je ne serais pas là aujourd'hui, devant toi.

— Tu es bien naïve.

— Qu'est-ce qui te fait dire ça ?

— Cette femme a témoigné en ta faveur parce qu'elle a senti le vent tourner. Elle a pensé qu'elle aurait un jour besoin de toi.

— Non ! Je ne crois pas : elle était sincère. Il faut l'aider.

— Tu ne peux pas me demander ça ! Pas à moi !

— À qui, alors ? Moi aussi, j'ai risqué ma vie. J'ai le droit de demander quelque chose aujourd'hui.

— Oui, c'est vrai, avait concédé Henri, mais pas ça.

Il avait ajouté en se levant de derrière son bureau :

— Si je t'ai trouvé une place à Matabiau, c'est pour te remercier de tout ce que tu as fait. Mais n'oublie pas une chose : Étienne est toujours en Allemagne et la guerre n'est pas finie. Qui sait s'il n'aura pas à subir le feu d'un avion fabriqué à Toulouse, chez ces gens que tu prétends défendre ?

Mélina était repartie accablée, se demandant comment elle allait pouvoir se justifier devant Mme Ponthier. Mais elle trouva les mots plus facilement qu'elle ne le pensait le dimanche suivant, évoquant Étienne, toujours prisonnier, et les menaces qui pesaient encore sur lui.

— Une fois la guerre finie, je vous promets d'essayer de nouveau, conclut-elle.

— Quand la guerre sera terminée, il sera trop tard, murmura Mme Ponthier, avec une dignité qui toucha profondément Mélina.

Mais elle n'insista pas davantage et dit avant de repartir :

— Je vous remercie d'avoir essayé.

Dès lors, Mélina vécut avec ce remords, que n'atténuèrent pas, au cours de l'hiver, les nouvelles venues d'Allemagne où les troupes alliées avançaient régulièrement, malgré les combats désespérés menés par les derniers fidèles d'Hitler. Au fur et à mesure que les jours passaient, toujours soutenue par Marie, Mélina retrouva de la confiance quant au sort d'Étienne, même s'il n'écrivait toujours pas.

Quand les cloches sonnèrent, au début du mois de mai, elle courut avec Jean vers la place du Capitole où la foule assemblée fêtait l'armistice comme elle l'avait fêté en 1918, en tentant de se persuader que cette guerre qui s'achevait était la dernière. Ce jour-là, un accordéon se mit à jouer et des couples se formèrent pour danser. Mélina prit son fils dans ses bras et les imita, s'efforçant de sourire et de croire que les jours de fête étaient revenus, mais ses yeux étaient pleins de larmes.

L'automne avait été très court et l'hiver terrible à Königsberg où Étienne et Doussain avaient échappé au pire grâce à leur hôtesse qui n'avait jamais envisagé, malgré les risques qu'elle courait, de les renvoyer dans la rue. S'ils n'étaient pas morts de froid et d'épuisement, ils avaient beaucoup souffert de la faim, car Mme Effenberg – c'était son nom – avait eu beaucoup de mal à trouver de la nourriture dans un pays où l'approvisionnement n'arrivait plus depuis des mois. Elle se privait pour eux, mais elle ne parvenait pas à rassembler assez d'aliments pour satisfaire leur faim, si bien qu'ils avaient maigri de plus de trois kilos chacun, et qu'ils flottaient dans leurs vêtements.

Leur hôtesse leur donnait régulièrement des nouvelles de l'avancée de l'armée russe, et s'en réjouissait avec eux. Mais dès que la température remonta, que le froid de l'hiver cessa d'emprisonner les rues de la ville et la campagne alentour, ils ne purent attendre davantage et ils décidèrent de fuir en se disant que les Allemands avaient aujourd'hui d'autres préoccupations que de se soucier de leurs prisonniers et que, par ailleurs, au moins cinq mois les séparaient du retour des grands froids.

On était à la mi-avril quand Mme Effenberg tenta encore de les retenir, mais en vain. Pour eux, il était clair que l'Allemagne allait capituler bientôt, et ils n'avaient plus qu'une seule idée en tête : fuir, partir vers leur pays, même s'il était loin, même s'ils manquaient de forces, même s'ils allaient courir des périls dans un pays bombardé chaque jour.

Ils partirent de nuit, droit vers le sud, après avoir étudié la carte fournie par leur hôtesse, vers l'ancienne frontière polonaise, afin de l'atteindre si possible à proximité de Varsovie. Très vite, cependant, ils comprirent qu'ils auraient du mal à trouver de la nourriture, car les portes des villages traversés ne s'ouvraient pas : tout le monde avait peur, à la fois des Allemands, mais aussi des Russes qui gagnaient du terrain chaque jour depuis leurs positions les plus avancées à l'est. Un soir, pourtant, une vieille femme leur donna des épluchures de pommes de terre qu'ils mangèrent crues, et leur permit de dormir près de son feu de tourbe.

Ils repartirent le lendemain dès l'aube, sous une pluie de fin du monde, et durent s'abriter dans une grange sans même pouvoir faire du feu pour se sécher. Il y avait là quelques betteraves qu'ils ne purent que grignoter car elles étaient aux trois quarts gelées. Ils errèrent encore deux jours à travers la campagne en cherchant des abris et de quoi se nourrir puis, à bout de forces, échouèrent dans un village où ils s'endormirent sous une sorte de halle au toit crevé sans apercevoir âme qui vive.

Le lendemain matin, quand ils voulurent quitter le village, les deux extrémités étaient gardées par deux camions de l'armée russe. Ils tentèrent de refluer vers le centre, mais les soldats leur tirèrent dessus et ils n'eurent d'autre possibilité que de lever les mains et de se rendre. Leur périple était terminé. Heureusement, Étienne eut la présence d'esprit de crier :

— *Franzouski ! Franzouski !*

Les armes alors se baissèrent, mais ils furent poussés sans ménagement vers un camion bâché où, sous la garde de quatre soldats toujours menaçants, ils furent transportés pendant toute la journée vers le sud, à la fois soulagés mais également inquiets de ce qui allait advenir. Ils avaient faim, très faim, mais aucune nourriture ne leur fut donnée par les soldats qui, du reste, eux-mêmes, ne mangèrent pas.

Ce premier soir, leur camion entra dans une ville dont ils n'aperçurent pas le nom, car les panneaux indicateurs avaient été détruits. Ils furent enfermés dans ce qui devait être une école et se couchèrent à même le plancher après s'être partagé une boule de pain de seigle et des pommes de terre qu'un soldat leur avait jetées : leur premier vrai repas depuis des jours. Ils dormirent l'un contre l'autre pour se réchauffer : ils avaient compris qu'ils étaient partis trop tôt et que même si les Russes ne les avaient pas interceptés, ils n'auraient pas pu aller bien loin.

Le lendemain matin, nouveau départ en direction du sud, mais avec seulement deux gardiens dans le camion, et d'aspect un peu moins agressif que la veille. Le véhicule roula pendant des heures et des heures, puis, en début d'après-midi, obliqua vers l'est et suivit une grande route encombrée de convois qui, le soir, l'amena sur la rive d'un fleuve dont Étienne et Doussain comprirent, en écoutant leurs gardiens, qu'il s'agissait du Dniepr. Le camion traversa le fleuve, roula jusqu'à la nuit, et ils arrivèrent dans la banlieue d'une grande ville dont les lumières brillaient dans le lointain. C'était Kiev, Un gardien le leur apprit en les faisant descendre et en les dirigeant vers un immense entrepôt désaffecté où ils eurent la surprise de se trouver face à des prisonniers français qui mangeaient du pain, assis sur des paillasses, en discutant entre eux avec animation.

Quatre ou cinq se levèrent et les entourèrent pour leur demander d'où ils venaient.

— De Königsberg, répondit Étienne.

— Nous, on était dans le nord de la Pologne, expliqua un grand brun, très maigre, dont les mâchoires saillaient sous les joues creuses.

Et il ajouta :

— Vous devez avoir faim.

— Oui, fit Doussain, très faim.

— On va vous donner un morceau chacun.

Étienne et Doussain engloutirent le pain en écoutant le grand brun, qui s'appelait Delpierre, affirmer que le projet des Russes était de rapatrier les prisonniers français par Odessa, la mer Noire puis la Méditerranée, parce que la Baltique était entièrement minée. Après s'être demandé avec une certaine angoisse où donc les Russes avaient décidé de les conduire, Étienne et Doussain furent rassurés par ces explications qui laissaient entrevoir une issue à leur calvaire.

Dès le lendemain, pourtant, ils comprirent que pour les Russes, si on voulait manger, il fallait travailler. Et ils furent affectés au travail des champs dans cette région d'Ukraine où le blé était la culture essentielle, non seulement vitale pour elle, mais aussi pour tout le pays. Les journées commençaient tôt, et finissaient à la nuit. Étienne avait l'impression de retrouver des conditions de vie aussi dures que dans les kommandos d'Allemagne ou de Pologne, et il se demandait si tout cela allait enfin cesser.

Des jours et des jours passèrent entre le travail harassant et l'espoir entretenu par les nouvelles de la guerre qui circulaient miraculeusement parmi les prisonniers puis, le 8 mai au soir, quand ils rentrèrent à l'entrepôt, ils apprirent que l'Allemagne avait capitulé. Leurs gardiens vinrent chanter et boire avec eux, mais cela ne les empêcha pas de les conduire de nouveau dans les champs le lendemain matin. Et cela encore pendant huit jours, jusqu'à ce que, enfin, ils montent dans un convoi de camions qui prit la direction du sud et donc celle d'Odessa, sur la mer Noire, comme l'avait indiqué Delpierre.

Quand il aperçut la mer depuis les quais de la ville, Étienne put penser à Mélina avec une confiance retrouvée. La longue semaine qui passa avant l'embarquement – tout paraissait compliqué dans les bureaux de l'administration portuaire et les décisions n'intervenaient que très lentement – n'atténua pas cette confiance ni l'espoir de la serrer bientôt dans ses bras. Il y avait cinq ans qu'il ne l'avait pas vue et presque deux ans qu'il n'avait pas de nouvelles d'elle. Et Jean, son fils, avait cinq ans lui aussi : la seule fois où il l'avait vu, il dormait dans son petit lit, juste après sa naissance. Était-ce possible de les retrouver enfin ? N'allait-il pas revivre le cauchemar des camps et du travail forcé ?

Alors qu'il devait embarquer le surlendemain, il tomba malade, fut séparé de Doussain, et mis en quarantaine, car les autorités craignaient le typhus. Il ne revit pas Doussain et lutta contre l'épidémie qui venait de coucher une cinquantaine d'hommes sur des paillasses nauséabondes, jetées précipitamment dans un entrepôt du port où un médecin et une infirmière n'avaient même pas de médicaments pour les soigner.

Un soir, la fièvre était telle qu'Étienne s'enfonça dans le sommeil avec la certitude accablante qu'il ne reverrait jamais sa femme ni son fils.

À Toulouse, les festivités de la fin de la guerre étaient terminées depuis longtemps, et Mélina n'avait toujours pas reçu de nouvelles d'Étienne. Pourtant, Henri s'était renseigné auprès des plus hautes autorités afin d'obtenir des précisions susceptibles de la rassurer, mais en pure perte. Mélina espérait quand même chaque jour, en relevant le courrier, ou mieux, parfois : elle rêvait qu'Étienne frappait à sa porte, une nuit, comme il l'avait fait lors de sa première et unique permission, il y avait si longtemps.

De sa propre initiative, elle s'était rendue à Ramonville pour prendre des nouvelles de Mme Ponthier qu'elle se sentait coupable de n'avoir pu aider, mais en espérant encore, toutefois, pouvoir lui apporter du secours. Il était trop tard, à présent : M. Ponthier avait été condamné à une longue peine de prison et tous ses biens mis sous séquestre. Mme Ponthier, elle, avait décidé de retourner à Castelsarrasin, auprès de sa famille, en compagnie de ses filles.

— J'ai longtemps pensé que mon mari allait être condamné à mort, avait-elle précisé. Notre avocat aussi. J'ai cru comprendre que quelqu'un était intervenu en sa faveur. Si cela vient de vous, je vous remercie sincèrement.

Elle avait embrassé Mélina qui s'était demandé si Henri s'était décidé à intervenir, mais elle s'était promis de ne pas revenir sur ce sujet avec lui. Elle s'était sentie soulagée, pourtant, au souvenir du témoignage en sa faveur de son ancienne patronne devant l'officier allemand, et cette préoccupation, au moins, était sortie de son esprit.

Chaque jour, entre midi et deux heures, elle quittait son travail et rentrait rue Réclusane pour déjeuner et surtout, voir s'il y avait du courrier, mais en vain. On était maintenant fin juin, les jours s'étiraient dans des langueurs très chaudes vers des nuits irrespirables au cours desquelles Mélina ne parvenait pas à dormir. Marie la rassurait en disant :

— Si Étienne se trouvait toujours en Prusse-Orientale à la fin de la guerre, c'est normal qu'il ne soit pas encore revenu. Il ne doit plus y avoir de routes ni de voies ferrées là-bas.

Trop inquiète de cette situation, pour elle incompréhensible, Mélina ne comprenait pas et s'enfermait dans un mutisme douloureux, que la présence de Jean n'égayait pas. Pourtant son enfant était plein de vie, souriant, toujours enclin à s'amuser, mais il demandait régulièrement :

— Quand est-ce qu'il revient, papa ?

— Bientôt ! disait Marie. Il ne va plus tarder maintenant.

Un jour, à midi, alors que Mélina déjeunait seule – Marie n'était pas rentrée et Jean se trouvait à l'école –, on frappa à la porte et elle sentit son cœur s'affoler. Aussitôt debout, elle se précipita, poussée par un espoir insensé, et fut déçue de découvrir un homme brun, de petite taille, les yeux noirs, qu'elle ne connaissait pas.

— Je m'appelle Doussain, lui dit-il. J'étais à Königsberg avec votre mari.

Elle eut peur, si peur tout à coup, ne comprenant pas pourquoi cet homme était là, devant elle, et pas Étienne, qu'elle faillit tomber. Il le devina, la prit par le bras et demanda :

— Je peux entrer ?

Elle acquiesça de la tête et marcha vers la cuisine où elle s'assit sur une chaise, désignant de la main au visiteur celle qui lui faisait face.

— Pourquoi n'est-il pas avec vous ? murmura-t-elle. Il est mort ?

— Non, fit l'homme avec précipitation. Quand je l'ai quitté, il n'était pas mort.

Elle eut un long soupir qui la libéra un peu de son angoisse.

— Alors, pourquoi l'avez-vous quitté ?

— Nous étions à Odessa, prêts à embarquer, et il est tombé malade.

— Ah ! fit-elle. C'était grave ?

— Non ! De la fièvre seulement, mais comme ils craignaient une épidémie, ils l'ont placé en quarantaine.

— En quarantaine ? Qu'est-ce que ça veut dire ?

— Ça veut dire qu'ils isolent ceux qu'ils croient malades pour que l'épidémie ne se propage pas.

— Une épidémie de quoi ? s'affola-t-elle.

— Je ne sais pas.

Et, pour la rassurer :

— Ça arrive, vous savez, dans les lieux où il y a beaucoup de monde et peu d'hygiène. C'est comme dans le camp où nous étions, près de Königsberg. Il y avait souvent des malades, mais les Allemands les soignaient.

Elle respirait un peu mieux, à présent, face à cet homme qui avait partagé la vie d'Étienne et qui, d'une certaine manière, la rapprochait de lui.

— Mais pourquoi n'écrivait-il pas ? demanda-t-elle.

— On était dans un kommando disciplinaire parce qu'on a essayé de s'évader plusieurs fois.

— Un kommando disciplinaire ?

— Un camp de représailles, si vous préférez.

Il ajouta, désirant ne pas s'appesantir sur le sujet :

— À la fin, toutes les communications étaient coupées là-bas, à cause des bombardements alliés. On s'est évadés une dernière fois en avril, mais on a été repris par les Russes.

— Les Russes ?

— Oui, les Russes. Et ce sont eux qui nous ont conduits en convois vers Odessa pour nous rapatrier par la mer Noire.

Et, comme elle paraissait ne pas comprendre :

— La mer Baltique est minée.

Elle hocha la tête, mais son regard démontrait qu'elle avait du mal à le suivre. Tout allait trop vite, soudain, et elle revenait malgré elle à cette évidence que son visiteur avait quitté Étienne malade et donc encore en danger. Avoir appris qu'il avait survécu à ces cinq années d'emprisonnement ne lui suffisait plus : il lui fallait des certitudes.

— Il va revenir ? demanda-t-elle avec, dans la voix, un sanglot qu'elle ne parvint pas à dissimuler.

— Il est solide. Je suis sûr qu'il va guérir et revenir.

— Quand ?

— Bientôt. Le voyage est long, vous savez. Il faut passer par la Turquie, la mer Égée, puis la Méditerranée, jusqu'à Marseille. Mais on attend longtemps le bateau entre deux escales.

Elle sourit, rassurée à présent devant tant de précisions qui, d'une certaine manière, justifiaient le retard d'Étienne.

— Je vais vous laisser, dit Doussain, constatant qu'elle était en train de prendre son repas avant son arrivée.

— Non ! Attendez ! Ne partez pas si vite, dit-elle. Racontez-moi, s'il vous plaît.

Et, comme il hésitait :

— J'ai besoin de savoir ! Ces cinq années ont été si longues sans lui.

Doussain lui fit alors le récit de leurs aventures depuis qu'ils s'étaient rencontrés, mais en lui cachant les moments les plus périlleux, notamment celui où Étienne avait failli être fusillé, et leurs séjours au camp numéro 4 avec les Russes. Elle comprenait un peu mieux à présent pourquoi Étienne n'écrivait pas et prenait conscience de la dure existence qu'il avait menée loin d'elle. Un regard porté sur le réveil du buffet lui fit réaliser qu'elle allait être en retard à son travail. Elle n'avait pas fini de déjeuner, mais tant pis ! Elle mangerait mieux ce soir.

— Je vous remercie sincèrement, et je vous prie de m'excuser, mais il faut que j'aille travailler, dit-elle en se levant.

— Où donc ? fit Doussain.

— À la gare Matabiau.

— Si vous le permettez, je vous accompagne, dit-il. Comme ça, je pourrai vous en dire un peu plus en chemin.

— Je veux bien.

Il lui parla encore d'Étienne, s'efforça de la faire rire plutôt que de l'inquiéter en lui racontant leurs mésaventures, et quand il la quitta, une demi-heure plus tard, il lui dit :

— Il a bien de la chance, Étienne. Vous permettez que je vous embrasse ?

Ce qu'il fit rapidement en ajoutant :

— Je repasserai de temps en temps : il me tarde de le revoir moi aussi.

Une fois dans le hall de la gare, elle le remercia une nouvelle fois et le regarda s'éloigner avec regret.

Les journées avaient été interminables à Odessa dans l'infirmerie de fortune organisée à la va-vite par les Russes. Des hommes étaient morts autour d'Étienne qui, une fois de plus, n'avait dû son salut qu'à sa robuste constitution. Et pourtant il était affaibli, d'une extrême maigreur en arrivant ici, mais la certitude d'avoir vécu le plus périlleux et de parvenir au bout de son calvaire l'avait aidé à surmonter ce dernier écueil. Non sans mal : il n'avait plus que la peau sur les os quand il monta sur le bateau qui, enfin, le délivrait de cet enfer au début de juillet. Et ensuite il souffrit du mal de mer, notamment sur la mer Noire, avant de s'y habituer quelque peu, une fois sur la Méditerranée.

À Marseille, il dut séjourner encore dans une caserne pendant quinze jours, le temps, pour les autorités sanitaires, de vérifier qu'il n'était porteur d'aucune maladie, et qu'il pourrait ainsi être démobilisé. Le temps aussi, heureusement, d'être nourri convenablement et de reprendre des forces. Il avait écrit à Mélina, mais en indiquant qu'il ne connaissait pas le jour de sa libération définitive et en lui demandant de ne pas venir à Marseille, car ils risquaient de se croiser…

On était le 8 août quand il prit le train pour Toulouse, via Montpellier. Il observait les gens autour de lui avec une sorte de stupeur, ayant tout oublié de cette vie paisible, des gestes quotidiens en liberté, de cette insouciance dans laquelle se mouvaient ceux qui n'avaient pas souffert autant que lui de la guerre. Il se rendait compte aussi que les voyageurs jetaient sur lui un regard à la fois compatissant et plein de gêne. La guerre était finie depuis trois mois : on ne voulait plus en entendre parler ni garder sous les yeux le moindre de ses stigmates.

Il arriva à Toulouse à cinq heures de l'après-midi, marcha lentement, car les forces lui manquaient, vers la rue Réclusane, et il dut s'arrêter plusieurs fois pour s'asseoir. Il ne parvenait pas à se persuader qu'il allait revoir Mélina, sa mère et son fils. Il avait tellement attendu, tellement espéré ce moment depuis cinq ans, que ces retrouvailles lui paraissaient impossibles. Et pourtant, c'étaient bien sa ville, ses rues, à peine changées : les allées Jean-Jaurès, le square La-Fayette, la rue Saint-Antoine-du-Taur, la place Esquirol où Mélina, au début de leur arrivée à Toulouse, aimait tant s'attarder devant les boutiques ; le pont Neuf, enfin, où il put apercevoir la Garonne et respirer cette odeur de vase et de limon qu'il n'avait pas sentie depuis cinq ans, et qui l'incita à prendre le cours Dillon plutôt que la rue de la République qui l'aurait amené directement rue Réclusane.

Mais là, brusquement, ses jambes refusèrent de le porter et il dut une nouvelle fois s'asseoir sur un banc, submergé par l'émotion, dévasté par ce saut dans le temps qui lui restituait en un instant tout ce qui avait été le sel de sa vie. Il ferma les yeux et sourit en ressentant sur la peau de son visage la caresse d'un soleil familier.

Mélina, qui avait été rassurée par la lettre d'Étienne partie de Marseille, attendait chaque jour de le voir arriver. Elle imaginait qu'il frapperait à la porte comme il avait frappé le matin de sa permission en 1939, et il rentrerait pour toujours chez eux en la prenant dans ses bras. Chaque matin elle se levait en se disant que c'était le jour tant espéré, et chaque soir en se couchant elle était terriblement déçue, malheureuse d'avoir à attendre encore, malgré les mots de réconfort prononcés fidèlement par Marie. C'était à cela qu'elle pensait en rentrant du travail, empruntant le pont Neuf, comme chaque soir, et comme chaque fois s'arrêtant au milieu du pont pour se pencher un peu, contempler l'eau et penser à la Garonne de son enfance, à Montalens, près d'Étienne : c'était le lien qui les avait toujours unis.

Elle se pencha de même, ce soir-là, puis elle soupira et se remit en route vers l'extrémité du pont, côté cours Dillon, et non pas du côté de l'Hôtel-Dieu qu'elle n'aimait pas, car ce quartier lui rappelait de trop mauvais souvenirs : les miliciens, l'arrestation de Georges, le médecin en chef, et la menace permanente dans laquelle elle avait vécu. Une fois à l'extrémité du pont, elle s'arrêta un instant, tourna la tête vers la gauche et aperçut un homme assis à cinquante mètres de là, qui regardait le fleuve.

Elle ne comprit pas pourquoi son cœur soudain s'affolait, et pourquoi, tout à coup, elle ne le voyait plus, ses yeux s'étant noyés. L'homme, là-bas, avait levé une main qui était retombée aussitôt. Il se mit debout, fit le même signe, de droite à gauche, comme s'il effaçait quelque chose sur une vitre. Il se rassit, mais ce geste atteignit Mélina jusqu'au plus profond d'elle-même, et alors elle se souvint : c'était ainsi qu'Étienne l'accueillait chaque matin, sous le pont de la voie ferrée à Montalens, en l'attendant pour partir à l'école.

Elle cria son nom mais ne s'entendit pas. Elle courait sans s'en rendre compte vers lui qui s'était levé de nouveau mais ne pouvait faire un pas dans sa direction. Elle s'arrêta à un mètre de lui, murmura, le découvrant si changé, soudain, et si maigre, si fragile :

— Étienne ! C'est bien toi ?

Il ne répondit pas mais trouva enfin la force de combler le mètre qui les séparait en répétant :

— Lina… Lina.

Ils tanguaient à présent, ne sachant qui soutenait l'autre, et avançaient jusqu'au parapet du pont où ils s'appuyèrent pour ne pas tomber.

— Étienne, c'était si long ! souffla-t-elle.

— C'est fini, c'est fini, répéta-t-il. Je suis là. Et Jean, dis-moi !

— Il va bien. Il t'attend.

Ils se penchèrent vers la Garonne qui roulait en silence ses eaux basses, et il murmura :

— Rappelle-toi ! À Montalens, l'été. C'était près d'elle qu'on se retrouvait sous les platanes.

— Oui, fit-elle, je me souviens.

— On reviendra dans l'île !

— Oui ! Le plus souvent possible.

Étienne reprit, essayant de rire :

— Elle nous a toujours réunis, et aujourd'hui encore.

Lina hocha la tête, mais ne put s'empêcher de regretter :

— Cinq ans, Étienne, cinq ans sans toi ! J'ai cru que ça ne finirait jamais.

— Moi aussi, dit-il, et pourtant, tu vois, nous sommes là, aujourd'hui, tous les deux.

— J'ai l'impression d'un long tunnel sans lumière.

— C'est vrai, mais le plus beau reste à venir, assura-t-il.

— Est-ce que nous pourrons oublier ?

— Mais oui, bien sûr.

— Et qu'est-ce que nous pouvons espérer, après avoir vécu une pareille épreuve ? J'ai eu tellement peur !

Il la serra contre lui et, souriant, chuchota contre son oreille en regardant le fleuve lumineux :

— Que chaque jour soit une fête !

PRÉCISIONS

Tous les personnages de ce roman sont imaginaires, à l'exception de Serge Ravanel, le colonel en chef des FFI du Sud-Ouest et, bien évidemment, du général de Gaulle, qui apparaît dans ces pages lors de son voyage d'inspection à Toulouse en septembre 1944.

C. S.

BIBLIOGRAPHIE

L'Esprit de résistance de Serge Ravanel, Éditions du Seuil, 1995.
Le Miroir des limbes d'André Malraux, Éditions Gallimard, 1974.
Atlas historique du IIIe Reich, de Richard Overy, Éditions Autrement.
Histoire de France de Pierre Miquel, Librairie Arthème Fayard, 1976.

Du même auteur :

Aux Éditions Albin Michel

LES VIGNES DE SAINTE-COLOMBE :
1. Les Vignes de Sainte-Colombe (Prix des lecteurs du Livre de Poche), 1996.
2. La Lumière des collines (Prix des Maisons de la Presse), 1997.

BONHEURS D'ENFANCE, 1996.
LA PROMESSE DES SOURCES, 1998.
BLEUS SONT LES ÉTÉS, 1998.
LES CHÊNES D'OR, 1999.
CE QUE VIVENT LES HOMMES :
1. Les Noëls blancs, 2000.
2. Les Printemps de ce monde, 2001.

UNE ANNÉE DE NEIGE, 2002.
CETTE VIE OU CELLE D'APRÈS, 2003.
LA GRANDE ÎLE, 2004.
LES VRAIS BONHEURS, 2005.
LES MESSIEURS DE GRANDVAL :
1. Les Messieurs de Grandval (Grand Prix de littérature populaire de la Société des gens de lettres), 2005.

2. Les Dames de la Ferrière, 2006.

UN MATIN SUR LA TERRE (Prix Claude-Farrère des écrivains combattants), 2007.

C'ÉTAIT NOS FAMILLES :

1. Ils rêvaient des dimanches, 2008.
2. Pourquoi le ciel est bleu, 2009.

UNE SI BELLE ÉCOLE (Prix Sivet de l'Académie française et Prix Mémoires d'Oc), 2010.

AU CŒUR DES FORÊTS (Prix Maurice-Genevoix), 2011.

LES ENFANTS DES JUSTES (Prix Solidarité-Harmonies mutuelles), 2012.

TOUT L'AMOUR DE NOS PÈRES, 2013.

UNE VIE DE LUMIÈRE ET DE VENT, 2014.

NOS SI BEAUX RÊVES DE JEUNESSE, 2015.

DANS LA PAIX DES SAISONS, 2016.

LA VIE EN SON ROYAUME, 2017.

L'ÉTÉ DE NOS VINGT ANS, 2018.

MÊME LES ARBRES S'EN SOUVIENNENT, 2019.

Aux Éditions Robert Laffont

LES CAILLOUX BLEUS, 1984.

LES MENTHES SAUVAGES (Prix Eugène-Le-Roy), 1985.

LES CHEMINS D'ÉTOILES, 1987.

LES AMANDIERS FLEURISSAIENT ROUGE, 1988.

LA RIVIÈRE ESPÉRANCE :

1. La Rivière Espérance (Prix La Vie-Terre de France), 1990.
2. Le Royaume du fleuve (Prix littéraire du Rotary International), 1991.
3. L'Âme de la vallée, 1993.

L'ENFANT DES TERRES BLONDES, 1994.

Aux Éditions Seghers

ANTONIN, PAYSAN DU CAUSSE, 1986.
MARIE DES BREBIS, 1986.
ADELINE EN PÉRIGORD, 1992.

Albums

LE LOT QUE J'AIME, Éditions des Trois Épis, Brive, 1994.
DORDOGNE, VOIR COULER ENSEMBLE ET LES EAUX ET LES JOURS, Éditions Robert Laffont, 1995.
UNE SI BELLE ÉCOLE, Éditions Albin Michel, 2014.

PAPIER À BASE DE FIBRES CERTIFIÉES

Le Livre de Poche s'engage pour l'environnement en réduisant l'empreinte carbone de ses livres. Celle de cet exemplaire est de :
250 g éq. CO_2
Rendez-vous sur www.livredepoche-durable.fr

Composition réalisée par NORD COMPO

Achevé d'imprimer en septembre 2021, en France sur Presse Offset par
Maury Imprimeur – 45330 Malesherbes
N° d'imprimeur : 257225
Dépôt légal 1re publication : octobre 2017
Édition 05 - septembre 2021
LIBRAIRIE GÉNÉRALE FRANÇAISE – 21, rue du Montparnasse – 75298 Paris Cedex 06

57/4820/8